周口店记忆

董翠平 主编

中华书局

图书在版编目（CIP）数据

周口店记忆 / 董翠平主编. -- 北京：中华书局，
2018.4
ISBN 978-7-101-12513-9

Ⅰ.①周… Ⅱ.①董… Ⅲ.①回忆录－中国－当代
Ⅳ.①I251

中国版本图书馆CIP数据核字(2017)第059528号

书　　名　周口店记忆

主　　编　董翠平

责任编辑　许旭虹　李晓燕

装帧设计　许丽娟

出版发行　中华书局
　　　　　（北京市丰台区太平桥西里38号　100073）
　　　　　http://www.zhbc.com.cn
　　　　　E-mail:zhbc@zhbc.com.cn

印　　刷　北京今日风景印刷有限公司

版　　次　2018年4月北京第1版
　　　　　2018年4月北京第1次印刷

规　　格　开本710×1000毫米　1/16
　　　　　印张19¼　字数200千字

国际书号　ISBN　978－7－101－12513－9

定　　价　110.00元

《周口店记忆》编委会

主　　编：董翠平

执行主编：隗建华

副　主　编：穆云涛

编　　委（按姓氏笔画排序）：

　　　　　马丽华　孔德昕　朱　力　李　俨

　　　　　李秋生　李春蕊　陈　蕾　宋冬勇

　　　　　高　爽　谢　辉

策　　划：杜晓东

采　　编：洪　洋　宁　娟　赵桂珍　郭焕玉　霍晓琦

编者说明

一、《周口店记忆》是一部有关周口店遗址的口述史，通过口述者语音回忆在周口店遗址发掘、研究和工作的情况，记录了一段段弥足珍贵的历史。

二、本书记录了21位专家学者和老讲解员讲述当年参与周口店遗址发掘、研究、利用、保护等亲身经历的故事。所涉及的学术观点仅代表口述者本人观点。

三、本书中所涉及的口述者以采访的时间（2016.5—2016.9）先后进行排序。

四、本书所列"周口店""周口店遗址""猿人遗址""北京人遗址"特指"周口店遗址"，属于口述者的口语习惯，不做更改。

五、本书出现的"郭老""郭先生"特指郭沫若（1892—1978），四川省乐山县人，是我国著名的古文字学家、考古学家、社会活动家、中国新诗的奠基人之一，历任中央人民政府委员、政务院副总理兼文化教育委员会主任、全国人民代表大会常务委员会副委员长、中国科学院院长等要职。"杨老""杨先生"特指杨钟健（1897—1979），陕西华县人，地质学家，中国古脊椎动物学的奠基人和开拓者,中国科学院院士,1923年毕业于北京大学地质系,1927年获得博士学位。1929年任新生代研究室副主任,与布林共同主持周口店遗址的发掘。"裴老""裴先生"特指裴文中(1904—1982),河北丰南人,地质学家与考古学家,中国旧石器时代考古及第四纪哺乳动物学的奠基人,中国科学院院士,"北京人"第一个完整头盖骨化石的发现者。"贾老""贾先生"特指贾兰坡(1908—2001),河北省玉田人,旧石器考古学家、第四纪地质学家、中国科学院院士,1931年派往周口店协助裴文中进行发掘,1936年11月,在其主持下发现三个"北京人"头盖骨。

六、本书中出现的"所里""古脊椎所""古人类室""中国科学院古脊椎动物研究所""中国科学院古脊椎动物与古人类研究所",前身是农矿部地质调查所新生代研究室,1929年4月成立于北京,主要从事周口店北京猿人遗址的发掘及化石研究。1951年归入在南京创建的中国科学院古生物研究所,改称新生代与脊椎古生物研究组。1953年从古生物研究所分出,在北京建立中国科学院古脊椎动物研究室。1957年升格为古脊椎动物研究所,1960年改称为中国科学院古脊椎动物与古人类研究所至今。

目　录

序

周口店第1地点是个发掘和研究接近百年的重要古人类遗址。在20世纪20年代,曾经有一个广为流行的关于人类起源的假说:由于喜马拉雅山脉隆升,人类起源于中亚。周口店的发现为这个假说提供了支持。北京猿人第一个完整头盖骨的发现及其石制工具的确认,解决了持续30多年的爪哇猿人是否为人类的争论,将有实物佐证的人类历史延长到50万年,从此北京猿人和爪哇猿人并列为人类最早的祖先。周口店第1地点又以人类化石之丰富和全面以及兼有丰富的文化遗存而尤胜一筹。

1959年,东非坦桑尼亚发现170万年前的石器,将有实物佐证的人类历史延长到了一百多万年,周口店遗址的北京猿人在人类祖先中退居次席,但仍旧是全球早期人类遗迹最丰富的遗址。近年发现的西班牙Atapuerca SH遗址拥有更多的人类化石,超过了周口店第1地点,但第1地点在人类进化研究中仍旧具有其不可替代的重要地位。

在第1地点以后,龙骨山和附近又先后发现了山顶洞、第

4地点、田园洞这些含有人类化石的和另外几处含有石器的遗址，共同构成了周口店遗址群。其发掘、研究和诸多有关方面的历史自然是人们关注的对象。从有关周口店遗址群发掘和研究的学术论文以及当时的记录可以反映许多历史细节。从前人的回忆录之类的资料中也往往能窥见这个遗址群历史的片段。周口店北京人遗址博物馆组织一些老同志将他们记忆中关于这个遗址群经历过而又缺乏文字记录的历史片段以口述方式贡献出来，形成现在这本文集，为读者提供许多前所未闻而又生动具体的细节，供后人参考。周口店遗址博物馆执意请我作序，我感觉为难，因为一件关于周口店的悬案久久不能释怀：周口店遗址群第一件人类化石出土这样重大事件发生的年份在文献上曾有着不同的说法。根据Davidson Black（步达生）等所著1933年出版的*Fossil Man in China*（《中国原人史要》）第7页所载，这个遗址的第一颗人牙化石是1923年出土的（原文中译：在1923年的发掘中，师丹斯基博士从周口店的堆积物中发现了在当时被他认为属于类人猿的一颗磨耗和石化了的人科臼齿）；而贾兰坡等1984年所著《周口店发掘记》则记载为"在1921年发掘时就发现了一颗很可疑的牙齿"（第15页，从上下文可以肯定其所指的是周口店出土的第一颗人牙化石）。孰是孰非，令人困惑。上述二书的作者虽然都不是事件的亲历者，但是步达生1926年或1927年到周口店，贾兰坡1931年到周口店，都不可能没有与亲历者交流的机会。

上述例子使我想到，不是在事件发生当时所写，而是后来由不同作者追记的文字中有时难免出现互相矛盾的叙述。我没有时间和精力通览本书，更不能进行考证，不敢对其中记述的诸多细节妄加评论和褒贬，只能给一些建议如下：请编者提请各位口述者务必仔细校核文字，避免在录音转换为文字过程中出现有违其本意甚至错误之处。鉴于上述第一颗人牙化石出土年份的悬案，我敦请读者不要忽略这样的事实：口述者包括我本人在内多已进入耄耋之年，难免有记忆不甚准确甚至失实之处。其所述内容虽然是值得参考的资料，但不可全都当作信史转述，否则可能会给后人徒增困扰。读者如发现本书文字有互相矛盾或与事件发生当时的记载或客观的信史不能兼容时，请考虑先贤儒家亚圣孟子的名言"尽信书不如无书"，尽力进行理性思考。如果读者能在这些口述者尚未离世时把发现的疑问提出来，将有助于使其得到澄清，避免产生新的悬案，让这本文集起到更大的正面作用，尽量减少乃至避免产生负面的影响。

吴新智

2016.11

前　言

　　周口店遗址自1918年发现以来，已历经一个世纪。在此期间，周口店遗址区域内因发现和发掘了27处具有学术价值的化石地点，出土了代表40多个男女老幼不同个体的化石材料、10万余件石器、大量用火遗迹及近百种哺乳动物化石而受到世人的关注，也因此成为中国首批世界文化遗产。丰硕的成果是无数专家、学者勤劳智慧的结晶。当年参与周口店遗址发掘研究的专家学者，人数最多时达到了上百人，其中包括许多国内外知名的学者。这里是中国学者最早参与田野考古发掘的地点。周口店遗址还是一个充满传奇色彩的地方，特别是"北京人"头盖骨化石的发现、丢失、寻找，直至今天还是国际学术界及致力于头盖骨化石寻找的社会公众关注的焦点。

　　面对周口店遗址百年的沧桑巨变，作为周口店遗址的守护者和管理者，我们萌生了深入挖掘周口店考古发掘背后故事的想法，希望尽可能完整保留一些与之相关的资料，真实记录她走过的岁月。于是，决定采用口述史的方式，尽可能联系曾在周口店参与发掘、研究的专家学者、管理者以及老讲解员，与他们通过一对一的采访记录，让当年的亲历者讲述他们与周口店遗址的故事，通过他们的回忆，让周口店遗址的历史更加鲜活，更加全面，更加接近具体的历史真实。

本书记录了21位专家学者、管理者和老讲解员的经历与回忆。如今，这些人有的已经从事新的工作，有的已经离退休。为了做好采编工作，我们还远赴重庆、河北等地，先后深入到受访者的家中或工作单位，与他们做了认真细致的交流。经过文字整理和编辑，同时与被采访人反复校核，历经一年多时间，《周口店记忆》一书终于在周口店遗址发现100周年时出版面世。这对周口店遗址的发掘者、研究者和文化遗产的管理者、守护者来说，都是一件可喜可贺的事情。

在采访过程中，受访者对周口店遗址依旧保留着的那份深厚的情感和眷恋令我们难忘，他们身上所体现出的严谨认真的职业素养令我们敬佩。有多位专家深情地回忆他们在周口店遗址工作、学习、生活时的点点滴滴，以及周口店遗址对他们人生道路的影响。在初稿完成后他们还反复校审，不断提出修改意见，这种严谨的治学精神和态度是值得我们学习的。因此，本书承载的不仅仅是他们一段珍贵的记忆，更是他们对周口店遗址的一份厚重情谊和炽热情怀。

本书的编辑出版，得到了中国科学院古脊椎动物与古人类研究所的大力支持。特别让我们感动的是，90岁高龄的吴新智院士亲自为本书作序，在此一并致谢。

本书按采访时间的先后进行排序，所录内容经受访者口述、整理而成，所涉及的学术观点仅代表口述者个人观点，在出版过程中尊重其意见进行整理确认，不妥之处，敬请广大读者指正。

周口店遗址博物馆馆长　黄翠平

吴新智

吴新智，1928年6月2日生于安徽省合肥县。1953年春从上海医学院医本科毕业，被分配参加中央卫生部高级师资进修班到大连医学院进修人体解剖学，1953年秋结业。1953—1957年为大连医学院解剖教研组助教。1957年起参加中国科学院副博士研究生学习，1961年毕业后在中国科学院古脊椎动物与古人类研究所历任助研、副研、研究员，《人类学学报》副主编、主编，副所长。1999年当选中国科学院院士。

主要研究古人类学，先后在周口店、广西、云南、广东、山西、陕西、河南、湖北等地区调查和发掘古人类遗址，参与发现山西丁村、河南淅川和湖北郧西的智人和直立人化石。主要研究现代人起源，1984年与国外同行联名提出多地区进化学说，成为迄今关于这个问题争论的两个最主要假说之一。综合研究我国人类进化历史，提出河网状的连续进化附带杂交假说，得到广泛认同。发表科研论著120余篇（部），出版大量科普著作。

1990年被评为中国科学院研究生优秀导师，2008年被中国科学院研究生院评为杰出贡献教师。1986年起历任中国解剖学会常务理事、人类学专业委员会副主任、主任、副理事长、名誉理事长。获得国家科学技术进步二等奖、中国科学院自然科学一等奖、中国社会科学院郭沫若历史科学奖二等奖和三等奖各一次、全国优秀科普作品奖科普图书类一等奖、第六届国家图书奖、第九届精神文明建设"五个一工程奖"、第一届北京市优秀科普作品奖最佳奖、上海人类学会终身成就奖。

20世纪早期的周口店遗址

郭沫若指导周口店遗址的发掘工作

我与周口店遗址

吴新智

我与周口店的古人类结缘至今恰恰60年，一个甲子。在这漫长岁月中我曾经为之学习，为之思考和钻研，贡献绵薄之力。现在回想起来，这些活动使我在知识积累和思维能力以及科学素养的提高上都获益匪浅。应口述史采访同志的要求，我将与此有关的点滴经历略述于后。

1957年秋，中国科学院古脊椎动物研究所在周口店办培训班，培训全国各省的文物部门和有关单位保送来的学员，其中许多人后来成了各省文物考古工作的骨干，其中包括重庆博物馆前馆长方其仁等。班主任似乎是鱼类学家刘宪亭先生。学员们吃、住和学习都在龙骨山南坡的两排平房，中间是一个大的庭院。人们出入都会经过东墙中间的圆形门洞，培训班的人戏称这个院子为"大观园"。我被指派编写讲义并讲授古人类学。那时我们在珠市口的马路南侧乘长途汽车到周口店。因为回城的汽车要到周口店村附近的路边等候，往往没有准时间，所以我们回城时一般是在龙骨山下的车站上火车，到琉璃河再转乘其他列车到北京，一天只有一趟或两趟车。

1958年，在包括中国科学院在内的"知识分子成堆"的地方开展了"拔白旗"运动，要求知识分子走又红又专的道路，群众贴大字报说我走白专道路，翻出1957年5月在"大鸣大放""帮助党整风"期间的小组发言记录本，其中记录着我说过"教授治校可以试试"这样的话，而在1957年6月开始的"反右派"运动中"教授治校"被定为右派言论，受到严厉批判。当时可能由于被作为右派批判的名额有限，或者其他原因，我没有被提出来进行批判。但是在1958年夏天却被"补课"批判了三个月，直到运动结束也没有能得出什么结论，只得不了了之。以后就派我到周口店去参加发掘。

当时的发掘工地在第1地点，发掘东侧的堆积物，由贾兰坡先生负责。参加发掘的主要人力是北京大学教师吕遵谔率领的考古专业大一和大二勤工俭学的学生，其中包括后来成为广东省文物考古研究所所长的朱非素、中央美术学院图书馆馆长的汤池、北京文物考古研究所的吴梦麟等。汤池在此期间认识了我们所古人类室的段雨霞，以后结成连理，可谓一段佳话。

那个时候，我还是一个研究生，只是跟着发掘，没有什么建树。发掘工作劳动强度相当大，我与那些年轻学生一样，手握铁锤在坚硬的堆积物上"打眼放炮"，经常在烈日下汗流浃背。20世纪90年代我去广州出差，时任广东省文物考古研究所所长的朱非素请我吃饭，对在座的该所骨干介绍我的时候她说1958年在周口店参加发掘时听人说我是在运动中被批判后送到周口店"劳改"的。其实这是以讹传讹，我当时和大家一样并没有受到任何歧视性的待遇。

1957年苏联发射了第一颗人造地球卫星，极大地振奋了社会主义阵营的人心和士气。1958年中国开展"大跃进"运动，口号是"鼓足干劲，力争上游，多快好省地建设社会主义"，"超英（国）赶美（国）"。媒体经常报道许多单位做出了大大超出寻常的成绩，将其称为"放卫星"，推高"大跃进"运动的气势。那时各行各业都在努力争取"放卫星"。我们研究所领导觉得周口店北京猿人知名度很高，要求通过周口店的发掘"抱人头，放卫星"，意思是要挖出北京猿人的头盖骨，宣传这是"大跃进"的成绩。工地临时拉电线安装了电灯，"挑灯夜战"。因为目标是"抱人头"，所以炸出来或挖出来的堆积物体积只要是小到估计不会包埋头盖骨的就被推到一旁，让其滚下坡去。现在想起来，有牙齿或小块化石还埋没在第1地点现在洞底东部的土石中也不是不可能。

第1地点东坡山脚下有一个朝东的小洞，一般认为很可能是猿人出入的洞口。1958年也发掘了，由于没有重要的发现，不久便放弃了。

有一天郭沫若院长来我们工地视察，与我们在鸽子堂前还照了一张合影。我还记得郭老在接待室为我们做报告的情景。他说1927年大革命失败后他流亡日本，娶了日本妻子，生了许多孩子，生活负担重，一大家子人就靠他写稿得来的稿费生活，在如此为生活奔波，一无导师，二无助手的情况下，还是写出了《十批判书》等著作，（他自谦）时至今日还是有一定学术价值的。他勉励在座的知识分子，或上有导师指导，或下有助手帮助，没有理由不做出比他好的成绩。他说着说着兴奋起来，便坐到了身后的长条桌上继续讲。这个报告给了我很大的影响。

随着暑假过去，北大师生回校上课，我们的发掘也就停止了。第二年赵资奎负责接着往下挖，开工不久就在现场南部出土了一件下颌骨。贾老如果在头年继续多挖几天，履历上就又能增多一项发现纪录，我也在场，可能沾点光，可惜我没有那么好的运气。

1959年是北京猿人第一个完整头盖骨发现30周年，周口店陈列馆（20世纪70年代建造新展厅时被拆除，原址在新展厅门前大台阶下正前方）实行整改，在原来50年代初期展陈的基础上根据科学新进展整改，还是在那300平方米的房屋内，只是作新的布置。研究所领导让我负责，我记得设计了两项新的表现形式：一是底下放着灰烬标本，在上面展板上画一个火焰；二是将北京猿人的一些化石模型挂在一个画着人形的展板上相应的解剖位置。

研究生不是要有论文嘛，我的导师吴汝康先生原来安排我研究西安半坡的新石器时代人骨，在我和同事刘昌芝把考古研究所从西安运来的标本在二道桥"南院"的院子里整理粘接就绪，正要开始研究时，所领导决定将这批材料交给刚刚调到我们所的颜訚先生，由他主持研究，安排我和刘昌芝做他的助手。研究完这批材料后，吴汝康先生把周口店山顶洞人类头骨化石模型给我，让我做研究生论文。魏敦瑞（F.Weidenreich）1939年的论文着重从每件头骨与其他头骨不同的特征上做文章，得出他们属于三个远隔万里的人种类型的结论。后来，美国哈佛大学的人类学系有个主任，他写的一本教科书里更有意思，说山顶洞的三个头骨化石代表的是一个老头，娶了两个妻子，一个中年，一个青年，他的想象力太丰富了。

我怀着与魏敦瑞不同的思路，总结出三个头骨的共同特征，主张属于一个群体，同时将各个头骨之间互不相同的特征进行另样的解读，加强其属于同一群体的论证。我还指出和论证了魏敦瑞其他的错误，并且从过去留下来还没有来得及研究的标本中找到一些山顶洞人的四肢骨模型一并加以研究和报道。（详细内容可以参考我1961年发表的论文）

苏联人类学家和历史学家格拉西莫夫（ММГЕРАСИМОФ）十分擅长根据古代人头骨复原其面相。苏联大使馆在50年代赠给我们所一具他塑造的山顶洞人复原像，没有说明根据的是哪个头骨。我测量后判断他是根据101号头骨做的，但是塑像显得很年轻，于是我请老技师王存义合作，给它加些胡须，弄得像个老年人。

1969年4月至1970年夏我在湖北沙洋"五七"干校劳动。后来听说，在此期间周口店工作站从附近农村得到新出土的一只大象牙，将其陈列在接待室西边一排平房中的一间小屋内。郭沫若院长知道后带领一些干部和夫人于立群来周口店视察。于立群当时非常激动，说这么好的文物怎么被放在这么个小房间！郭老回去后便批准科学院拨款为周口店遗址新建面积更大的展览馆。很快就在原来300平方米小展厅西边的山坡上建起了1200平方米的新展厅。还将原来停车场与接待室之间的几组台阶改建成可以通行汽车的搓板式的水泥路，两边种植了小柏树。

有了大展厅，当然要扩大展览。所领导派古人类研究室（当时改称为"连队"）的指导员陈祖银挂帅，高等脊椎动物研究室的张镇洪和古人类研究室的陆庆五负责学术工作，绘图室负责人沈文龙负责艺术工作和具体布展事宜。这时我在"五七"干校体重下降到45公斤，出现肉眼可见但是无痛的血尿，附近广华寺的五七厂医院医治无效，我被批准回北京治病。经北京中医院的沈大夫治疗痊愈后便被指派参加周口店的整改。当时计划新的展览包括脊椎动物起源和进化以及人类起源和进化两个部分。我自告奋勇设计脊椎动物部分，设计完后又被分配继续设计人类的部分。中英文标签都是我起草的。我还设计了将几个银杏叶形的图案连接起来表现脊椎动物几个纲既有灭绝又有连续的进化模式图和周口店第1地点各层的古气候变迁的曲线图。

这次整改中从事艺术工作的还有李荣山和杨明婉。李创作了几幅新画，其中有我2015年新书《探秘远古人类》封面用的北京猿人采集图。除本所人员外还从外面请了些人，有画家，也有负责书写标签的（当时没有电脑，全靠手写）。所有工作人员吃住都在"大观园"，工作在接待室和新展厅。负责书写标签的那位老同志作过一首描述当时生活的打油诗，我现在只记得一句："每日三餐山上下。"

整改验收时郭沫若院长和杨老（当时是"革委会"掌权，杨老已经不是所长了）都提出，周口店的展览应该突出周口店的东西，不赞成把脊椎动物进化的内容放在内，也不赞成将马门溪龙这样的大标本放在周口店。但是他们对这些意见并不坚持，而且当时北京很少有（也许还没有）恐龙公开展览，所以所领导决定还是按照原样展出。几年以后的整改中才撤去了脊椎动物进化部分和恐龙的标本。

再以后的几次整改，有别人负责做的，不过大多数中英文说明沿用至今。邱占祥当所长时的那次整改是绘图室的侯晋封承包的，邱提出要加一段周口店遗址发现和研究的历史。侯请我设计和搜集资料，说明词也是我草拟的。

1937年发掘周口店第4地点的上部堆积物，后来经过自然的侵蚀，到20世纪60年代在残余堆积物顶部的北侧出现了一个裂口。1966年开始了"文化大革命"，全国许多大学生和中学生免费乘坐火车到各地"造反"（当时称为"红卫兵大串联"）。1967年有几个来到周口店的"红卫兵"发现了这个裂口，便钻了过去，原来它通向一个位于第4地点堆积物北侧被其封堵了的不大的山洞（后被当地人称为新洞）。1973年，古脊椎所组织人员继续发掘第4地点的堆积物，在这个裂口以南，水平位置比其稍高处，属于第4地点的堆积物中挖出了一颗人类上前臼齿化石（具体位置可以参看1978年出版的《古人类论文集》中顾玉珉论文中的附图）。继续向下挖掘使得这个裂口逐渐扩大成为新洞的洞口，发掘人员可以顺畅地进入其北侧的这个山洞。后在洞底挖了一条探沟，发现此洞内的堆积物有水平层理，与第4地点在沉积过程中向北突进，经过这个山洞入口处突入洞内几米的上表面倾斜的一堆堆积物在物质构成和层理方面都是完全不同的。不幸的是，工作人员在发表发掘报告时混淆了二者，误将那颗出土于新洞以外，第4地点堆积物中的人牙写成了新洞的产物。此后多年以讹传讹，一些出版物将实际上明确出自第4地点的人牙的主人写成"新洞人"，连我参与主编的《中国远古人类》也未能例外。直到90年代我才意识到这里有问题并感到内疚，开始尽力纠正。好在这两套堆积物现在还保留在原地，很容易区别。

在"文化大革命"中期，70年代前半期，美国希腊裔基金会代表团访华，参观周口店龙骨山遗址和展览馆(博物馆)。古人类研究室支部书记崔憨德被派去负责接待，我被派负责讲解。按照当时的规定，我只能说汉语，由中国外事部门派来的陪同人员翻译成英语。在讲解过程中，我发现他由于不了解有关的专业知识而翻译错了，便悄悄纠正他。次数多了，陪同翻译请我直接用英语讲解，我问崔憨德可不可以，他同意了，我才用英语讲解和回答外宾的问题。代表团团长解诺斯（Janus）在得知中国猿人和山顶洞人的化石在第二次世界大战期间在美国人手中被弄得下落不明了（我听吴汝康先生说，1954年纪念北京猿人第一个头盖骨发现25周年时，中国科学院院长郭沫若拿不准在报告中怎样说北京猿人丢失的这个重大事件，请示了周恩来总理，根据周总理的指示定下这样的提法）的时候，要我委托他回美国后发起悬赏寻找的活动。我当然不敢擅自答应。但是他回国后自行悬赏（50万美元？）寻找北京猿人化石，还为此出了一本小书。后来他告诉我，有一个女人说愿意提供线索，约定在纽约帝国大厦见面，但是在指定会面的时间她却躲开了。

1975年美国古人类学代表团访问我们所，我是古人类研究室的"连长"，要用英文向他们介绍中国的古人类。我觉得一次次讲我们所的英文全名太过啰嗦，便在使用所名全称后改说简称IVPP。当时谁能想到由于全所同仁的学术贡献，现在IVPP成了全球古生物学界一个响当当的名称。代表团成员、哈佛大学人类学系荣誉教授豪威尔（W.W.Howells）给我看一张照片，上面显示一个长方形抽屉状的木头盒子，其中有一些人骨，他问我是否就是丢失的北京猿人化石。我看其中有一根大腿骨是完整的，便告诉他北京猿人大腿骨化石没有一根是完整的，其他骨头从形态上看也不是北京猿人的。通过这次接待，我结识了访问团成员中的耶鲁大学人类学系主任、美国科学院院士、考古学家、美籍华人张光直。张回美国后不久写信告诉我，他从芝加哥的报纸得知解诺斯是骗子，他以寻找北京猿人化石为借口骗得了好心人的捐款并中饱私囊，正受到起诉。

20世纪中叶，分支系统学（支序系统学）开始在古生物学研究中大行其道，70年代起也在古人类学研究中盛行起来。一个重要的成果是，否定直立人是智人的祖先。其主要根据是认为直立人具有许多独有的而智人却不具备的特征，例如头骨狭长，有粗壮的眉脊、矢状脊、厚的骨壁，额骨在眼眶后方很狭窄，颞骨鳞部低矮、上缘近直线形，顶骨下后部有角圆枕、枕部圆枕，枕部弯折很显著等。我在1990年著文指出这些特征分别存在于大荔、金牛山、许家窑、马坝、资阳和穿洞等属于智人的头骨上。另一方面，和县被归于直立人的头骨却具有一般的属于智人的性状，我指出这些集"直立人性状"与"智人性状"于一身的镶嵌现象可能是由于各个性状在进化发展的不同时期或不同地区间进化速率不同，显示出中国的智人是由直立人进化来的，并反对将北京猿人排除出中国现代人祖先的行列。后来我对中国其他地点直立人和大荔等人类化石的研究，使我进一步认为中国各地的中更新世人类化石可能分别代表着互相之间小有差异的进化小支系，其间有基因交流，构成网状的进化图景。周口店的猿人代表其中的一条支系，不应排除其对现代中国人祖先的贡献，其贡献具体体现在哪些方面和占多大份额是一个值得研究的课题。

自从将周口店第1地点的人类化石归属于直立人之后，一般便使用20世纪20年代末开始出现的、媒体为这些化石起的通俗名称——"北京人"，来指代这些化石，有人以为这是比北京猿人更科学的称谓。为了澄清这个误解，我在多个场合说明，周口店第1地点的人类化石的科学名称由1927年最初的

Sinanthropus pekinensis（直译，北京中国人，不知何时开始翻译成中国猿人北京种），历经 *Pithecanthropus pekinensis*（北京猿人）、*Homo erectus pekinensis*（北京直立人）的历史过程，说明北京猿人曾经既是学术名称又是通俗名称，现在仍旧可以作为通俗名称以示与现代人有明显的区别。而"北京人"也是通俗名称，当今中外任何一部古人类学著作都不可能找到与之对应的拉丁文学名。所有上述分类名称的改变都是基于不同学者对其形态学特征有不同的评价，没有任何遗传学依据。所以认为直立人和智人的关系与马和驴的关系一样的说法是错误的。古生物物种的定名依据和涵义与现生生物是不同的。

1985年，美国有个考古学家宾福德（L.R.Binford）是当时很新派的领军人物，他认为周口店第1地点的烧骨是洞内的小动物粪便自燃把骨头给烧了，不是人烧的。他和他的研究生何传坤写了文章 *Taphonomy at a Distance:Zhoukoudian,"The Cave Home of BeijingMan"*?（《远距离看周口店的埋藏学，是"北京人的洞穴之家"吗?》），在美国的顶尖杂志 *Current Anthropology*（《当代人类学》）上发表了。文章发表后，他给贾兰坡先生写信，想要亲自来研究一下。1986年他就来了，看了一下周口店，又去山西走了一趟，回去以后又写了一篇文章。因为原来那篇文章的共同作者何传坤与他闹翻了，就换了另外一个共同作者，是他的妻子（或女朋友）斯通（Stone）。这篇文章里面承认第4层可能有人工烧火的遗迹。他的文章影响很大，但是毕竟他第二篇文章承认有人工用火，所以我们就没有太在意了。

20世纪90年代后期，有一个以色列人卫纳（S.Weiner），到周口店待了一段时间，采了一些样品，回去做了实验。1998年在美国的顶尖杂志Science（《科学》）上发表了一篇论文，引起了轩然大波。共同作者还有另一个以色列人，是美国哈佛大学的教授，曾经做过人类学系主任的巴-约瑟夫(O.Bar-Yosef)。而且在同一期杂志上还登了专门宣传这篇论文观点的另一篇文章，因此论文的影响很大。这篇论文主要说，作者们在周口店第1地点采的样品虽然有烧过的骨头，但是没有找到灰烬或者木炭，因此骨头不是在这里烧的，没有在原地燃烧的直接证据，还有一点就是没有查出硅的聚合物。大家知道植物烧了以后会残留植硅体。他们在洞里采到的样品中没有植硅体，所以就认为没有在洞里面烧过，而是认为烧骨埋在具有水平层理的细泥沙堆积中。泥沙堆积成水平的层理，是什么意思呢？也就是说他们认为烧骨是裹挟在很细的泥沙中，由能量很小的水带进来慢慢沉积下来的。因此他们就说这些烧骨虽然确实是烧骨，但不是在洞里头烧的，而是在洞外烧了以后，由低能量的水慢慢将它带到洞里，再慢慢沉积下来的。在洞外面是人烧的？还是自然烧的？就不知道了，反正在洞里面没烧。而且他们还说，洞里的大部分堆积都已经挖掉了，所以不能够确定这个地点是不是曾经有人用过火。这篇论文把以前学者们对周口店猿人用火的研究结果都否定掉了，在国际上产生很大的影响。

我们国内专家召开座谈会，在《人类学学报》上登了一个汇总的报道，但国际上影响很有限。我觉得在那些发表的文字中好多该说的没说到点子上，所以后来我就写了一篇英文的文章进行反驳，也投到美国的Science杂志。编辑部把我的稿子给了卫纳，说人家来批评你的论文了，你怎么说？他写了个答复，但是编辑部认为不足以否定我的观点，便在1999年将其答辩与我的文章一同登了出来。至今没有人发表论文质疑北京猿人用火的事迹。其实我并没有为此做任何实验，我是以子之矛攻子之盾，用卫纳等人以及过去别人论文里发表了的资料，以比卫纳等人合理的辩证思维将那些资料重新整合一下形成我的论据，有力地驳倒了他们的观点。

但是我知道自己有一个软肋，就是卫纳论文中讲到的植硅体。这个事情我没有办法解释。但是很庆幸地，他在答辩里面没有把这个提出来（后来我从其他渠道知道，他们当时看到了植硅体，由于量少而将其忽略了，我这才知道，为什么他后来在答辩里面不提植硅体的事）。不过我总惦记着要找个机会彻底解决这个问题。

新世纪之初，中国安全生产科学研究院有一位钟茂华同志找到我。他是研究火灾的，对周口店的烧火感兴趣，问我值不值得做一些研究。我鼓励他去做，因为这个事情在我心里一直有一个结。正好这时周口店在搞抢救性发掘，又挖出很多火烧的灰烬。我就把他介绍给负责周口店发掘的高星教授，他很支持，给钟茂华采了好些样，大概有10个吧。钟分析之后发现每个样品都有植硅体。他还烧了不同种类的植物，有的植物烧出来的植硅体比较多，有的烧出来的植硅体比较少，都不一样。这样我就想，可能卫纳他们采的样，碰巧烧的是产生较少植硅体的植物。钟茂华希望在 Science 上发表他的结果，但是被拒登，2014年才在《科学通报》上发表了。

总结一下前面讲的那些具体内容，可以得出经验教训：做科学工作，首先必须要有科学精神，要实事求是，不迷信前人的东西，敢于创新，敢于怀疑。比如说 Science 这类杂志固然很权威，但是我不迷信它，我觉得我的论点有道理，那我就搜集证据写文章。其次要讲究科学方法，要全面地看问题，要综合地看问题，不能只看片面。比如刚才讲的卫纳等人的论文，他就很片面，只抓住他做实验得出的几点东西，就拿来做主观的解释，不顾其他学者过去观察到而且发表了的资料，路就走歪了。而我不只是用他的一些实验资料，还采用郭士伦用"裂变径迹"方法研究出的结果，加上我自己的分析，还有裴老他们以前的报告等，比较全面地、综合地来看问题，这样得出的结论自然也就不同了。说得通俗一点，就像在一栋大楼里面搜炸药，搜到有一间房子里面没有炸药，就说全大楼都没有炸药，那可不见得。对山顶洞人也是这样，不仅要看到每个头骨的个性特征，还要看到它们共同的特点，对个性特征的解释，要联系更广的面。

20世纪70年代末和80年代初，我们所组织了17个相关单位对周口店与古人类有关的问题进行综合研究，1985年出版了一本书，贡献了大量的新成果，特别是关于年代的问题给出了很多数据。在这以前，我们只能根据动物群对比笼统地说第1地点的时代为大约50万年前，70年代和80年代在周口店大范围地用多种技术开展同位素测年，得到了彼此之间基本上可以兼容的一系列数据，形成了我们现在所了解的周口店遗址群的年代框架，就是从50多万年前到20多万年前，跨度相当大，这是一个很重大的进展。这本书记录了所有作者的姓名，我觉得应该让人们知道这项大工程的幕后人员，尤其是当时我们所的副所长刘振声的具体组织工作。

2009年英国（*Nature*《自然》）杂志报道用铝铍（Al／Be）法测定北京周口店第1地点的年代。该文提供了所测全部10

个样品的年代数据，由于其中4个数据过分离奇（如第6层为278±51万年前；8—9层一件石器为166±21万年前，年代早得离谱；第12层为62±74万年前；第13层为31±74万年前，标准差比平均值分别还大或大得多，第13层的平均年代比所有其他层都晚得多）而废弃不用。该文根据其余6个数据计算得出77±8万年前，认为是为第7—10层提供了最好的年代数据，但是没有对这四个层位年代为何没有差异做出任何解释。其实在其所采用的6个数据中还有一个采自第7层的数据（100±23万年前）也早得离谱，但该文没有解释为何不予废弃。而该文报道第10层为75±21万年前，如此则在上的第7层反比在下的第10层早得多，也不合常理。该文承认古地磁测定第14层上界为78万年前，但是却没有对第7、8—9、10、11、12、13层这七层如此巨厚堆积物的沉积为何只用了短短几千年，而上方的六层堆积却用了36万年，甚至56万年这么长的时间做出任何解释或说明。如果75±21万年前的数据可信，则这些层位应为冰期堆积，但第7层有鬣狗、水牛；第8—9层也有鬣狗、水牛，还有豪猪；第10层也有鬣狗。为何习惯于温暖甚至炎热环境的动物能生活于冰期环境，似乎还需要有合理的解释。最后，这种测年技术的基本要求是所测样品必须保证在进入第1地点被深埋之前没有被深埋过且与宇宙射线隔绝。该文之所以出现被作者废弃的4个离奇的数据和第7层的过早数据（100±23万年前）的原因之一可能是之前还有过被深埋的历史。而该文对其所采用的所有数据都没有能提供其符合上述前提条件的证明，怎么能断定他们都与各个层位的实际相符？总之，在周口店用过的测年方法都有各自的局限性，此法也非例外。

我记得的周口店老工人有柴凤歧、乔琪、乔德瑞和其子

（或侄子）乔金芳。金芳称乔琪为二叔，因此有些同事也随口叫乔琪"乔二叔"。还有一位老工人宋国珍，晚年常腰痛，老用手捂着，人们就开玩笑叫他"捂腰溜"（捂着腰溜达），谐音"五幺六"（"文化大革命"中一个反革命组织的名称）。这些老工人为人都很实诚，工作勤勉，受人尊敬。

以上是我关于周口店遗址的记忆。应口述史采访同志的要求我就以下问题做点补充。

周口店遗址对于人类学的贡献

研究人类体质历史的直接证据是化石。解剖学者杜布瓦（Dubois）1891年发现爪哇猿人化石，使得他和有的科学家相信人类历史可以向前延长达到50万年。但是当时人类学界有一种颇为流行的观点：只有人类能制造工具，没有工具伴存的化石不能是人类化石。没有发现爪哇猿人化石与石器共存，导致其能否算人类存在争议，甚至杜布瓦本人后来也改变观点，认为这些化石属于一种巨型长臂猿。30多年后在周口店第1地点发现了大约50万年前的，形态介于现代人和猿之间的中国猿人头盖骨，而且与石器共存于一个山洞里，科学界才达成共识，确定人类历史可达到50万年。爪哇猿人头骨的形态与中国猿人很接近，其属于人类的历史定位也就被肯定了。

但是曾经被认为属于爪哇猿人的大腿骨被后来的研究否定属于同一种人类，因此不能为50万年前古人类身体的形态提供任何信息。反之，在周口店第1地点却发现了不少四肢骨和更多的牙齿化石，科学家才获得了关于此时古人类身体状况的更多信息。

到了1959年东非坦桑尼亚奥杜威峡谷（Olduvai Gorge）发现了大约170万年前的石器，这是人类存在的间接证据。也就是说，大家同意人类的历史应该有大约170万年，所以周口店古人类就不能继续坐在人类祖先的第一把交椅上了。

但到现在为止，我觉得周口店还保留着两个第一。一个就是在全世界所有的古人类遗址当中，既保存丰富的人类化石，又保存丰富的人类工具，还保存古环境的丰富证据，并且研究历史最长的遗址中，周口店是最早的。其他的遗址如西班牙的阿塔普埃尔卡山胡瑟裂谷（Atapuerca SH）遗址的年代与北京猿人相若，人类化石丰富但是其他材料单薄得多；格鲁吉亚的Dmanisi遗址比周口店遗址早得多，但是人类化石迄今发现的却比北京猿人的少，其他遗物也比较单薄。另一个就是周口店有人工用火的证据，是东亚人类用火的最早证据。

周口店对于普通老百姓而言，在今天有什么意义呢？从大的方面讲是帮助人民大众建立辩证唯物主义的世界观和历史观。每个人都有自己的世界观，就是他是怎么看这个世界的。世界包括一些什么东西呢？一个是宇宙，一个是地球，一个是生命，再一个是人类。宇宙是怎么变化发展的？从古到今是怎么样的？地球是怎么起源的？从古到今是怎么发展变化的？地球上的山川水体和大气是怎么变化的？生命是怎么起源的？多种多样的生命形式是如何产生和演变的？另一个很重大的谜，就是人这么一种生物，非常奇怪，他跟万物都不一样，他能够创造和发展文明，能在一定程度上改造世界。那么人是怎么来的？是怎么发展的？也需要有一个解释。相信辩证唯物主义的人认为，世界从其本质来说是物质的，物质按照本身固有的对立统一规律运动、发展，存在决定意识，意识反作用于存在。

相信唯心主义形而上学的人，则有另外一套的看法。

人们要建立自己的世界观就要辨别哪一种是比较符合实际的，必须要有证据，人们对这几个起源的科学知识了解得越多就会越相信辩证唯物主义。古人类学就提供了证据，帮助人们相信人是按照辩证唯物主义的解释发展变化来的，而周口店遗址的化石是重要的证据构成。

刚解放的时候，百废待兴，中央就提出学习社会发展史，是为了帮助人民大众建立辩证唯物主义的历史观，使人民大众知道最初的人类社会是原始社会，没有剥削，后来生产发展了才出现剥削，而最后终归要消灭剥削，走向共产主义社会，这样来提高人民对革命的认识。我听老同志们说，那个时候周口店遗址是车水马龙，人们就为了到周口店来看这个原始社会的重要代表——北京猿人。当时北京郊区修建的第一条柏油路就是从广安门通往周口店的，我听我所绘图室沈文龙说，路两旁的树种就是根据他的建议采用的。不过在70年代初扩建京周公路时改种了杨树。

以上是从大的方面，哲学的层面讲。

从小的方面讲，就是每个人对自己的祖先都有好奇心，想知道他们的来龙去脉。像周口店这样一个遗址群的资料，可以在一定程度上满足人们这方面的好奇心。

周口店在研究人类起源的进化中，随着国内外其他古人类遗址发现和研究得越来越多，相对的分量不可避免会越来越轻。不过到现在为止，第1地点还保留两个第一嘛。这两个第一会不会逐渐淡化甚至不复存在呢？当然，科学的发展是不以人的意志为转移的。它不一定要保持那么多第一，它有它本身的价值嘛。

　　周口店遗址群是爱国主义教育基地、科普基地，也是地质学实习基地。周口店对了解中国人类早期的形象贡献是很大的。元谋的猿人只发现两颗牙，但是脑袋是什么样？不知道。蓝田人只有头盖骨和下颌骨，脸长成什么样？不大知道。郧县人倒是有两个比较完整的头骨化石，但是形象被歪曲得很严重。中国中更新世的人脸长什么样？20世纪中期只能依赖周口店的化石来推测了。但是现在已经不是唯一的根据了，因为后来在陕西大荔、辽宁营口、江苏南京和近年的安徽东至发现的标本都有脸的化石，所以周口店不是唯一的啦。现在已经知道那个时期中国各地区的人类有着不小的差异。当初光有周口店人类化石的时候，我们只能假设中国人的祖先是从周口店来的。但是后来有了别的化石，那就要进行比较研究了。比较了以后才可能推测和判断，哪个是主要的来源，哪个不是；北京猿人可能在哪些特征上对我们祖先的形成有比较大的贡献，在哪些方面可能贡献很小甚至没有贡献。研究科学都得要根据具体的证据和合理的推理才能得出比较正确的观点。

　　为了让遗址在遥远的将来能为我们提供更丰富的信息，做出更大的贡献，我不主张在短期内再进行发掘。为什么呢？因为科学技术是不断发展的。现在周口店所剩余的堆积物已经不多了，如果我们这一代人或者下一代人把它挖掉的话，靠目前和近期的科学技术条件有好多信息是我们采集不到的。比方说20世纪70年代末80年代初的时候，在堆积物的表层取样，使用好多种新的技术，就可以把年代框架做得更精确。而在当初30年代和50年代发掘的时候就不可能采集到这些信息，做出这些成果，那时没有这些测年技术。如果那时将堆积物挖空了，就不可能做出现在知道的年代框架了。在20年、50

年、100年以后，科学技术能够发展到什么程度，我们很难想象。不过我坚信那个时候凭借新的技术肯定能从堆积物中研究出靠现在的技术得不到的新信息，但是如果堆积物已经被挖空，再先进的技术也都无能为力了。

黄万波

黄万波，1932年生于重庆市忠县新立镇。1954年毕业于长春地质学院。现为龙骨坡巫山古人类研究所所长、重庆三峡古人类研究所名誉所长、中国科学院古脊椎动物与古人类研究所研究员、重庆自然博物馆特约研究员、重庆二〇八地质队科学顾问。其研究领域包括古人类、古动物等学科。

主持或参与的考察队先后发现210万年前的重庆"巫山人"下颌骨残块、115万年前的陕西公王岭蓝田猿人头骨、80万年前的陕西陈家窝蓝田猿人下颌骨、40万年前的安徽和县猿人头盖骨、13万年前的重庆奉节智人牙齿、6万年前的广西麒麟山智人头骨、4万年前的陕西长武智人牙齿、2万年前的北川智人牙齿等人类化石。除此以外，在长江三峡还发现了13万年前的牙刻、石刻和石哨等史前艺术珍品。

以首席作者在英国《自然》杂志发表题为《亚洲的早期人类化石及其石器制品》和《巫山猿人遗址》等近百篇（部）；科普读物《大熊猫的起源》和《我与古人类有个约会》等近百篇（部），其中《大熊猫的起源》荣获2012年中国科普作家协会优秀科普作品奖、2010年国家图书馆文津图书奖推荐奖，入选2010年新闻出版总署"大众喜爱的50种图书"。研究工作曾荣获自然科学三等奖、中国科学院科学技术进步奖特等奖、中国科学院首届竺可桢科学奖、裴文中科学奖、振兴重庆争光贡献奖。享受国务院颁发的特殊贡献津贴。

1927年发掘周口店第1地点（猿人洞）

1929年发掘周口店第1地点（猿人洞）

周口店打下了我事业的基础

黄万波

从踏上古脊椎所说起

我出生在重庆忠县，1951年考入长春地质学院，1954年毕业，之后分配到中国科学院古脊椎动物研究室。

我的专业是地质勘探，那个年头，不管学的是什么专业，都要服从统一分配。刚一到单位，别说工作内涵，就连古脊椎动物研究室也是头一次听说。古人云，一张白纸好绘画，那就从头学吧！

报到时，院人事部门告诉我，古脊椎动物研究室在地安门二道桥，可坐三轮车去。依其所述，到了二道桥大概是5点来钟，由于天晚，沿二道桥上上下下走了好几趟也找不到研究室的踪影。原来，古脊椎动物研究室在桥头的一个小胡同里，标志牌是一块小木条，不知者很难觅到。

不管怎么说，最终找到了单位，它坐落在地安门二道桥边上由三个四合院组成的大院里。到了传达室，一位中等身材的男同志接待了我。他姓谢，一口广西音的普通话听起来有点儿吃力。

但大意是告诉我今天晚了不能去集体宿舍，只能留宿这儿。

我放好了行李稍作休息，便跟随老谢走进了四合院。老谢指着东房告诉我，这里是吴汝康先生的办公室，他在大连医学院工作，每年假期来这里做研究，目前他还没有来，今晚你可在他的办公室留宿。

我接茬问道，办公室怎么住呀？谢说，为了让吴先生更好地休息，在他办公室的角落里安了个单人床，这不就可以住下了吗！

我边听边点头，走进一看，房间整齐干净，床上用品齐全，稍作整理便可入睡了。

但是，从学校的集体生活一下子变成"单干户"，我躺在床上却怎么也睡不着，翻来覆去地瞧着天花板，不觉快11点了，干脆坐起来看书。看了一会儿，感到房间有蛐蛐叫，于是打量了一下四周，没有什么动静，调头来拉开床头的标本柜想随便看看。哪知道，拉出抽屉的瞬间，一股霉味扑面而来，更令人不寒而栗的是满抽屉的骷髅，那种感受和滋味很难用语言来表达。毫不夸张地说，我一夜未能入睡。第二天起了个大早，吃过早饭就找老谢，提出去东四头条住集体宿舍。

这事儿说起来让人笑话，但对我来说却是进入社会的第一课。后来的岁月里，每当拿着人类化石标本与现代人颅骨对比之时，那令人不寒而栗的骷髅似乎在告诉我，你上了天堂，也会变成这个模样，因为我们都是人类演化最后阶段的晚期智人。

第二天，管人事工作的耿叶领我去高等脊椎动物室见周明镇主任。他边走边寒暄，今后你就在这里上班，听周先生的指导。

周先生看上去很年轻，说话细声细气，笑容满面地对我说，欢迎欢迎，我们这里很需要年轻人。然后他朝标本柜那边喊了声胡大姐，你快过来。不一会儿，胡大姐来到我们跟前，笑着与我打招呼，欢迎小伙子来我们这里工作。

周先生告诉胡大姐，让黄万波暂时在你办公室工作，多多关照。说完便告别胡大姐开会去了。

周先生走后，我走进了胡大姐办公室，前后左右都是标本柜，她转过身来朝办公桌一指，你就坐那里。后来我才知道这个办公桌与胡大姐办公桌是对着的，很不习惯。

胡大姐叫胡长康。由于她年龄稍大点儿，说话稳重，所以叫她大姐，也是对她的尊称。

上班不久，也就是1954年4月下旬，研究室派我去黄河三门峡水利枢纽工程协助相关单位调查新生代地层，寻找脊椎动物化石，以此划分层位，确定相对年代。此间，恰逢刘东生先生前来这里考察，在他的指导下，学习了不少有关第四纪地层、新构造运动等方面的知识。

9月下旬结束调查回到北京。不久，低等脊椎动物室刘宪亭先生找我谈话，希望我能陪同他去热河（今河北省）考察，寻找鱼类化石。我想，在古脊椎动物研究室，无论哪个门类我都是门外汉，去哪儿都是学习的好机会，便答应同往。我们10月上旬出发，11月中旬结束返京。

此间，我们沿着薄薄的页岩分布区考察，一旦觅到了含鱼化石的层位就驻扎下来，记得没有耗费几天工夫就采集了不少标本。对我而言，收获也不小，还认识了什么叫狼鳍鱼。

回到研究室，根据刘东生先生的指点，要求我们把三门峡地区有关第四纪地层和新构造运动方面的照片、素描图等资料汇集成册，并附了一份简要的文字说明提供给他。

事过一年，刘先生发表了《三门系地层的新构造运动》一文。署名还挂上了我，真令人感激！

这年岁末，杨钟健主任找我谈话，要我陪同裴文中先生南下广西考察洞穴。这下子可好了，一干就是好几个月，直到1955年3月才结束工作。

要知道，那个年代的古脊椎动物研究室，像我这么年轻的小伙子屈指可数，因而受到各位先生的关注，都希望我前去协助他们工作。因此我也成了唯一在各研究室都待过的人。不过，待得最长久的是古人类室，一待就是6个年头，直到新生代研究室成立才离开。

在古人类研究室期间，我一直在裴文中先生办公室旁边的小屋工作，朝夕相处，彼此了解。潜移默化当中，我对古人类学产生了兴趣，但仍然站在门外，未能迈进门槛。

裴先生是个闲不住的人，午休时间也要干事。稍有空闲，就各个房间走走，时不时地与大伙儿闲谈几句。裴先生很关心青年人的学习，他曾多次给我们讲解哺乳动物化石的鉴别，特别是食肉类动物的牙齿，例如鬣狗的裂齿，怎样依其不同的特征区别出不同时代的属种来。为了更好地掌握脊椎动物学的基础知识，他鼓励我去北京大学生物系学习比较解剖学。如他所愿，我在北大生物系学习了两年，现在回想起来，这段学习对我的事业起到了至关重要的作用，我永远也不会忘记裴先生对我的栽培。

裴先生性格外向，常常谈笑风生。记得我们去河南新蔡考察那次，考察结束后，为了赶从驻马店回北京的火车，我们必须提前到火车站。那个年代的乡下，唯一的交通工具就是马拉车，其时速是可想而知的，从新蔡到驻马店要走好几个小时。

火车是早上7点开，我们得凌晨出发才能赶上。

我们就这一情况向裴先生请示，要赶上火车得凌晨起程，您看咋办？他的回答十分有趣，可以，跟着月亮走。先生这句玩笑话事出有因，依我的日记，当晚是个好天气，云少月明。

我们雇了辆马车，备好了行李便起程了，走出没有多远，先生就打起瞌睡来。老邱一看，怕先生掉下去，立马让他躺着睡，但是路面颠簸厉害，翻滚在所难免，于是我想出了个馊主意，把裴先生捆绑在车上。大伙儿听了默默点头，表示赞成。我们借用车夫的麻绳，不一会儿就捆绑好了，先生睡得很熟，居然一点儿不知，一点儿不晓。

裴先生醒来时，天已经亮了，他朝胸前一看，五花大绑，随即问道谁干的？大伙儿低头不语，他再次问道，谁干的？不知是谁接了个茬，我们干的！

老邱毕竟是老大哥，向先生解释了捆绑的缘由。先生听后朝我一指，是你出的点子吧！逗得大伙哈哈大笑。

首触周口店

1955年，周口店要扩大展室，从研究室运送标本过去，押送标本之事自然落在我身上。原因简单：一是我刚来，二是我年轻。

记得运标本的是辆卡车，从二道桥起程，沿着泥泞的土路行驶，大概花了2个小时才到达周口店。出来迎接我们的是位长者，后来知道是周口店的老技术员刘义山。他看我满身是土，急忙前来拍扫，嘴里不停地说道，辛苦你了，辛苦你了……

我接过话茬，没事儿，一路顺风，就是尘土多点儿。卸完标本，刘义山带我去食堂，然后又带我去看猿人洞，并给我讲述了第一个北京猿人头盖骨（现在称周口店第一个直立人头盖骨）的发现经历。

之后，我又随刘义山参观了鸽子堂和山顶洞。站在洞前，注视着非常简陋的陈列室和十分荒凉的龙骨山坡，我感慨地对刘义山说，在我没来之前，以为这里是个绿水青山、古迹多多的圣地。刘义山接茬说，这个地方，比圣地还要圣地。这句话，当时一听了之，若干年后，才明白了其科学内涵——中国人就是从这儿起步的。

见证第六个头盖骨

1966年初春，依照古人类研究室的计划，决定发掘第1地点Locus H的南侧。不用说，这是裴先生的主张。参加发掘的人员有好几位，裴先生任队长，邱中郎任副队长，队员有顾玉珉、柴凤歧、长绍武等。我榜上无名，但却参加了前期工作，即对Locus H的南侧和周边的地形作测量。

测量工作依照计划没有多久便大功告成。裴先生看了地形图及说明后感到满意，并半开玩笑地说，有空就来，不要忘了小顾在这里。

Locus H的发掘工作，在裴先生的亲自指导下，进展顺利，化石、石片不断有所发现，不知不觉到了五一劳动节。

记得五一节刚过，柴凤歧打来电话说他们在发掘现场发现了人类化石，材料包括一块额骨和带有部分颞骨的大半个枕骨，标本已取出，存放在接待室。听到这突如其来的好消息，我立即告诉顾玉珉，让他赶快给裴先生打电话。

第二天，也就是5月5日，顾玉珉赶回周口店，目睹了人类化石的真容。

5月6日裴先生也赶到周口店，见到了盼望已久的珍品。据顾玉珉讲，裴老拿着标本时，脸上再一次流露出当年发现第一个北京猿人头盖骨时的喜悦。

事后没有几天，我去了周口店，看到了正型标本和发现地点的堆积地层。记得那天晚餐后，裴先生对顾玉珉说，你回去找找1934年在Locus H发现的那块颞骨模型，拼一下看看是否为同一个体。

果然不出裴老所料，两者一拼严丝合缝，正是同一个体。今天来看，正是因为有了裴先生的预见和科学的判断，才有了第一个和第六个北京猿人头盖骨的发现。由此可见，裴先生真不愧是周口店直立人化石发掘、研究的泰斗！

周口店再研究

1958年，正值科学研究大发展时期，古脊椎所决定对周口店再研究，古人类室自然是主角，裴先生义不容辞挂帅出征，我这个跟班的尾随其后。记得我们是1958年五一后去周口店的。依裴先生的工作安排，有这么几项：

1. 第1地点西壁采样，也就是从顶到底把13层土样采下来用作孢子花粉分析、陈列展示等等；

2. 堆积物分层研究、各层的岩性特征、动物化石的埋藏情况、石制品的类型等等；

3. 周口店顶盖堆积层与第1地点底砾石层对比研究，看看两者的沉积关系；

4．若有时间，看看周口店附近的每个化石地点。

听了裴先生的工作安排我既高兴又感到压力很大，怕完不成任务。为此我大量查阅周口店的相关资料。在我的学习日记里，摘抄的资料大概有下列几个方面：

1．周口店在大地构造上处于北岭西北翼，翼部岩层为中奥陶世马家沟灰岩，岩溶呈现的溶洞、裂隙发育在次级倾伏背斜西北翼上。

2．灰岩溶蚀的裂隙、竖井和溶洞，裂隙多溶洞少。第1地点原本是东西走向的裂隙，后来扩展成溶洞，发育在马家沟组顶部，没有完好洞顶。

3．第1地点发现的脊椎动物化石：灵长类2种、食虫类6种、翼手类4种、啮齿类27种、兔形类6种、食肉类29种、长鼻类1种、奇蹄类3种、偶蹄类19种，共97种。发现的鸟类化石也不少，计48属62种。

4．山顶洞为顺着层面溶蚀，而后转为垂直溶蚀的洞穴，洞口是塌落出来的。含鱼化石的第14地点，为古周口河基座阶地的水平溶洞，其堆积物与顶盖堆积物相当，均属古周口河沉积。

以上之基础知识，使我对周口店的地质背景、岩溶地貌、沉积环境有了粗浅的认识。但是要用于实践还得学习，例如上砾石层和底砾石层的形成机理，不知跑了多少趟，都没有搞清楚其内在的联系，后来还是在裴先生的指点下才明白了底砾石层是上砾石的次生堆积。

接下来的工作，第1地点西壁分层、采样。这事儿说起来很简单，干起来可不简单。当我站在西壁跟前，望着杂草丛生的陡峻剖面时，一筹莫展。思索良久，想出一计，在剖面顶上系绳而下，但活动范围有限，难于了解整个层位的变化情况。正在为难之时，刘振扬和柴凤歧来到我跟前，看着我发愁的样子便问，怎么啦？我转身就向二位问安，你们来得正好，有事请教。刘振扬看出了我的心事，他说在这么高的剖面上工作，唯有搭架子可行。随后指着高处的石灰岩壁说，你瞧，壁上的小穴就是当年搭架子用的。

我接茬嘟噜了一句，到哪里去找架子？

柴凤歧答了话，这事儿很简单，交老刘帮办不就行了嘛。

两天后，从北京租了三车杉篙，直运周口店。依照我们的要求，从洞底（第13层）一直绑到了洞顶（第3层），结结实实，上下自如。

在裴先生的指点下，我自上而下逐层观察、记录、拍照、采样，直至工作圆满完成。工作期间，贾兰坡先生也多次亲临现场，专门为13层剖面的标志牌出谋划策。

在西壁分层观察中，我印象最为深刻的是第7层，这个层位极为特别，特别之处在于它是由河砂组成。砂子分选好，成分为石英小粒，偶见小砾，局部胶结。总体看分布不均匀，南壁厚西壁薄。从颗粒排列方向看其流水是从东北边灌入的。

通过对周口店短暂的考察研究，我在裴、贾二老指导下完成了4篇论文：《关于中国猿人化石产地的底砾石层和附近的上、下砾石层的形成及其时代问题的探讨》《中国猿人洞穴的堆积》《周口店各洞穴堆积简述》《周口店溶洞发育史初探》，发表在《古脊椎动物与古人类》或地质期刊上。除此之外，还与丁国瑜先生一起完成了周口店地区第四纪地质图和龙骨山附近的化石地点分布图。

在周口店期间，还有一大收获，就是在杨老、裴老、贾老的亲临指导下我目睹了周口店化石地点的产状，以及化石层的相对年代，为后来的研究工作奠定了坚实基础。

最令我记忆犹新的是裴先生带我到第1地点，讲述第1地点的发现简史。这是我来周口店之前，请教裴先生关于周口店的由来时裴先生承诺的。记得那天天气晴朗，早饭后裴先生告诉我，今天带你去第1地点。我随即点头，现在就走？裴先生看我一眼说道，现在不走还等何时！到了洞底，裴老指着洞壁上的发掘探方标记说，这个地方原本是个山坡，由于老百姓开山采石发现了"龙骨"，从而导致了一系列的重大发现。

我接过话茬，您能概括地讲讲发现经历吗？

裴先生抽了口香烟，回过头来对我说，可以，午饭你请客！我急忙应声，去周口店饭馆成不成？

说好了，一言为定。尔后裴老就从 M.Schlosser（施洛塞尔）拉开了序幕：

1903年德国古生物学家 M.Schlosser 在中药铺见到了一颗疑似人牙的龙骨，事后引起了 J.G.Andersson（安特生）的注意。Andersson 是瑞典地质学家，1918年时任中国农商部矿政顾问。当年2月，Andersson 又从化学家吉布那儿了解到周口店地区出"龙骨"，接二连三的信息促使 Andersson 决定派遣师丹斯基去实地考察。1921年师丹斯基来到周口店，选定鸡骨山动土发掘。是年秋，Andersson 同美国古生物学家葛兰阶去周口店看望师丹斯基，又获悉了新的信息，说周口店还有个出"龙骨"的地方叫龙骨山，那里的"龙骨"比鸡骨山的个大且好。Andersson 听后，决定转移至龙骨山发掘。当年冬天，便从堆积层发现了第1颗人牙，但未能引起重视。打那以后，龙骨山就兴旺起来了。

听了先生的讲述，真是胜读十年书，使我对周口店的发现、科学内涵有了更为深刻的认识。

说到收获，还有桩事值得一叙。1958年发掘小组在第1地点发现一件北京猿人下颌骨，因牙齿磨损相当严重，又是女性，人们开玩笑地叫"她""北京老太婆"。

周口店东坡溶洞

东坡溶洞位于周口店太平山脚下，在暴露之前，无人知晓，要知底细还得从头说起。

1954年前，太平山真的是太太平平，绿茵花草漫山遍野。然而好景不长，没过多久，开山采石，切掉了半面山，也因而揭开了东坡溶洞的奥秘。

事情经过是这样的。当开山采石快到山脚时，靠东侧一壁爆出个小洞口，好奇的采石工把小洞口一而再，再而三地扩大，最终可容纳多人进出。当首批"探险者"出来时，一个个抱着艳丽而奇特的石钟乳，这件事轰动了整个工地。打那以后，前来看稀奇的人络绎不绝，东坡溶洞也就此扬名。

那一年，我正好在周口店协助上海科学教育电影制片厂拍摄《中国猿人》科教片，有缘走进了东坡溶洞。依当时的了解，洞身大体上是水平的，但地面高低不平，局部地段有宽有窄，由于长期处于地下的闭塞状态，洞内的碳酸盐类物质在合适的地质作用下完全结晶，犹如水晶宫殿，更像一幅绝妙的地下彩景图。

我在洞里边看边寻思，北京猿人洞是个扩大了的裂隙，反映出当时的西山曾经经历快速的抬升。之后，地质作用趋于平缓，导致东坡溶洞横向溶蚀成一个水平型溶洞。要是该洞能完好地保存下来，不仅为周口店增添新的旅游景点，更重要的是可以为我们认识北京猿人洞的来龙去脉提供新的思路。但为时已晚，东坡溶洞已惨遭破坏，现已无影无踪了。

重返周口店

1981—1982年，事隔20多年我重返周口店。这次来的目的十分明确，就是寻找北京猿人的临时住所。哪怕是他们外出活动短暂停留之地，只要留有遗物或遗迹都可视为北京猿人生态圈中之物。

正是有了这个想法，我与谢党结伴，在周口店地区进行了广泛的调查研究。功夫不负有心人，我们终于在上方山云水洞发现了鸟类、哺乳类化石，并以此撰写成文《北京云水洞的脊椎动物化石》，刊于《古脊椎动物学报》。

但是云水洞地点的时代太晚，与北京猿人无缘。我们回过头来，在石花洞、银狐洞一带考察，虽说没有发现与北京猿人相关的信息，但在石花洞见到了月奶石。

说到月奶石，还有段趣事。当年我迈入石花洞时，映入眼帘的碳酸盐类沉积不是石钟乳，而是布满了洞壁和洞底的月奶石。然而很遗憾，由于开发者的无知，把洞底的月奶石踩踏得乱七八糟，令人痛心不已。于是我提笔给北京市市长写了封信，希望领导同志责成相关部门保护石花洞的月奶石。没有想到，市长不仅做了回复，还指示相关主管部门尽快落实保护措施。事后不久，还因此聘我为石花洞科学顾问。我也给予了回应，把我从国外带回来的洞螈和在两广地区采集的洞穴盲鱼等珍贵收藏品赠给了石花洞。

结束了石花洞一带的考察，我们转身来到山前与平原接壤地带，在娄子水附近的石灰岩残丘见到了褐黄色堆积地层，从其岩性分析，该套地层的属性应为洞穴之物。在我们俩的共同努力下，在一个裂缝的夹层中发现了肿骨鹿残破的牙床，表面好像还被烧烤过。我指着下颌骨对谢党说，这可是个好东西，带回去好好研究研究，看看是不是周口店时期的，倘若是，那咱们可达到预期目标了，找到了北京猿人的"分店"。

但是，由于当初未能及时把这个信息告诉周口店，事后又未能及时前往该地点作进一步调查，久而久之也就遗忘了。前几年尽管去寻觅过，但农村旧貌换新颜，变化太大，未能如愿。不过重返娄子水的觅心不死，一旦时机到来，便会寻觅，再寻觅。

协助周口店

由于体制的变化，周口店遗址从古脊椎所移交给了北京市政府管辖。记得是移交后不久，我同徐自强前去周口店看望新任馆长杨海峰，同时也看看周口店移交后的新颜。

在与杨海峰寒暄中，谈到了周口店的标本，诸如后山的标本库房、停车场旁边的标本库房，里面有许多标本。这几个地方我都去过，感觉风化严重，摆放混乱，必须整理。据裴先生讲，标本中有原地质调查所的，有的材料还未研究过。

海峰听后当场拍板，就这么定了，请黄先生尽快前来周口店协助我们整理标本。

也许是对周口店有了深厚的感情，事后不久我们便进驻周口店，一住数十天。依照周口店整理标本的规划，首先整理停车场旁边库房标本，之后整理后山库房标本，最终整理馆藏标本。

参加整理的工作人员有我和顾玉珉及周口店的宁娟。操作顺序：登记原有标本编号→新编号→属性鉴定→描述→拍照。

就这样认真细致地搞了好多天，直到把全部标本整理、登记、入库为止。在这期间，值得回味的事儿有好几桩：

第一桩——装饰品　记得是2006年4月的一个下午，我们在一个铁质标本架旁的陈旧木架上拿出几盒标本，当整理到第3盒时，厚厚的漆黑色尘土下出现两个小白点，我感到异常，于是用手指捻了捻，不想却露出了庐山真容，原来是两颗犬齿。齿冠大小似獾，用小刷清净后，发现齿冠下方有编号。不觉大叫一声，山顶洞的装饰品！大伙儿一听都惊呆了。

沉默片刻后，我拿着标本对大伙儿说，你们看，标本上满是灰尘，清理后的外表光洁如初，毫无疑问自出土以来它们俩一直在这儿睡觉，一觉睡了70年。

话得说回来，有了发现，给大伙儿带来了愉悦，可发现的几率是有限的，绝大部分时间还是埋头整理，再整理，时间长了便觉得枯燥无味！然而事情的发展好像是上帝安排好的，没有过多久，便有标本再露光芒。

在整理定级标本时，在山顶洞人装饰品的模型展品中又意外地发现3件钻了孔的动物犬齿无编号，而其他均有编号。再说，无号标本的色调也比模型鲜艳。为了进一步论证其属性，又用放大镜对其作了细微观察，见到了牙齿珐琅质和钻孔周围的髓腔，毫无疑问是真标本，非模型。

一听是真标本，大伙儿的掌声又一次响起，我的心情跟大伙儿一样，顺口说了句笑话，在模型里飞出了"金凤凰"。它们飞呀飞，飞了73年，但是从未飞出周口店这片沃土。

第二桩——草兔环骨　记得是发现山顶洞人装饰品后不久，在标有山顶洞字样的标本盒里，见到了许多兔子的环骨。数了数有十来件，大小相当，色调一致，表面未磨损。我边看边琢磨，这些东西自出土以来好像无人问津。我查阅了周口店的所有文献，也未见到有关草兔环骨的专门论述。也许，这些东西很不起眼而被忽略了。

从草兔环骨的形态和如此多的数量来看，它又出自山顶洞人之家，没准儿也是装饰品吧！

第三桩——骨管　2006年12月26日午后，在整理定级标本之时有两件骨片引起了我的注意，随即拾起观察，仔细一看令人惊叹，这两件标本并非骨片而是完好的骨管。从其形态来看均属肋骨的一段。它们长短相近，粗细相当，两者腹面均被磨制而变平，毫无疑问是史前文化精品。于是我细声地对宁娟说，又找到"宝贝"了！

宁娟接过标本，目不转睛地看着说，黄老师，磨面上有编号，写的是Loc.4-38。

我感到一愣，第4地点！这不就是裴先生研究过的那两件标本吗？

不出所料，在图书馆查找到了1939年出版的《中国地质学会志》19卷3期224页上，裴先生说："1937年在第4地点顶部发掘时，除了发现石制品、哺乳动物化石外，还找到了两件稍长的骨骼，就其形态似肋骨，沿腹面将其磨制而使其变平，从磨平的表面黏附着的钙质沉淀物判断，其磨痕的年代为早。"

落实了该标本的属性，接下来谈点我的看法：

这两件磨制品出土于第4地点，其地层层位靠顶部，很可能是山顶洞人之佳作。理由有三：

其一，山顶洞人的装饰品中，例如骨针就是磨制的；

其二，山顶洞人的年代距今约3万年前；再者，第4地点与山顶洞相距不足100米；

其三，这两件磨制品从选料到加工制作，其意识水平已达到了相当高的境界。也就是说，制作者已达到了三个一致：即选料一致，长短粗细一致，磨光面一致。这样的意识能力非山顶洞人莫属，而北京猿人和新洞人是难于实现的。

上述分析表明，第4地点的顶部很可能是山顶洞人的活动地点，同时也为我们进一步寻找山顶洞人的活动半径提供了新的思路。

再踏周口店

标本整理结束后，杨海峰又找我谈话，希望我带领几个年轻人把周口店各个地点的地理方位、海拔高程、洞穴类型、堆积岩性、动物化石、文化遗存等等重新编写，汇入史册。

他说，这个工作据我所知，目前只有您了解得最全面。

听了海峰的请求，我感到有理，周口店的化石地点很多，20世纪50年代各地点的旧貌大体上还能辨认，后来随着基本建设，特别是开山采石破坏十分严重，不少地点已面目全非。现在是时候提出重整了，想到此，我当即表态，同意。

重整周口店各化石地点对我来说困难亦存，前文说过，开山采石破坏严重，不少地点面目全非，不得不从头做起。

所谓从头做起，也就是把当年（1957—1958）在周口店工作期间，裴先生、贾先生带我走访过的地点的记录找出来，逐一核查，逐一标记。拿周口店第13地点来说，就是依靠贾先生当年给我们讲解的记录、图片等资料核查定位的。再就是第18地点，要不是杨钟健所长当年带我们去18地点留下的照片、记录，恐怕是难于觅到的。

这次的调查工作好在有几位年轻人（宋冬勇、葛大鹏、李俨、武灵玉）参加，工作起来得心应手。我们从近至远逐个进行，遇到面目全非的地点，就凭记忆和野外日记将其重新标定位置编入新史册。经过近半年的时光，我们圆满地完成了任务，并将其整理汇集成文，由科学技术文献出版社出版了题为《周口店遗址27个化石地点》一书。书中对各地点之时序归纳如下图所示：

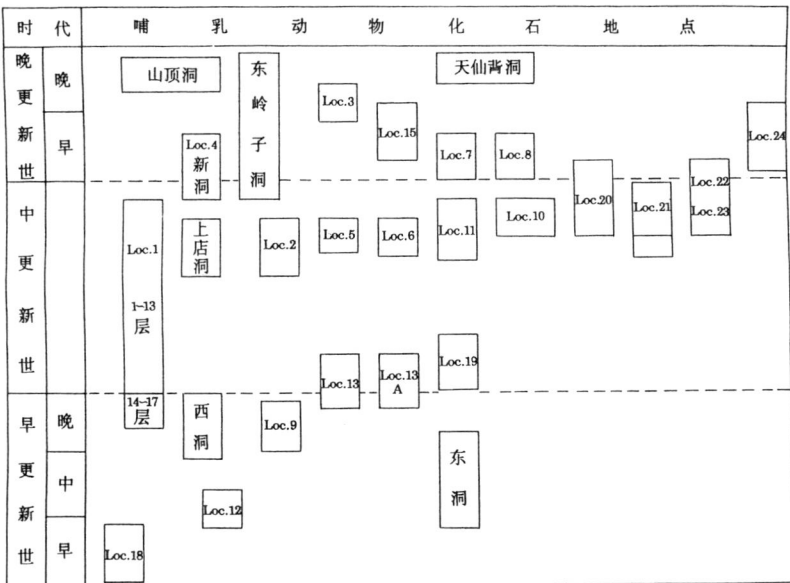

时代		哺 乳 动 物 化 石 地 点								
晚更新世	晚	山顶洞	东岭子洞	Loc.3	天仙背洞					
				Loc.15		Loc.7	Loc.8			Loc.24
	早	Loc.4 新洞						Loc.22		
中更新世		Loc.1 1~13层	上店洞	Loc.2	Loc.5 Loc.6	Loc.11	Loc.10	Loc.20 Loc.21	Loc.23	
							Loc.19			
		14~17层	西洞	Loc.13 Loc.9	Loc.13A					
早更新世	晚				东洞					
	中		Loc.12							
	早	Loc.18								

鸽子堂的新发现

初进鸽子堂是1955年，是刘义山带我看北京猿人洞路过时的情景。这次进鸽子堂是周口店博物馆对鸽子堂清理整治的情景。相比而言，前者陈旧不堪，后者整洁安全，带来了新气象，也带来了新发现。说到新发现，我是从周口店宋冬勇那里晓得的。

2005年9月19日接到周口店宋冬勇打来电话，说在清理鸽子堂洞底时发现了一个洞穴，工人下去后挖出了许多哺乳动物化石，希望我前去看看。

20日我到了鸽子堂，见到了新出土的化石，其属种以偶蹄类居多。随后下到洞底见到了堆积剖面，在一个不起眼的角落又见到了铁锹，不由得想起了刘义山当年对我讲述的关于鸽子堂的故事。

大意是说，抗日战争期间，为了防止日本人破坏，把不少发掘工具放进了鸽子堂下洞。如果有机会下洞去看看，说不定还有新发现，因为洞里的堆积与猿人洞的堆积是一致的。

在场人员听了这个故事，都感到老一辈人对周口店的热爱和深厚情谊。

我拿着手电照看周围的地层，层序清晰可辨，砂质黏土含石灰岩角砾，色调褐黄，局部胶结。打算出洞之时，在西侧剖面的砂质黏土里发现一块骨片，清理干净后，两端呈现出多处疤痕，从其疤痕的机理分析，似人工制品。

赴宝岛看"北京猿人头盖骨"

大概是2006年初秋，接到一个电话，说台湾一位商人找到了北京猿人头盖骨，需要我前去台湾鉴定，论证其虚实。

听完电话我感到意外，令人不解，北京有那么多古人类学家不找，为什么偏偏找我。第二天又来电话，说的是同样的事。我说，中科院有好几位古人类学家，找他们更好。对方说，我们查了资料，你的经验丰富，就要找你。

考虑再三，感觉去为上策，因为周口店正在为寻找北京猿人头盖骨忙碌着，倘若真的在台湾找到了，这不就完成了一个多世纪尚未完成的事嘛！

启程之前，从不同的角度，把周口店北京猿人头盖骨模型翻拍了许多照片，同时，又复印了北京猿人的相关资料。加之从裴、贾先生那里学得的知识，信心就更足了。

出发前我对顾玉珉说，你们放心，是真是假，定能说出个道道来，倘若是真，那可是特大的爆炸性新闻，反之，也是个新闻，没有找到，仅此而已。

到了台湾，人家十分热情，而且告诉我鉴定之事不忙，陪你看完了宝岛的风土人情之后再说。

行程结束前夕，终于看到了"北京猿人头盖骨"。标本仅此一件。前看后看，左看右看，从颅顶至颅底，没有看出一点猿人之性状，相反，越看越像南非汤恩小孩的翻版模样。

有鉴于此，我十分遗憾地告诉主人，它不是北京猿人头盖骨，是模仿南方古猿制作的。

主人听后，沉思一会儿说，那好，问题搞清楚了，谢谢黄教授，辛苦了。

对周口店的期待

周口店自北京猿人第1颗牙齿发现至今，快100周年了。此间经历了多起多落，从几间小小的展室，发展成了而今的多功能博物馆，值得庆贺！

作为对周口店有深厚感情的我，对周口店的未来提几点希望：

1.陈列品要不断更新，要做到这一点，就要开展野外调查，寻找北京猿人活动半径内的遗存；

2.开展科学研究，把过去遗留下来未研究的标本加以研究，此举既可增加学术内涵，又可增加新的展品；

3.对原有的标本，特别是带有趣味性的标本，通过三维技术展示出来，或完全以艺术的手法展示出来，如同重庆自然博物馆搞的"世界恐龙艺术展"那样，很受参观者欢迎；

4.撰写科普丛书，但要创新，不可走老路，可以多视角来写；

5.举办专题展，选择趣味性较强的或科学意义较深的材料，通过现代化的展示手段展示出来，并以此走出周口店，面向全国展；

6.周口店第1颗北京猿人牙齿是1921年初冬发现的，迄今快100周年了，以此为契机，开个国际会议。这是因为，由于有了北京猿人第1颗牙齿的发现，才带来了头盖骨的发现。

赵资奎

　　赵资奎，中国科学院古脊椎动物与古人类研究所研究员。1957年广州中山大学生物系动物学专业毕业，被分配到北京中国科学院古脊椎所工作，任古人类室研究实习员。

　　1958年，参加由贾兰坡领导的周口店北京人遗址发掘工作。1959—1960年，主持周口店中国猿人化石地点发掘研究项目。1959年在第10层上部发现一块完整的中国猿人下颌骨化石，1960年在第13层发现一件石器。

　　1961—1964年，筹建化石组织切片实验室，进行灵长类牙齿化石显微结构探索研究；领导华南地区第四纪哺乳动物化石、人类化石调查研究和陕西蓝田猿人遗址发掘工作。

　　1971年至今主要从事恐龙蛋化石研究。

1935年周口店第1地点（猿人洞）发掘现场

周口店是我的大学堂

赵资奎

我在周口店边干边学

我1957年大学毕业，因为是学生物学的，就被分配到中国科学院古脊椎动物与古人类研究所古人类研究室工作。第二年，也就是1958年夏季，北大考古系要组织二年级的学生到周口店遗址实习，时间大约两个月。借这个情况，并考虑到1959年国庆十周年快到了，研究所领导提出：发掘周口店"北京人"遗址，寻找"北京人"化石，向国庆十周年献礼。其实周口店发掘工作在抗日战争中断12年之后，1949年中华人民共和国成立后就恢复了，1950年后因为其他事情又停了下来。这次仍然由贾兰坡先生负责。当时因为我被分配在古人类研究室，因此也让我参加，到周口店做贾老的助手。

其实，我对周口店的印象，除了小学时候老师介绍过周口店发现了猿人化石，其余的我都不知道。所以说1958年到周口店以后，我才真正接触到它的发掘历史。当时"北京人"洞穴堆积在西边和东边的都保存得很好，就是中间挖掉了。虽然我是学生物学的，但在学校学的都是现代生物，对于古脊椎动物学，可以说是一窍不通，更谈不上有什么兴趣。到周口店参加发掘工作，一开始没有什么想法，很被动，贾先生让我干什么我就干什么。

当时按照30年代在周口店发掘时建立起来的"打格分方"的方法进行发掘。每一方格由2—3人负责，发掘出来的每一块化石都要编号，并按规定包装好。应该说这套发掘方法是很科学的。我们所保存的大量的周口店标本，只要看一看号码，就知道是从什么地点、什么层位以及是从哪一方格内发现的。

虽然那时候北大的学生们把我当成老师，但其实我连最基本的，比如说化石挖出来之后怎么包都不会。在野外工作怎么包化石，都有一套专门的方法的。所以，贾先生先教我，化石挖出来后怎么编号、怎样包装，然后我就"现买现卖"去教学生。

按照贾先生原定的计划，在三个地点同时进行发掘，其中最主要的一处是在洞穴东侧，即在鸽子堂顶部、已暴露的第3层往下发掘。发掘面积东西长五六米，南北宽十一二米。根据以往的经验，在下面的第4层和第8、9层发现"北京人"化石的可能性很大，从现在的发掘面到第8、9层有近20米厚。开始时，每一方格由2—3位学生负责，用钉锤、铁钩子和小铲子发掘，速度很慢。那时候正好是"大跃进"时期，他们就想按照这样的发掘方法和速度，要在一个多月的时间内挖到第8、9层找"北京人"化石难以想象。因此在一些学生中出现了急躁情绪，而且很快蔓延开来，有人提出要敢想敢干，打破旧框框。在这种形势下，贾先生被迫违心同意用大爆破的方法，就是打大炮眼，装上炸药，把坚硬的堆积层炸裂，炸成一块一块的，大小不等。爆破完了就撬，撬开看看，有化石的就捡出来，没有的都扔了。就这样，用了将近一个月时间，从上面第3层到下面第8、9层，就挖掉了近2000立方米的洞穴堆积物。

后来北大学生走了，贾先生带着我们，包括那时刚分配到所里工作的两位北大考古系毕业生李炎贤和戴尔俭继续清理发掘现场，又搞了一两个月。在这期间贾先生抽空就带我们把1951—1957年期间在周口店附近新发现的七八个地点的哺乳动物化石进行整理，教我们怎样鉴定哺乳动物化石，如中国鬣狗、肿骨大角鹿、李氏野猪等等。他还带我们到这些化石地点进行现场考察，什么是洞穴堆积，什么叫角砾岩，河流流过之后形成的岩石是什么样的，他一边指给我们看，一边解释。那个时候真是学到不少东西。

1959年初，所领导在总结周口店发掘工作时，决定继续上年度的工作向下发掘，并决定让我来负责。我吓了一大跳，担心担当不起。所领导就给我做工作，你大胆去做，有什么事儿所里负责。裴文中先生和贾兰坡先生都说，放心吧，有问题打个电话来，我们就立刻去帮助解决。

参加1958年的发掘时，在贾先生的指导下，我基本上学会了老一辈科学家在周口店建立起来的"打格分方、按水平层"发掘的方法。就这样我忐忑不安地接受了这项任务。

那个时候我们研究所和当时的苏联古生物研究所合作，共同组织的中苏古生物考察队要到内蒙古、新疆进行野外考察。当时所里招了好多复员军人，其中大部分人参加了中苏古生物考察队，剩下的五六人就被分配到我们这里，和4位老技工一起组成的发掘队，六月份到周口店北京人遗址发掘。没几天，所长杨钟健和刚调来任副所长的颜天明就到周口店来了解我们的工作和生活情况。这使我感到无比的温暖，也增强了我对发掘工作的信心。

根据所领导的指示：要严格按照以往行之有效的"打格分方、按水平层"发掘的方法，继续从上年度的发掘面向下发掘。大约不到一个月，我们就在第10层上部发现了一个"北京人"下颌骨化石。这一发现，给了我很大的鼓励。因为以前发现的"北京人"化石，在第二次世界大战期间全都丢失了。中华人民共和国成立后，在50年代初发掘的时候找到了几个牙齿和两小段破碎肢骨，仅此而已。

所里接到我的报告后非常高兴。很快，杨钟健、裴文中、贾兰坡和吴汝康等各位先生，先后来周口店北京人遗址了解"北京人"下颌骨化石的发现情况。

为了进一步加强北京人遗址的发掘工作，所领导除了抽调李炎贤来周口店参加发掘外，还通过科学院组织义务劳动队，分几批来周口店参加我们的发掘工作。从此，每天参加发掘的人员就有40—50人不等。

裴老有空时就来周口店，给我们讲30年代周口店发掘的情况。尤其使我感动的是，1960年，大约是六七月间，裴老还来周口店住了近一个月，专门给我和戴尔俭两人较为系统地讲授有关周口店地质情况、发掘和研究的历史。在讲到有关"北京人"制作石器的原料来源时，还带我们两人到附近的一条名叫坝儿河的河滩上，沿着河滩向北一路观察各种砾石的大小、形状，一直走好了几里地；还到分布有大理石和花岗岩的地方给我们解释当时大理石是怎样形成的。

在五六十年代，周口店是一个对外窗口，经常有外国友人来此参观，地质学院老师也经常带学生来参观、实习。周口店就像是一个大学校，不同的人来参观，我都得去接待，他们提的奇奇怪怪的问题我都得回答。回答不了的怎么办？就逼着自己去学。我是经常拿着老一辈科学家写的有关周口店的论文和专著在周口店陈列馆对着展出的化石标本等展品来学习的。可以说，古脊椎动物学、第四纪地质学这两门学科中最基础的内容，我是在周口店一边干、一边学的，不是在正儿八经的课堂上学来的。

1959年，所里根据中国科学院提出的"技术革命"的口号，决定筹建化学分析实验室、化石组织学实验室和化石修理技术革新小组。但是搞了近一年时间，效果不是很明显。1960年，所领导在讨论它们的去留时，吴汝康先生提出，化学分析实验室由他来管。就这样，吴先生要我和毕初珍负责继续筹建化石组织学实验室，进行古人类牙齿、古猿牙齿化石显微结构探索研究。因此，我们就时断时续地到当时的北京医学院口腔系学习牙齿组织学和制作牙齿切片的技术。当时，吴先生给了我们几个猩猩、巨猿的牙齿化石，让我们制作显微镜镜检薄片，观察这些牙齿的显微结构特征。但是，正当我们计划探索巨猿牙齿化石显微结构特征时，1966年发生了"文化大革命"，探索被迫停了下来。

1970年，我们所接受了一个研究项目，解决南方红层的地质年代。我国南方广泛分布着一套中生代、新生代的红色地层，简称红层。其中蕴藏着多种沉积矿产资源，并富含动植物化石，详细研究这些红层的地层关系和古生物化石，不仅有其重要的经济价值，而且还具有相当大的学术意义。当时我们所的野外考察队在南方几个地点找到一些蛋壳碎片，回来后拿给杨老看，杨老说这可能是恐龙蛋壳。如果真的是恐龙蛋壳，那么就可以肯定这些含有蛋壳化石的地层时代是晚白垩世。但是要真正确定是否是恐龙蛋壳，就得把它切成薄片，在显微镜下观察它的显微结构特征。因为我已学会制作化石切片和使用显微镜，所以杨老提出交给我来做。在五六十年代，我们所先后在山东省莱阳和广东省南雄县发现了大量恐龙蛋化石。我和蒋元凯接受这一任务后，就把蛋壳拿来制作显微镜镜检薄片。跟过去在山东发现的恐龙蛋对比后，肯定这些蛋壳的确是恐龙蛋，因此这些含有蛋壳化石的地点的地质时代应为晚白垩世。

但是意想不到的是，当我们以山东莱阳发现的恐龙蛋壳显微结构特征作为比较的标准时，发现原来被鉴定为"圆形蛋"的那些蛋壳显微结构多种多样，根据其相似和相异的程度，还可以再分为七八种。我们把这个发现向杨老报告，他感到很惊奇，也很高兴，随即把外国科学家寄给他的几篇关于恐龙蛋壳显微结构特征的研究论文交给我们。其中有两篇是用德文写的，德文我不懂，杨老还亲自将其翻译成中文交给我们。

那时候还处于"文化大革命"时期。每天除了参加政治讨论、批判大会，我们也没什么事可做。有了这个任务，我和蒋元凯天天在实验室里，把我们研究所在全国各地采集到的恐龙蛋壳拿来制作镜检薄片。不到半年时间，就制作了近千片标本。此外，我们还到北京动物园收集了一百余种鸟类的蛋壳来制作镜检薄片，观察这些鸟类蛋壳的显微结构特征与恐龙蛋壳有什么不同。当时杨老对我的启迪的确很大，他鼓励我们说，你们好好干，恐龙蛋在中国最多，这东西是超国际水平的。就这样我研究起恐龙蛋并写出文章，杨老马上推荐给《中国科学》，一刊登国外就知道了。

先辈们留下的宝贵财富是我们突破和创新的基础。改革开放后，吴汝康先生提出对周口店北京人遗址进行多学科综合研究。这种多学科的研究，可是一个学问。当时提出一大堆研究课题，但是没有弄清楚哪些是最基本、最重要的，最后呢，各说各的。当时如果把裴老、贾老等老科学家吸收进来，我相信会做得更好，达到更好的效果。

北京人遗址含有北京人化石和遗物的堆积厚度达40多米，根据岩性变化，自上而下共划分了13层。整个堆积是连续的，中间并未发现有明显的间断。20世纪30年代，裴老、贾老他们从上到下一层一层地发掘，可以说，对北京人遗址的"家底"了如指掌。

1966年发生了"文化大革命"，就在这时，裴老组织了几个人发掘北京人遗址南裂隙的堆积。没几天，就发现了属于"北京人"的一块额骨和一块枕骨。1969年，在"抓革命，促生产"的号召下，所里提出研究1966年发现的"北京人"头盖骨碎片。我记得很清楚，当时裴老就提出，要我们把30年代在那里发现的"北京人"颞骨复制的模型找出来对对看。让我们意想不到的是新发现的头骨破片竟与30年代发现的颞骨合并成为一个近乎完整的头盖骨，说明它们原来同属一个个体。

我在周口店工作那几年的体会是，在全世界发现的人类化石地点中，能够保存如此完整的只有周口店。尤其是他们用火的证据、制作的石器，这些材料是全世界最丰富的，世界上没有第二个地点可以跟它相比。

现在咱们讲创新，其实早在30年代，周口店的发掘工作就在创新了。最初，工作人员是按照地质古生物学那套野外工作方法进行发掘，但是由于野外记录不是很详细，随着研究不断深入，特别是发现的哺乳类化石，常常搞不清其出产层位的上下关系。这种发掘方法的不完善，促使裴先生、贾先生等人对发掘方法进行不断地改革，逐步建立了"打格分方、按水平层"发掘的一整套工作方法。从此，挖出来的化石和石器等标本的记录就非常详细，每件化石都有编号。我们只要看标本上的号码，查一下平面图和剖面图，就可以知道这件标本是在哪一层、哪一"方格"里发现的。这也是"文化大革命"前古脊椎所的研究技术人员的工作特点。每一块采集回来的化石都有编号，例如在山东莱阳和广东南雄县采集的恐龙蛋化石，即使是一片小蛋片也都是有编号的。

我很佩服贾老，他是学会计的，到周口店后主要就是自学。那时候好多外国专家也经常去周口店，他就一点点求教、学习。后来裴老到法国留学去了，周口店的发掘工作就由贾老来负责。现在保存下来的周口店的发掘资料，都是贾老在抗日战争期间相当艰苦的条件下，把过去每一层发掘的资料认真整理，完好地保存下来的。

如果没有贾老这样的人把周口店的资料保存下来，过去所有发掘出来的标本将会失去出产层位依据而造成混乱。所以贾老在保存资料这方面，功不可没。

周口店发现的化石非常丰富，虽然这些标本大部分都已被研究过了，但是仍有很多未解之谜。在1958、1959年，裴老、贾老对我们说应考虑对北京人遗址进一步研究的问题，如北京人遗址的地质年代、当时的环境条件等等。尤其让贾老一直念念不忘的是为什么在下部地层中发现的肿骨大角鹿下颌骨比较扁平，而在上部地层中发现的就很肿大？所有这些问题，现在看来，在当时的研究观念和研究条件的制约下，是很难有结果的。

随着科学技术的发展，我们会进一步采用新的分析方法，研究这些化石。我相信，将会逐步解决过去无法解决或大家看法不一致的问题。例如采用地球化学分析方法，分析某一种脊椎动物的骨、牙齿化石中的碳氧同位素组成，就可知道这种动物当时的生活环境，甚至还可以了解到当时该动物是以被子植物还是以裸子植物作为食料来源的，而这在90年代以前是办不到的。

现在，怎么样再去创新、去突破是个严峻的问题。发掘出来的材料那么多，必须得整理。要年轻人整理几天可以，但要让他们长年累月整理就烦了，整理过后能不能有个结果更是不好说。我觉得，除了发扬过去的优良传统，采用何种方法进行再研究，是至关重要的。

周口店这批化石独一无二，直到现在仍然可以发挥它的作用，我相信可以在研究上突破一些东西，这样就丰富了"北京人"当时的生活情况。

博物馆如果没有研究力量是发展不了的。最近这一二十年，国家对建立自然博物馆比较重视了。那么，自然博物馆怎么建馆呢？我知道有的就是买化石进来，然后博物馆就建立起来了。这样的博物馆一点生命力都没有。正如美国纽约州立大学的古生物学家克劳斯所说的，"每一件化石都会告诉人们一个故事，如果不用正确方法采掘化石，那么就会失掉它的内涵和故事，而最终将使它变成一件艺术品"。

博物馆是一个科普宣传基地，随着新的化石材料不断发现和在研究上进一步深入，博物馆的展览也要不断更新。

1992年我去英国伦敦自然博物馆访问，那时他们正在筹办一个恐龙展览。他们告诉我，办这个恐龙展览的时间，估计也就是十年，十年以后可能就不行了，因为有不断的发现、研究，对恐龙的认识也在不断深入。

从发掘人类化石到研究恐龙蛋化石

我觉得老一辈科学家在周口店发掘时建立起来的发掘方法，是经得起考验的。1958年以后，曾讨论过如何对北京人遗址进一步发掘的问题，裴老就提出不能全给挖空了，也得留给后人。裴老是对的，后人得知道过去在周口店发掘时有什么经验教训，现在有哪些未解决的问题。这些如果弄清楚了，弄得比较可靠了，然后抓住主要问题，再去发掘，也许能搞出点名堂出来。

从20世纪70年代以后，我就搞起恐龙蛋来了。有关周口店的最后一个研究是70年代末对周口店北京人遗址发现的鸵鸟蛋壳化石进行研究。这些鸵鸟蛋壳化石，有的是烧过的，有的是没有烧过的。我们的研究发现，这些鸵鸟蛋壳化石的显微结构特征，虽然和现代非洲鸵鸟以及200多年前生活在马达加斯加岛的象鸟（也叫隆鸟）的蛋壳显微结构特征有一定相似性，但是与现代非洲鸵鸟蛋壳有很明显不同，而与象鸟蛋壳的更为相似。

袁振新

　　袁振新，1937年11月18日出生，1960年10月毕业于四川成都地质学院地质测量及找矿系（又称普查系），同年10月分配到中国科学院古脊椎动物与古人类研究所古人类研究室工作。参加过云南元谋人、陕西蓝田猿人发掘并任队长。1979—1992年参加北京猿人遗址发掘，任队长。1982年起任周口店遗址博物馆管理处主任。1997年退休。

　　1994年被中国科协任命为中国科学探险协会奇异珍稀动物（野人）专业委员会主任委员（野人协会执行主席之一），参加湖北房县神农架野人考察20多次（现任顾问）；北京市科技委员；九三学社原中国科学院古脊椎动物与古人类研究所主任委员；房山区原政协常委。

早期研究周口店遗址的科学家裴文中、王恒升、王恭睦、杨钟健、步林、步达生、德日进、巴尔博（从左至右）合影，1928年摄于周口店

我把青春献给周口店

袁振新

我在周口店做了很多有意义的事情

打倒"四人帮"以后，科学院立了个项目，要在周口店搞一个综合研究。当时科学院非常重视，1977年在周口店开会，当时裴文中、贾兰坡、周明镇、吴汝康等人，还有院里的副院长都参加了。当时任命谁来主持这个项目呢？裴老、贾老、吴汝康、周明镇都同意我去。因为我是学地质的，在"文化大革命"前一直主持蓝田、元谋遗址的发掘，并担任队长。他们觉得我做这个工作比较适合，于是我就参加了周口店综合研究的发掘工作。周口店综合研究有13个项目，4个院校，五六个院士参加。当时集中了全国地质、洞穴、古人类、古气候、植物、土壤、年代分析等各方面的专家，一共有一百多人。大家就住在周口店，按项目分别去做，最后出了一本书叫《北京猿人遗址综合研究》。

综合研究工作开始以后，周口店就引起社会各方面的重视，因为"文化大革命"以后百废俱兴。我也被周口店留下来了,先叫我当业务负责人,就是当副主任,当时贾兰坡还是主任。到了1982年的时候,所里又任命我当管理处主任。从那以后,我就一直在周口店工作,待了14年。我负责周口店工作的时候,还在全国各地搞了好多古文化遗址调查,共有四次列为当年旧石器时代文化遗址发现第一名。

周口店申报世界文化遗产时,我负责了大量包括测量、收集资料等在内的工作,甚至很多照片的拍摄都是我亲自做的。贾老特别支持这个事情,当时很困难,我们尽可能用很少的钱办大事情。国家文物局和北京市文物局也非常负责任,制定了详细的条例,把周口店列入国家保护计划,这样整个遗址就得到了保护。当时还涉及水泥厂的拆迁问题,我多方协调,帮助他们另建新厂,这样一来我不但解决了周口店遗址的保护问题,而且把周口店水泥厂的问题也妥善解决了。当时我觉得这个工作做得非常完善,也算是我在周口店做的一个贡献吧。

进行综合研究的工作,我在周口店要协调十几个单位,一百多个科研人员,难度可想而知,但我还是克服困难,圆满完成了任务。

我在周口店的另一个工作,就是办了一个内部培训,所有周口店的员工,都参加咱们国家文物局的培训,听专家们讲课,让他们了解周口店在国际上的地位和意义,这是我做的非常有意义的工作。

周口店当时有个特殊的难题,就是每个礼拜有一天闭馆学习。参观者坐车来了,比如那些大学生毕业之前,到周口店来参观一下,结果因为我们有学习要关门,把他们拒之门外,这样反应就非常大。当时我把人民来信一封一封地拆开看,看的结果我觉得这个是个很大的矛盾。周口店遗址代表国家，在北京是代表我们的首都，全国各地来参观的人，怎么可以把他们拒之门外？有外宾参观的时候内宾就停止参观，观众也会有意见。我就继续采用贾老的做法，设置意见本，每一天都查看，每个意见都回复。最后我总结了一个问题就是：我们管理处要树立一个全心全意为人民服务的思想。但怎么解决这个问题呢？我就组织员工到全国各地去参观。我说，你们出去参观以后就知道周口店在全国人民心目中的地位。一提周口店，人家用老大哥来形容，因为我们周口店是世界以及中国考古人员的培训基地。我们1956、1957年参加培训的人，基本上都在全国省级地级博物馆、文化厅当负责人。所以我们一去人家说这是老师，我们接受培训的地方来的呀，对我们非常尊敬。他们出去一感受，思想大提高，然后就同意我的意见——周口店遗址全年天天开放，中午也不休息。这个在博物馆系统的影响也很大，很多人说周口店开了一个非常好的先例。我觉得这个事情我做得非常到位，让每个员工都接受我的意见，让他们到全国实地考察，亲身感受到周口店在人们心目中的崇高地位。

1991—1993年，吴汝康院士，当时的副所长，申请了一个20万元的所重点项目，任命我带队在周口店进行发掘。当时裴老说东坡是一个塌下来的洞顶，都是大石头，所以1958年炸了一下，但没有炸下来。后来我想了个办法，就是从东坡的东洞口往西挖。这样做有两个目的：一个就是东洞口比较松散，躲过了塌陷层以后容易往里挖。后来那个地方挖出来了一具幼年象象骨，因为成年象猿人打不了。但是这只象是被解剖了的，应是猿人把它杀了以后解剖了，这算是猿人在周口店东洞口狩猎的一个证据。另外一个目的是，以后参观可以直接从东洞口进入，一进周口店就先进洞参观，然后上来，再回到馆里参观。整个参观路线，一进去让人感觉像是进了猿人生活的环境，里边搞些雕塑，把猿人当时生活的情景复原起来。但后来这个设想没能实现。

我在周口店发掘的时候，有几个比较重要的事情被研究清楚了。一个是周口店猿人遗址的年代问题。我请了贵州的一个搞年代测定的研究人员，合作了四年，把周口店所有地层用分析研究钟乳石的方法——把延伸到洞底下的钟乳石做了采样，逐一研究，最终把年代搞清楚了。这是一个非常大的成功，在国际上发表了很多文章。还有一个是用火的问题。当时发掘出烧煳了的石英石器，还有烧得发蓝的骨头。周口店科研人员通过对石器和骨头的分析，把用火的问题也搞得比较清楚了。当时发掘工作的研究也验证了裴老、贾老等前辈的工作。

周口店那些让我感动的人和事

在周口店有一些人和事情让我非常感动，一个就是联合国世界遗产保护处的副主任，到北京来了。因为我知道他信奉伊斯兰教，所以在他来北京时，就在周口店附近找了个伊斯兰餐馆，请他吃了一顿饭。他说，我到北京基本上吃不饱，但是到了周口店我吃得非常饱，非常感谢你，你有什么需要我帮助的，我可以帮助你们。我说，我们周口店现在的地下洞穴不清楚，能不能找一个单位，把地下洞穴用现代方法来测定一下。结果他说好办，法国有个公司专门帮中国的核电站测地基的，是世界最权威的一个单位，不要你们出钱。后来真就帮我们请来一个非常负责的工程师，甚至爱人去世他都没回家，这个人了不起，我就说这个法国工程师是法国的白求恩。而且他还建议请法国的公司给予支持，这是我们周口店得到的国外资助1600万法郎的重大项目，把龙骨山地下洞穴群彻底弄清楚了，这让我非常感动。

还有一件事情令我非常感动，就是美国纽约警察总局副局长兼审判厅厅长莫虎，他是华人在美国担任职务最高的警察。但这个人非常谦虚，他来周口店参观，坐车坐到底下自己走上来。还有新加坡总理李光耀也到周口店参观过，他下命令让所有随行人员下车步行上周口店。李光耀是福建人，他爱人是上海人，讲的一口非常好的普通话，这两个人给我印象特别深。我们的所长周明镇讲解的时候，他一直非常认真地听，而且他说他不能用香水，因为接待室不能用香水。这是李光耀对我们周口店遗址的尊重，让我非常感动。我们接待过很多国际友人，在这些过程中我感受到周口店在世界人民的心目当中有非常崇高的地位，对我教育意义非常之大。所以我这一辈子，把青春献给了周口店，是一点都不后悔的，而且觉得非常荣幸。我这一辈子在周口店从1979年发掘开始，到1992年离开，这14年是我人生最宝贵的一段时光，也是最值得纪念的一段时光。

我在周口店的时候，国家很困难，所以科研机构的经费非常少。周口店是咱们北京第一个挂上大理石牌子的花园式单位，当时在中南海紫光阁开的发布会，我觉得非常光荣。而且我在周口店的这几年，所有评比周口店都是先进，没有一次落下的。这与我们周口店全体员工的努力是分不开的。当时包括我和刘振扬、李荫芝、邱子峰等在内的这个班子非常团结，真正是做到为人民服务，没有考虑个人利益的。我们都是第一个上班，最后一个下班。我在周口店每天只睡4个小时，其他时间都用来学习管理。我收集了所有管理的资料，有个笔记本留在周口店了，记录的就是关于周口店遗址的管理。

我在周口店晚上基本上是两个小时醒一次，因为每天晚上要出来巡查一遍，防止火灾，所以就养成了每两个小时醒一次的习惯，到现在也改不了。但白天我的精力还非常充沛，每天的事情都排得满满的。每天的工作都先做列表，先做最重要的工作，即A-1，然后做A-2，A-3，这样既充实又有序。

中国科学院院长周光召曾在周口店开10天会，研究当时评选院士的事情。周光召院长的秘书葛能全是我的同事，他说周光召经常睡不着觉，是个麻烦事，会影响第二天的讨论。我说我有办法。我养了一盆兰花，长得非常好，人家出20万我都没有卖。我就把兰花放在接待室的旮旯处。第二天周光召说，我昨天晚上怎么睡得那么好啊？我问他有什么感觉，他说他觉得晚上闻到了非常好的香味。我说我给你放了盆兰花，我把它送给你。他说不行，这是周口店，我怎么能拿东西呢？在周口店开10天会，居然把周光召的失眠治好了，我感觉很自豪。我给周光召讲解的照片现在还在所里会议室挂着呢。还有当时考古学会理事长，也是考古研究所所长，到周口店参观以后，给我写的信我一直留着。这个人就是咱们考古界的大权威——夏鼐，他来了以后我给他讲解了四个小时，他一直认认真真听，他比我大20岁哪。他说他第一次听到这么全面地讲解周口店的历史。我觉得我接待的这些人，都是学问大却又很谦虚的人，都给我留下非常好的印象。

我们周口店有正式编制的讲解员加行政管理员不到20个

人，却管理了一个世界文化遗产，当时这些员工的工资都是所里发。周口店的绿化是我们北京的园林局局长，也是贾老的好朋友单老来规划的。原先周口店是荒山秃岭，所以周口店的绿化贾老、单老，还有刘振扬，他们的功劳都非常大。我去了当然更认真了，开始大家种树效果不好，成活率不高。后来我采取了办法，就是挖了土以后，把黄土填进去，栽上树以后，用塑料薄膜盖上。这样做一是不长草，二是不蒸发。负责绿化的老王天天浇水，最终周口店绿树的成活率提高到百分之八十七。后来我还弄了个"错事"，把野山杏嫁接成甜杏了，这下大家都去采杏吃，只好把嫁接的全扳掉了。我把花房也搞起来了，恐龙展的时候是冬天，我把花房的花拉来布置。所有参观的人，包括我们的院长都问，大冬天哪来那么多花？南方的含笑（又叫香蕉花）、君子兰等20多种花很怕冷，我就请一个老工人每天晚上看着，确保室内的温度。所以我是下了很大功夫才把绿化搞好的。

在我们所非常困难的时候，我请来了贾兰坡、裴文中、吴汝康、邱占祥、祁国琴等专家培训全国各省市的旧石器考古人员、人类学考古人员以及古脊椎动物专业学员。一共办了四个训练班，培训了210人。这些人回去以后，基本都成了各省的省博物馆馆长、文化局局长，而且发现了很多世界级的遗址。这210人，是"文化大革命"以后，我们这个学科撒下的非常优良的种子，在文物考古、人类学、体质测量，还有恐龙的复原、人类头骨复原面貌等方面，都成了顶级专家。我们的古猿数量世界第一，好多东西都是曾参加培训的人发现的。发现以后他们就跟我们合作研究，所以这也是我们所在周口店培养人才上做的非常值得骄傲的事情。

现在为止我们周口店在旧石器时代的研究工作，世界上没有一个遗址能超越。非洲有很多遗址，但是它们是分散的，非洲大陆前后几千公里，没有像我们周口店那么综合的。古人类、地层、动物化石、植物化石、部分年代史，所有东西集中在一个遗址。而且延伸多少年呢，要从13层开始，就是七十万年；到山顶洞人，就是一万四千年。所以我觉得周口店这个地位，从发现到现在没有任何遗址能动摇。我们可以说是世界第一，所以贾兰坡曾提过"周口店学"，周口店的确已经形成一门学科。当时我就准备成立一个裴文中基金会，全国各地我们的学生非常赞成，都纷纷捐款，但是后来这个事情因为种种原因没有办成。

周口店也因为管理体制的问题，在遗址保护和开发利用方面遇到不少困难，后来由北京市接管周口店，科研发掘仍由古脊椎所负责。现在管理系统理顺了，建了非常漂亮的新馆，新的班子继承了周口店的光荣传统，并将之发扬光大。

周口店的馆长原先应该是贾兰坡兼的，在周口店参加培训班，毕业证书上都是盖的贾兰坡的手章。我觉得贾兰坡这个人非常开明，我被任命为主任的时候，所党委征求他的意见，他说袁振新接班他放心，因为我把他的那个设意见本的传统给延续了下来。你们恐怕不知道贾兰坡设的那意见本多宝贵，朱德、宋庆龄，甚至一些全国人大代表和全国政协委员都留下了签名。我接了他的班后就继续设了这个意见本，参观者的反馈意见是非常宝贵的资料。

我们要树立一种思想，我们是代表人民管理周口店的，不是代表个人，更不是代表我们这个班子。对全国人民来讲，我们是代表首都来管理周口店；对世界来讲，我们代表中国。所以我要担起责任，把为人民服务的精神传承下去。

我记忆中的老先生们

把几位老先生安葬在周口店也是我当馆长的时候坚持的。我当时跟科学院打了报告，我说这些世界级的院士，像贾老是中科院院士、美国科学院外籍院士、第三世界科学院院士，裴老是中科院院士，吴汝康是中科院院士，他们对我们国家贡献那么大，放在周口店是合适的。后来坟墓建在老馆的后面，专门修了一条马路上去，绿化非常好，墓周围都是柏树。坟墓是我和沈文龙一起设计的。我觉得我做了个好事，所以后来大家每年清明节都去扫墓。

杨老夫人很谦虚，她说杨老教导她不要对所里提任何要求。我说那我们全所的意愿你不能不考虑嘛。她说如果这样那将来就不跟杨老在一起。我说那不行。我们北京开的新馆，你们知道谁呼吁的吗？就是我写的稿子，杨老夫人呼吁的。当时北郊的恐龙馆要拆迁建亚运村，可是恐龙化石没地方放。杨老夫人说这些恐龙化石有新疆的、内蒙古的，人家老百姓捐给我们了，现在放在露天怎么行，那样做对不起全国老百姓。当时周光召院长，北京古动物专家两百个教授、四十个院士，两个人大副委员长一致认为杨老夫人提的好。于是国家拨款建了现在的新馆。

杨老脑子非常好，我们在长江中游黄石大冶石龙头发现了一个旧石器遗址。杨老知道了就找我过去，他说袁振新，你怎么不写稿子？我说我写给谁？他说写给《人民日报》《光明日报》。我说怎么写？他说就写长江中游发现了旧石器遗址。我查了资料以前没有，我就写了，杨老给我签了，后来刊登在《人民日报》上，以后他还鼓励我申请评国家文物局的十大发现。

后来真就评上了当年十大发现。杨老还关心每一个人。我带老工人们出差，快过春节才回来，买不到票。我排了四天四夜才买到，买完了以后我没有票，就睡在座位底下送他们回来。后来杨老说你不能这么干，你是光棍一条，可老师傅要回家过春节，你怎么可以到春节前才去排队啊。

裴老有个愿望，就是找到元谋人的下颌骨或者头盖骨。吴汝康副院长申请了经费五万块钱，租了推土机推，碰到化石就开始挖掘。后来裴老去了说，这么干可不行，元谋盆地那么大，你应当多点开花。裴老说他在周口店发现第1地点以后，通过周围调查一共发现了12个地点，最终是发现了22个地点，所以裴老的野外实践经验非常丰富。他在元谋给我的一个启发就是，不能说这个地方发现了，你就死盯在这一个地方。所以以后我每次出去，发现一个地点，就要连同周围一起调查，收获都很大。1966年他又在周口店发现了半个头盖骨，跟解放前那个后半个头盖骨一体，正好把一个头骨的模型完整地拼了出来。所以裴老是了不起的人。

贾老在西侯度发现了中国最早的旧石器。当时很多人有不同意见，我就站出来了，拿出我捡的很多石头，我说这是水冲的，不是人工打的，事实摆在这儿。后来贾老说小袁，我不知道你还有这一手，到西侯度去捡那么多石头回来，真假石器都捡来了，你还真是粗中有细。

对周口店未来工作的期待

我希望周口店还要成为全国旧石器和古人类学研究的培训基地。因为咱们一茬一茬新来的人不知道这方面的工作对国家的重要性。一个国家只有有了高度的文明，才能立足世界民族之林。而这正是我们的优势，也是周口店的优势。所以我希望他们定期地搞全国的训练班，这个基础性工作做好了，是我们国家给子孙后代留下的非常好的资源。农民运动讲习所培训农民，抗大培养了我们的干部，所以我希望周口店成为培养这方面人才的讲习所和抗大。这是我的观点。

周口店遗址留下的东西不多了，以后发现重要材料的机会也不多了，所以对遗址要采取绝对保护。周口店就剩这么一块了，将来要是都挖完了，剩个空洞，什么对接就都没有了。这也是贾老、裴老的意思，也是我们这些老一辈考古工作者的意思。周口店第1地点从顶到底还找得到连续的地层，世界上这样的遗址几乎没有了，我们要把这么完整的地层保护下来，还要防止雨水侵蚀风蚀。现在的地层，每一粒土都很宝贵，里头包含的碎屑非常之多，所以我希望周口店把遗址这一套地层一粒不漏地保留下来，用高科技方法、喷胶的办法把它保护下来，留给子孙后代。让后人用新的科技手段采集更丰富的信息加以研究。

另外可以做普查，建立和人民群众的联系专栏。全国各地来参观的人说他们那有什么什么东西，要记下来，这样可以给我们所提供线索。蓝田人的发现，好多都是参观的人提供的消息。馆里要有专门的研究人员关心这个事情，也可以派人出去调查。将来馆里还应该搞一个研究小组，到所里进修。一个博物馆没有研究部门不行。

以前的老专家们有一个特点就是放眼世界。我们这个学科也是世界性的，要放眼世界，跟踪全世界最新的研究成果，然后落实到中国，跟上世界水平。我们中国的资源非常丰富，我们发现的东西恐怕不到千分之一，南方的洞穴好几万，我们调查的不超过三百个。所以一定要搞科普，要搞培训，让更多的普通人对这个学科有所了解，才能为我们提供更多的信息。同时，我们也可以在全国范围内建立信息网，做到互通有无，这样才能做到有上报、有跟踪、有发掘、有保护。

侯连海

　　侯连海，1935年6月16日生，山东单县人。1961年毕业于兰州大学生物系，博士生导师，古鸟类学家，中国科学院古脊椎动物与古人类研究所研究员。

　　孔子鸟的命名人——侯连海先生是我国著名的古鸟类学者，是世界上迄今描述古鸟类最多的科学家，研究成果在国际上产生了广泛的影响。《世界名人录》收录的华人科学家；中国动物学会、鸟类学会、古脊椎动物学会会员；1997年获第三届尹赞勋地层古生物学奖；1999年获中国科学院自然科学一等奖，2000年获国家自然科学二等奖。享受国务院特殊津贴。

　　他立志与古鸟类厮守终身。70年代，他对中国的新生代鸟类化石进行了系统总结。进入80年代，他又揭开了中国中生代鸟类研究的序幕，1984年他研究了中国中生代第一块鸟类化石标本——甘肃鸟。进入90年代，他首先发现了孔子鸟类群的大量化石，这对鸟类的早期起源研究具有重要意义。

1934年周口店第1地点（猿人洞）东侧发掘场景

周口店的鸟类化石决定了我的研究方向

侯连海

我在探索中确定自己的研究方向

我1961年毕业于兰州大学生物系动物专业，专门研究脊椎动物。毕业以后，我一开始到哺乳动物研究室工作，后来大概在1963年，因为现代骨骼很多标本由我来整理，我又是学脊椎动物的，所以就把我调到标本馆里面专门做现代骨骼鉴定。大概做了两三年，到"文化大革命"后期，现代标本都鉴定完了。我们所里建立了一个现代骨骼标本室，有老先生说，这里有亚洲最全的骨骼，是最好的标本室。后来又把我调到低等脊椎动物研究室，我就研究起爬行动物来了，一开始是研究蜥蜴，后来又研究安徽的恐龙等。

如果没有周口店这么多鸟类化石的话，我可能研究不了鸟类。为什么呢？因为我们研究所就缺两个专业，一个是研究鸟类的，一个是研究两栖动物的。这两个专业没有人愿意做，这也是杨钟健——我们的老所长一直挂在心上的。我进到所里的时候是1961年，又是学生物出身的，而且是脊椎动物专业，对鸟类当然有一定的感情。那个时候我们所里有一个标本馆，里面有一部分周口店的鸟类化石，我一看真不少，后来在库房里面又找出来很多。后来我决定要研究周口店鸟类的时候，又找出很多鸟类化石。我还从福州标本厂买了一大批鸟类骨骼标本。我们同事都说："你假公济私。"我说："鸟类标本确实最多，他们有，我们就可以进。"

周口店的鸟类化石这么多，正好赶上北京猿人发掘35周年庆典，要开学术会议。我们所学术委员会决定，让我来负责进行周口店的鸟类研究，而且要在会议上做报告。这是在会议前大概一年左右的时间确定的。这个时候我就紧张了，那是在80年代，"文化大革命"刚结束不久，我记得很清楚是在民族饭店开的学术会议。我经过一年的研究，得出了周口店鸟类大概的提纲，鸟类的种类也基本上摸清楚了，在会议上都做了报告。从那以后我研究鸟类的方向才正式确定下来，所以周口店的鸟类决定了我的研究方向。但是，很遗憾，我所有研究鸟类的成果杨老都没有看到。

我的事业从周口店开始起步

我刚来的时候，我们所里人还很少，大概总共百十个人。我们这些年轻人一到所里，老同志们就带着我们先到各个研究室，然后拉我们到周口店。我记得那儿有一个小洋房，不知道现在还有没有，那个小房子是专门接待苏联专家的。我们去都住在那里，里面几个地点我们也去看过，第一次印象很深刻。可以说从我第一次去一直到"文化大革命"的时候，那里的地质地貌都没有多大的变化。前面的周口店河没有水了，但是夏天下大雨的时候还有流水，还有铁路，但那时铁路好像不通，现在通着。遗址的北边是一个佛教的遗址，我们还到那里去看。后边山上也很广阔。在我的印象中周口店真的是个很好的地方。

当时在一起工作的考古界的老同志们现在都各奔东西了，比如说黄慰文，还有尤玉柱、黄万波，还有邱中郎。邱中郎比我年纪还大，他现在80多了。吴新智那个时候年纪比较大了。我研究鸟类化石，其他人都不懂。但一看我研究这些东西，他们都对这些骨头很好奇。因为哺乳动物研究牙齿比较多，爬行动物的骨骼比鸟类化石大得多，再小的恐龙化石也比鸟类化石要大。我研究鸟类化石以后，虽然我没有讲，但是野外工作的同志就注意给我采集化石了。很多我研究的鸟类化石，新生代的基本上都不是我采集的，都是别的同志帮我采集的。比如搞哺乳动物的王伴月在河南给我采了两批化石，我发表了几篇关于始新世鸟类的很好的文章。顾玉珉也在江苏给我采集了中新世的化石。后来我还自己去了一趟，挖了一些化石回来。我们那个时候，同事之间的关系非常好。研究室一个月至少要开一次学术研讨会。比如说我研究鸟类，可以在研讨会上向大家报告我的进展情况；搞恐龙研究的，可以把恐龙的研究情况介绍出来。

2006年周口店陈列馆需要重新布置，有一些新的化石被摆出来了。那个时候是王志苗打电话让我去的，说让我看看他们新布置的一些化石，再看看鸟类化石，有没有他们搞错的，名字跟化石对不上的。我记得我是跟我老伴一块去的。我一看，的确有个别种类跟说明牌不一样，但基本上算可以。

对我本人来讲，要没有周口店那么多化石的研究，我说不定还不向鸟类去发展。我研究鸟类化石就是从周口店开始起步的。我们国家以前没有专门研究鸟类化石的，从我开始才有专门的研究人员，我自己做了二三十年。第二个就是周忠和，他1993年去的美国，他原来是研究鱼类的研究生，后来到美国读的博士，专门研究鸟类了。第一块辽西鸟类化石是他发现的。当时他不认识，所以拿给我看，我一对，他拿回来的几块中有一块是完整的，就是后来和金帆他们几个研究的那块化石。现在所里做鸟类化石研究的还有张福成，是我的博士后。张福成现在也带博士了。还有周忠和的研究生也有一些留到所里。

　　新生代和中生代可以说是连续的、延续的，但是中生代的鸟类骨骼跟新生代的，尤其是跟现在更近的更新世相差很远。比如说肱骨上面没有气孔，有的有两个气孔，有的至少一个气孔，好多近端没有的，很多关节也很原始，还没有形成。有一些和恐龙类基本上相近，骨骼构造很原始，包括头骨也没有愈合，分成了零散的很多块。要有新生代鸟类研究的基础，才能更深入研究中生代鸟类的演化和起源，所以这个不是孤立的。像我出的《中国辽西中生代鸟类》这本书，就把咱们国家中生代鸟类总结了一下，从"甘肃鸟"到内蒙古的，再到辽西的"孔子鸟"。后来又跟周忠和、张福成一块专门把辽西的中生代鸟类总结了一下，他们两个研究出了后面一部分。我如果没有在周口店一二十年研究鸟类的基础，也不可能很快地把辽西的鸟类都做完。

　　华盛顿召开第四届古鸟类会议的时候，会议结束就确定下一届在我们国家召开，就是2000年在我们国家召开的一次中生代古鸟类会议。那一次很成功，来的人也特别多，比任何一届参加的人都多，还到现场去参观。我们有的同行就跪在孔子鸟类化石边上吻它，这种感情可以理解。

　　脊椎动物之间是互相联系的。因为人类最早的时候，就是从鱼离开水到陆地上来，先经过两栖类，再到爬行动物，然后可以产卵，这才真正脱离开水了。两栖类还没有完全脱离开水，卵还要下到水里面。比如说青蛙不是都要在水里面下卵变蝌蚪嘛；还是软壳的，不是硬壳，只有爬行动物才有硬壳。有一类叫作兽齿类爬行动物，是爬行动物向哺乳动物发展的一个重要类群。爬行动物演化成哺乳动物，哺乳动物中的灵长类才进化成人类。不管你在研究哪一个门类，彼此之间都是有联系的。

我在鸟类化石研究方面的成果

北京猿人已经知道熟食比野生采集的生肉要好吃。为什么我提出这种说法？因为第1地点发现的鸟类化石50%以上都被火烧过，种类很多，我记得有108种，而且都是单个的骨头，小的鸟类更多，比如说雀形类的、小型鹌鹑类的。鸟类是趋光的，晚上看到洞里面有光就朝那里飞，飞到火里面就被烧死了。猿人吃了火烧过的东西，发现比生吃好吃。所以我说，当时烧过的鸟类是猿人的食物之一，我提出这样的观点，大家听了很感兴趣。

我首先是把周口店的鸟类化石研究一遍，原来应该是出一本书的。为了快，文章压缩以后出在专刊、季刊上，这是一个最明显的成果，当然世界影响也比较大一些。我鉴定了一共108种，但新的东西比较少，只有四个新物种，其他都是老的，主要在周口店第1地点里面。像周口店有这么多鸟类化石的遗址并不多。比如法国，它有很多遗址，但有鸟类化石的很少，有的地方干脆没有。我至少用了五六年时间进行周口店鸟类的研究工作，文章出来时已将近十年。在这期间我又研究了很多其他地点的化石，像河南、新疆、湖北。尤其是1984年，我研究了甘肃玉门鸟类化石，我给它起名叫"甘肃鸟"，是中生代的鸟类，也是我们国家第一块中生代鸟类化石。所以中生代鸟类化石出来以后，《中国科学》上一发表，在世界上影响很大。我的同行来了以后说，在美国你研究甘肃鸟化石的报道几乎是家喻户晓。"甘肃鸟"是比较进步的鸟类，它是很明显的涉禽类，像黄昏鸟、鱼鸟都是晚白垩世，很特殊的一种鸟类，不是真正鸟类演化主旨的部分。这些周口店鸟类的化石，我们原来的标本馆里面有一部分。还有从我们所的库房里，特别是人类室仓库里面找出来一些。周口店也有，还有一部分可能我没有搜集到。我在推断一个种类的鸟类化石时，一是靠资料，二是靠现代骨骼标本，除了这些还依靠各个科的特征进行鉴定。周口店属于中更新世，好些属于晚更新世，像山顶洞人尽管有鸵鸟，但它是很近很新的了。

周口店的研究成果我总结了一下有四点。第一，周口店更新世鸟类是世界上最重要的类群之一。这个类群以雀形类为主，小型鸟类，还有隼形目和鸡形目，这是重要的一条。第二，周口店地区更新世的鸟类化石早中晚都有，反映了当时的生态环境是不一样的，可以与研究哺乳动物的相对应。第三，周口店地区的更新世鸟类是北京猿人重要的狩猎对象。第四，周口店的鸟类化石绝大部分都是现生鸟，灭绝的种类很少，这也是这个类群里面明显的鸟类进步性特征。

从20世纪80年代以后我主要专注研究中生代鸟类，特别是甘肃、内蒙古、河北等地的化石。辽西中生代鸟类化石，我是研究最早也是研究最多的。前段时间北大举办了一个"化石周"，叫我去介绍。我说辽西的中生代鸟类化石的确在世界上影响很大，可以说世界其他国家的总和也不一定比辽西多。我的"孔子鸟"文章出来以后，美国《发现》杂志两次报道，一次是"1996年世界科技发现一百项之一"，大概1998年又报道了一次。

我对未来鸟类化石研究的期待

关注周口店的鸟类化石，应该关注它的鸟类群，甚至整个生物群，收集种类更多的鸟类化石，看看这个群落是不是我鉴定的108种之中的，是不是还有其他种类。比如说雀形类生活在草原陆地这种环境，是不是还有其他生活在潮湿环境中的鸟类，也要给予关注。周口店那个时候下面有一条河。我当时想，周口店环境应该是比较潮湿的。因为真正干旱的环境，北京猿人生活是比较困难的，只有在潮湿湿润的，植被比较好又很丰富的，水源也比较充裕的环境下，人才能很好地发育。

比如说山顶洞人离现在1万多年，那时的气候跟现在的就不一样，所以主要是通过鸟类群的研究，来探讨当时的生态环境及其演变以及对现在生态环境的影响。鸟类是研究古气候、古环境很重要的、很具有标志性的生物群。因为鸟类很敏感，比如说现在研究鸟类迁徙的起源，从什么时间开始的？春天和秋天是迁徙的重点季节，这个迁徙的规律是什么时间形成的？一般来讲，都是从更新世开始形成，到底是中更新世，还是早更新世，因为化石没有那么丰富，得不出很确切的结论。我希望我们周口店能够更进一步地发掘和收集鸟类化石，从生物群的角度来分析整个大的生态环境，这是跟人类有直接关系的。同时还要注意收集新的鸟类化石，看看跟原来我研究的这些，有没有不一样的，能不能在生态环境上有所突破，或者有所增进。这样对我们研究"北京人"的生态环境、演化进化更有帮助。希望现在的研究人员对周口店的鸟类比我研究得更精更深，出现更多的成果。

现在我们研究鸟类的可多了，尤其是辽西中生代鸟类出现以后。比如说我之前提到的所里的周忠和、张福成，现在是在职的最老的研究人员了。还有辽宁沈阳师范大学，我帮助他们建立了一个研究所，也有一批研究鸟类的人员现在也很有名了。还有山东临沂大学地质系有一支研究古生物的队伍，他们中有一批人跟沂南县博物馆合作，申请了几次国家基金研究鸟类。还有首师大我一个博士生，现在是教授了，她也研究了一些并且研究得很好，是郑光美先生的学生。因为郑先生带不了古鸟类，就我们两个一块带，所以她把古鸟类和现代鸟类结合起来研究，出了不少成果。

从我开始研究鸟类化石大概有20多年了。过去研究的人少，现在我们国家研究古鸟类的人员算是不少了，可能比其他国家人员都多，因为我们的鸟类化石发现得很多，而且会越来越多，除了辽宁，湖北、甘肃、山东也出现了。随着化石线索越来越多，研究人员也越来越多。鸟类学科是科学的一部分，也是文化的一部分，它既是生物的一部分，也是地质的一部分，全名叫作地质古生物。虽然它是一个边缘科学，但也有其重要性，所以也需要更多的人力和财力投入，让它的研究更深入、更全面。

周国兴

周国兴，1937年9月出生于江苏省南通市。1957年进入上海复旦大学，师从人类学家吴定良教授专修体质人类学。1962年毕业后受聘于中国科学院古脊椎动物与古人类研究所，从事古人类学与史前考古学研究。1979年转北京自然博物馆，从事人类学与博物馆研究，其间1985—1992年任该馆副馆长，负责业务领导工作。曾任中国自然科学博物馆协会副理事长，中国博物馆学会、北京市博物馆学会等常务理事及多个学科学会理事之职。

对于中国史前文化的起源，主张"多源论"，在学术上最早正式提出"长江流域亦是中华古文明摇篮"的论点。20世纪80年代起，他通过对柳州白莲洞史前遗址的详尽研究，建立了"白莲洞文化系列"的模式，证实了华南中石器时代的真实存在。在人类起源理论研究上提出"劳动"是人类特有的"适应手段"，有初、高两级形态，在从猿到人转变过程中初级形态的劳动具有不可忽视的推动作用，但高级形态的劳动却为人类所创造，而且在这转变过程中人类祖先的智力和性因素具有强大作用。

在博物馆学的研究与实践中，经他倡议与参与共筹建了9座博物馆，如柳州白莲洞洞穴科学博物馆、元谋人博物馆、南通纺织博物馆和给水技术博物馆等。在推动北京自然博物馆的发展与复兴南通博物苑方面，都做出了重要贡献。

至今已出版《元谋人——云南元谋古人类与古文化图文集》《穷究元谋人》《白莲洞文化——中石器文化典型个案的研究》等20部科学专著与科普作品集。

2002年，鉴于在"促进旧石器考古学、古人类学和第四纪哺乳动物学科所做的贡献"，荣获"裴文中科学奖"。2011年，上海人类学学会授予他人类学终身成就奖。1996年被授予北京市科技科普工作者称号。享受国务院政府特殊津贴。

1933年11月1日发掘山顶洞时，人头骨化石出土场景

新研究的基础是尊重前人的研究成果

周国兴

我在上大学时就开始了与周口店的联系

20世纪50年代我因为看了一本书，对北京猿人发生了兴趣。后来我到我奶妈那里去，在一个坟头看到一个头骨，就把它捡了回来。这本书和这个头骨促使我想学这个东西。1957年我高中毕业时，上海复旦大学第一次招收人类学专业的学生，全国招生10名，我就报名考上了。1961年我来到周口店实习，在第5地点。在这之前"大跃进"，我们大学里面兴起了一股追赶风，当时我就提出要追赶裴老。1959年裴老来上海拍《中国猿人》电影，到我们学校访问，我导师告诉他，我们一个学生要追赶你，他说很好，让我见见。那是我第一次见到裴老。第二次是在他的办公室，他说追赶我当然好，但是你要具备很多知识，第一外语要好。然后他还讲到，做人类学研究就像一个马车有四个轮子，这四个轮子就是古人类学、史前考古、地质学、第四纪的地质，还要研究伴生的动物群和植被的情况，你要从事这方面的研究，就要具备这四方面的知识。裴老还送了我一些单行本。我当时的论文，是以"北京人"为主的，所以在大学的时候我跟"北京人"就有了密切的关系。

1962年大学毕业后我就去了古脊椎所。我在那儿待了17年，一开始是裴老带我们到周口店实习。1971年我在周口店值班，王志苗、蔡炳溪他们好几个跟我上课。以后把我调到浙江杭州布置一个以北京猿人为主体的大型展览，我还把从法国留学回来的周轻鼎教授也请到展览组里去。我去了以后碰到一个问题，资料很少。我就给裴老讲了，我说我这资料太少了，您能不能给我提供些？裴老亲自翻译法文的资料，当时正是"文化大革命"时期，他在牛棚里写的。后来他还给我寄了另一份材料，这些材料太珍贵了，当时的老先生们对我们这些后辈都是鼎力支持。

我们在元谋发掘的时候发现了非常早的石器。裴老在鉴定元谋人石器的时候，就提到石器功能的问题。他说判定一个石器，不是光看它有没有人工痕迹，还要看这些石器有什么用。他说石器无非是三种用处，要么是用尖端刺杀，要么是刃缘切割，还有一个是以重量来打击。

后来我编《北京人》一书的时候，裴老对自己还有一个评价，他不认为头盖骨是他最重要的发现，为什么呢？他说，因为这个地方（头盖骨）已经在那里了，我是负责它的，工人挖出来人头了，我只是辨认了；其实我最大的功绩是在石器的辨认上，在遭到很多人反对的情况下，我坚持下来了。

1979年我到了自然博物馆。北京自然博物馆是杨老创建的，杨老说古脊椎所是他儿子，自然博物馆是他的女儿，都是兄弟单位。杨老去世以后，裴老当的馆长，他就对我说去自然博物馆吧，那里没有科班出身的人，你去建立人类室，博物馆是一个能让你充分发挥自己能力的地方。

寻找"北京人"化石

我在编写《北京人》一书时，"北京人"化石的丢失是一个回避不了的问题，所以从1979年起，我就关心丢失的问题。首先去协和医院了解化石最后怎么包装的，怎么离开的，我们做了一个非常详细的记录，拍了很多照片。然后发信给国外有关学者追寻线索。当时我们收到很多回信，其中有美国人詹纳斯的回信。尼克松访华以后第一个民间的访华团里就有他。在参观周口店过程当中，他了解到"北京人"化石没有了，就提出来帮忙寻找"北京人"化石。就是这样他寄来了一些照片，后来我写了封信给他。他接到我的信以后很高兴，马上给我寄了记述他寻找"北京人"化石的书，有日文、法文、英文三个版本的。第二年他来找我了，因为牵扯到天津的问题，我请天津自然博物馆也派人来，把胡承志也请来了，还有我们馆的许维枢，我们几个人接待的他。当时我们代表馆里送了一个"北京人"头盖骨的模型给他。我们当时重新塑造了一个"北京人"的头像，他特别高兴地捧着头像拍了照片。他说他一共获得了三百多条信息，后来集中到了两个人的身上，一个是神秘的夫人，她的丈夫是海军陆战队的。海军陆战队回国以后带回了一箱子化石，这个夫人说她手上有化石，他们后来约定到帝国大厦86层见面。那个女的去了，把化石照片给他看了。这个时候旁边有一个人冲着他们拍照，那个女的紧张地跑了，也没有留地址，后来虽然联系上了，但这个事没有谈下去，不了了之。

他还提供过另一个线索，说美国海军陆战队有一个战士跟他讲，在珍珠港爆发的前夕看到两个人抬了一箱东西在他前面十步远的地方埋下去了。我听到这个消息以后，立刻就去了这个地方——前门东大街42号，属于钓鱼台国宾馆的分馆，叫作前门宾馆。管理处的人给了我图纸，也给了我照片。可惜那个地方盖了车库。管理处的人说，只要政府同意我们就可以挖，后来我就向政府报告了。但由于各种原因，也没有继续寻找了。

然后我开始在国外举办展览，展览的时候就传播寻找"北京人"化石的消息。在新加坡搞中国恐龙展时，我们在报纸上登了"北京人"丢失的事情。另外，我们还赠送"北京人"头骨的模型和复原像给新加坡国立博物馆来进行宣传。

1989年我做了一件破天荒的事，过去"北京人"发现纪念活动都是科学院来举办国际会议。1989年那一次，我说裴老已经不在了，我们应该祭奠他，我们自然博物馆应当出面组织一次纪念会。这个纪念会规模不小，有340人参加，影响也很大，很多媒体来替我们报道，我们还给裴老树了铜像，出了纪念邮封。会议后我们出了一本《六十周年纪念会议论文集》，也编了一个《大事记》。《大事记》把历年来发掘的情况做了汇编，每一次挖了多少也做了统计。在保护周口店遗址方面，我提出不要去乱挖，更不要轻易地挖。"北京人"在人类起源研究中有重要的地位，在科学发现史上的作用也非常大。过去对周口店遗址的淘宝式的发掘，大块大块地爆炸，大家都是有些后悔的。所以我觉得周口店未来的工作不是进一步挖掘的问题，而是要好好保护！它的作用应该是充分利用已有材料演示人类演化的过程。另外我认为目前最重要的应当把原有的材料深入研究，还有已经挖出来还没来得及清理的东西要及时清理，遗弃的大块大块的发掘物要解析它。

我对几位老先生的印象

我跟裴老接触之后，感觉到他很耿直，对下面的人也很亲切。我来到古脊椎所前，我的导师就讲，你去古脊椎所多找裴老。我挺怀念裴老的，他对年轻人很随和，在野外吃东西就跟我们一起坐在地上。他是搞地质出身的，教了我很多东西。在编写《北京人》这本书的过程中，他提出了一个自我评价的问题，他认为头骨的发现固然重要，但是远远不如他识别了"北京人"会制造工具更有意义。当时他遭到了很多人的质疑，但是他坚持探究的精神，非常值得我们学习。裴老喜欢钓鱼，是京城学术界有名的"三条鱼竿"之一，我陪他钓了好几次鱼。我陪他到洱海钓鱼，钓了半天鱼不上钩。旁边有一个人钓了一条很大的鱼，我就跟他说，我们老先生钓了半天没有钓上，这条鱼你能卖给我们吗？他说，我好不容易钓上的，回去还要煮汤喝。结果裴老挺扫兴的。后来中国自然博物馆协会筹备会在我的老家南通召开。裴老钓鱼瘾又上来了，问这里有没有好地方钓鱼，我说博物馆旁边就是一个大鱼塘。但是奇怪的是，鱼就是不上他的钩！

贾老喜欢喝酒，我还有跟他一起喝酒的照片，我每次去有好酒都给他带过去。他生病吊盐水，我去了以后，就说贾老，你现在喝不了酒了吧？这样吧，跟护士说一说，拿酒往你点滴瓶里加一点。贾老听完就笑起来了。1935年之后，裴老去法国学习，基本上都是贾老主持工作。贾老很勤奋，他是没有上过大学的院士。

老一辈学者们的文采都非常好，裴老写过小说，他有一篇小说还入选了鲁迅编的《中国新文学大系》，当时他也属于"文青"。裴老还喜欢艺术，他写的《旧石器时代之艺术》既风趣又幽默。杨老是陕西的几大才子之一。杨老的古诗词是有名的。从文学修养讲起来，杨老是第一，新文学最好的是裴老。他们过去不仅写人类学、古生物的东西，也写游记、考察日记，还有一些诗词文集。

我对围绕周口店进行研究的一些看法

我在古脊椎所，一是围绕"北京人"做了一些研究，然后以"北京人"为基础来研究其他更早的和更晚的人类，基本上都发表了文章。我在古脊椎所工作期间驻周口店时，除了培训，还负责接待，给国外学者和媒体介绍周口店。

我曾写过《中国古人类学研究的历史与现状》，内容包括周口店的整个发掘过程，然后又再研究了蓝田人、元谋人，这些都牵涉到跟"北京人"的对比。起初，对"北京人"的研究，是把上下层的原始人都作为一体来研究的。1966年在第3层发现头骨，当时我已经感觉到上下层的个体形态不一样。从距今五六十万年到20多万年，形态在变异，男女性不一样，年龄大小不一样，进化程度也不一样……实际上我们研究古人类的东西，做多了就会发现，一块人骨头上会有五六种变异，但往往很多人忽视了这些。

另外，我们要尊重前辈的研究成果，不仅是因为他们是我们的老师，更是因为他们已经花了很大的力气。比如说周口店年代测定是综合研究的，十几个单位各种手段都用上，你怎么说他们没有进行研究呢？认为只有自己的研究才是最新的研究，这样是不对的。所以对前人工作的不尊重，对前人的研究成果不尊重，我是非常反感的。

周口店遗址是个宝，不要随便去开发，不要想去淘宝。当然最近这次发掘，发现用火遗迹是很好的。其实我认为人类的用火是很早的，所以我提出元谋人会用火的问题不是没有根据的，为什么呢？在南非有遗址，已经发现了距今160万年的洞穴里有烧骨灰烬什么的，显然周口店发现用火遗迹应该是意料之中的。

周口店很多东西，我们确实没有很好地考究，看问题难免就比较片面。另外做人类研究，应当综合看问题。首先要精通一门，然后还要扩大知识的领域。现在的研究人员利用了很多新的办法，我觉得有一些手段比我们当时要进步得多，但是总觉得有分量的东西发现得还是太少了，关键性的东西发现得太少了，这是我个人的看法。我们要找的是什么东西呢？应该是关键性的东西，如从猿到人转变阶段的东西，比如说从旧石器到新石器转化的东西，这些都是研究演化的关键点。

周口店要研究得好，应当有一支精干的科研队伍，主要研究周口店本身的东西，要达到相当高的水平，不能拘泥于一般的研究。展览水平的高低就是研究人员水平高低的展示。

我认为做科研的人要走两个路子，专业的书科普化，让人看得懂；科普的文章专业化，要有知识含量。

吴茂霖

吴茂霖，1938年生于江苏苏州；1963年毕业于上海复旦大学生物系人类学专业；1963年9月至1998年在中国科学院古脊椎动物与古人类研究所主要从事古人类化石研究工作；1998年底退休。

1989年晋升为副研究员，1996年晋升为研究员。

1995年享受中国科学院管理人员突出贡献津贴。1998年被大连自然博物馆聘为客座教授。

1989年除科研工作外还兼任研究所科技开发部副经理，1992年接任经理。主要负责对外举办我国的古脊椎动物化石（或模型）和古人类化石（或模型）展览。在任期内对外展出的国家有：日本、韩国、新加坡、菲律宾、英国、德国、葡萄牙等，其中日本和韩国在多地巡回展出。此外，1993年在香港地区举办了大型的中国古生物化石展——物竞天择。

1936年11月，烘干拼接L1号"北京人"头盖骨化石

我对周口店的点滴印象

吴茂霖

　　我当时大学毕业分配到所里，周口店遗址是研究所的下属单位。我们乘火车去的周口店，下车走不多远就到。那个时候陈列室很小，好像就100多平方米，一排灰色的老房子。1968—1969年要拆掉老房子盖新馆，所里就派一部分同志前往周口店帮助整改。记得那时周口店刚刚招录了一批初中生，都是十几岁的孩子来当讲解员，他们对这方面了解很少，差不多是我们所里的同志去讲解，慢慢地让他们背，当时也算不上培训班。我们整改目的是想把陈列内容从周口店这个点变成线，除了重点介绍周口店外，还要把国内发现的其他一些不同时代、不同地点的人类化石、旧石器文化、共生的动物群等有系统地介绍给观众。此外还把国外发现的一些人类化石及地点有重点地介绍给观众。周口店第1地点除发现北京猿人外，在山顶还有个洞，在洞中也发现了3个头骨，称为山顶洞人，其地质年代已是更新世晚期了，国内其他晚期的人类化石也在整改中放进馆内介绍。60年代整改，所里去了很多人，那时候我与几个刚毕业的是最年轻的，排不上号。

以后和周口店就没有太多来往，一直到1990年前后，我们所在周口店又办了一次培训班，各个地方博物馆中相关业务人员都来参加，我去讲了几次课。再有就是外宾参观时，我陪他们到周口店去过几次，其他的就比较少了。真正和周口店联系比较多的时候，是我到所里的开发公司以后。因为我们出去办很多展览，展品都是大家伙，如恐龙等，装箱后的体积更大，所里没场地，很多展品回来以后只能集中放在周口店。所里的工人要到周口店去把这些展品维修、装架、制作模型，以便到其他地点展出，因此我去周口店的次数也就增多了，有时一个礼拜要到周口店好几趟。当时吃饭不方便，就在周口店办了餐厅，以便有参观的人来，也可以在那里吃饭，到1997年办不下去了，也就关了。

我是学人类学专业出来的，自然知道周口店北京猿人遗址是世界闻名的。但原来是从书本上学的东西，直到第一次去周口店，看到第1地点是什么样子，猿人是从什么地方发掘的，才有了一个感性认识。参观了才知道当时周口店还有许多其他地点也出土许多化石，如第5地点的哺乳动物，第3地点和第14地点的鱼化石等等。

1966年的发掘是裴文中院士带领邱中郎、张银运等人完成的。他们发现的北京猿人头盖骨是仅有的一个真化石，其余的头盖骨均在1941年下落不明，所以1966年的发掘所得显得格外珍贵，其余留下的都是模型。1929年发现第一个头盖骨的也是裴文中先生，后来主要是贾兰坡先生主持发掘，时间很长。

现在我们在其他化石地点获得的人类化石，不管是时代比周口店早的猿人（直立人）化石，还是时代比周口店晚的人类化石，其主要的体质形态对比对象就是北京猿人。可以说北京猿人是人类起源发展阶段中一个重要环节。我国的早期智人或晚期智人化石某些特征呈现出与"北京人"相似的共同特征，说明中国的人类化石有传承性，是现代中国人的祖先。

19世纪末，在印尼爪哇岛，一位军医找到一个不带脸面部的头盖骨，次年又找到一根股骨，他给这个人类化石的学名定为直立猿人。但由于没有石器等工具的发现，所以遭到了学术界的强力反对和质疑。最后连他自己也改变了观点，认为这些化石是属于一种大型的长臂猿。直到周口店遗址的人类化石及大量石器和6米厚的灰烬层被发现，人类学家们很快承认这是早期的人类化石，因此印尼爪哇岛的人类化石也被大家承认。1980年10月古脊椎所在日本举办了北京猿人展，这次展品中有1966年发现的北京猿人真标本，这是历史上第一次经过国务院批准的展出。日本也非常重视，听回来的同事说，从过海关到展出地，都是由警车开道。后来在1983年和1985年分别举办了中国古人类展和中国恐龙展，这两次规模较大也比较隆重，展品很多，参观的人也相当多。还有一次是1989年在日本举办的人类起源展，是日本《读卖新闻》主办的，展览中一些人打扮成古人的样子在制作石器，还有人做陶器，都是现代人模仿的，参观的人也相当多，展览办得很成功。

我想周口店有条件的话，是否也可以到外面去办办展览。另外也像博物馆一样做一些研究工作，除展出外也可以开展一些发掘。另外展览也要搞活，可以把其他遗址或博物馆有关古人类研究的展览请到周口店来，也可以把自己的东西搬到外面去，与别的单位合办展览。总之要走出去，请进来，开拓思路，不能太死板。

自20世纪60年代以来，早期人类发现都是在非洲，有的地点发现的化石被认为是能直立行走，生活时代是600万—700万年前。当然这种推断不是被大家公认的，不少人类学家提出质疑。但南方古猿发现已达9种之多，时代是450万年，这是被公认的。20世纪60年代对人类发源地是在非洲还是在亚洲争论不休，但现在不争了，因为早期人类目前均发现在非洲。不争不等于没有想法，虽然早期人类在非洲发现种类较多，但我们的祖先还没有找到。人与猿分化是800万年前，所以有些学者认为晚新生代青藏高原隆起后，东南亚某些地方的古环境及古气候特征对包括人类在内的灵长类生存十分有利，而中国又发现中新世晚期古猿化石较多，相比之下非洲发现的较少，所以在东亚地区中国发现更早的早期人类可能性是很大的。

卫 奇

卫奇，1941年4月19日出生于山西省五台县。1960—1965年在北京大学地质地理系专修地貌学专业，1965—1969年在中国科学院古脊椎动物与古人类研究所做研究生，在贾兰坡先生名下学习旧石器时代考古。1967年留所工作。1995年晋升为研究员，主要从事旧石器时代考古。

科学生涯主要研究焦点在泥河湾盆地和三峡地区。发表文章100余篇，发现并报道了泥河湾盆地可确认目前已知最早的黑土沟遗址，创立了泥河湾盆地考古地质框架，提出了泥河湾文化（Nihewanian Culture）的正式建名。带领泥河湾的农民业余考古调查专家，在三峡工程淹没区找到了许多旧石器遗址和新石器早期遗址，填补了有关地域史前空白，也发现了"三峡第一片"（陶片）。

1931年裴文中与翁文灏（中）、步日耶（右）在周口店

1936年11月，魏敦瑞带着发掘出的"北京人"头盖骨化石返回北京

走近周口店

卫　奇

结缘古人类

周口店，我最早是1952年从高级小学历史课本上知道的。那时的小学分初级小学和高级小学，初小上完四年后经过考试合格才能被录取上高小。高小开历史课，历史课第一节讲原始社会的旧石器时代，第一页就是"北京人"（当时称中国猿人），还有画像，即猿人站立着打石器的样子，给我留下了非常深刻且难以磨灭的印象。

我自幼就对神奇的自然抱有浓厚的求知欲望，尤其是北京地质学院马杏垣组织的五台山地质考察队在我家隔壁住过，他们的生活和工作令我十分向往，因此，我对地理课的兴趣更加浓厚了，学习也一向优秀。1960年高考，我填报的第一志愿是北京大学地质地理学系地貌学专业。

如愿以偿，1960—1965年的地质地理修业为我实现探索自然的愿望奠定了基础。就是在大学学习期间，我与周口店开始有了直接接触，普通地质学、第四纪地质学和构造地质学等的野外实习地点就在周口店。从"北京人"遗址演绎出来的周口店期、周口店动物群和"北京人"及其文化，是更新世中期必须掌握的主要学习内容。当时第四纪地质学中的古人类与旧石器是北大考古专业吕遵谔先生给我们讲的，他拿着一个现代人的头骨很直观形象地给我们讲授"北京人"的特征，还给我们讲解周口店旧石器的性质，还有周口店沉积物和动物群的组合，由此我们才真正了解到周口店的实质内容。我多次在周口店野外实习，住在龙骨山山后的大院。当时在猿人洞和山顶洞西侧的山坡上山神庙旁有一个"中国猿人化石陈列室"，内容丰富，免费参观，一进门还给一份印制精美的彩色说明书，有个老先生在陈列室作讲解，他是不是姓刁，我不记得了。

周口店发现的人类化石，裴文中先生一直称中国猿人，而贾兰坡先生称"北京人"，吴汝康先生叫北京猿人。老前辈们的观点不一致，对后来的研究有影响，有的文章一会儿说中国猿人，一会儿说"北京人"，同一篇文章里面竟然出现同一化石人的不同术语，如同名字号，很有中国人的风格。

大约是在1962年，裴文中在中国人民大学作古人类专题讲座，我和其他同学从北大步行到人民大学听报告（当时从北京大学南校门到人民大学乘32路汽车是5分钱）。那时学术界，裴老与贾老争论"北京人"是不是最古老的人。裴老主张"北京人"是世界上最古老的人，我印象最深的是在报告会上有人提问："为什么说中国猿人是最早的人？"裴老诙谐地回答说："因为是我发现的。"显然，后来由于非洲和中国的考古新发现，裴老已经意识到了"北京人""最古论"的问题，所以1981年中国青年出版社再版他的《中国石器时代》科普小册子时，他就专门写了后记。我不知道大家注意没有，我是看到了，他说："我原想改正一些错误，但我个人的偏见，因多年坚持惯了，很难改正。"其实，科学研究就是填补空白和修正错误，科学是永远摸不到顶的山峰，只有更好，没有最好。科学研究中，不犯错误几乎是不可能的，有错误改正就好，最好是自己能及时改正。贾兰坡说过：后面的文章是修正前面的。这是伟大科学家的诚挚箴言。我想裴老如果能再多活几年，他或许会明确放弃他的"北京人""最古论"。这里我想顺便说一下，贾老挑战裴老的"北京人""最古论"，虽然裴老的观点现在看来已经完全不能成立，但这是一个学术问题，包括西侯度石制品的人工性质争论也是一样。中国旧石器时代考古学界，实有裴贾派系之分，但根本就没有产生过学派，所谓的派系实际上是后来人的政治强化，我知道贾老对裴老一直是十分敬重的。我是1965年考入贾老门下的学生，但1981年裴老却指定我协助他考察泥河湾盆地的小长梁遗址，同时调查发现了东谷坨遗址。由此看来裴老思想上并不存在派系。裴老有几个弟子和名下的学生都相当低调，看不出有什么派系色彩，我也从来不认为自己就是那个派系的人马，尽管裴老的科学名望在国内和国外都非常显赫。贾老曾经对我说过，裴老的国际声望比杨老高。

杨钟健先生是周口店发掘和研究的重要人物，他是一个伟大的科学家，是中国古脊椎动物学和古人类学第一掌门人，也是北京自然博物馆建设的倡导者。"文化大革命"时有人批判他有家长作风，其实有这个"家长"称呼我认为很好！家长喜欢儿女们有出息，能有所作为，杨老就是这样的人。杨老虽然不是专门搞旧石器的，但1972年我们从泥河湾盆地发掘虎头梁遗址回来，他亲自到我办公室去了解情况，那时我是一个刚刚开始做科研工作的年轻人。1974年，他专门组织了中国科学院古脊椎动物与古人类研究所、中国地质科学院地质力学研究所、中国社会科学院考古研究所和北京市水文地质大队16人对泥河湾盆地上沙嘴旧石器地点和虎头梁遗址进行考察，回北京还召开了座谈会。当时杨老已经81岁了，他站在上沙嘴地点说："我才18岁，你们回去给我宣传，我能跑野外。"杨老熟知上沙嘴早更新世地层发现旧石器的重大考古意义，因为这是改写当时人类100万年前开始走出非洲理论的重大发现。旧石器考古虽然不是他的研究内容，但他作为一所之长很关心所里所有的研究工作，他能把部下的功劳视作全所的成绩而为之高兴。杨老实实在在德高望重！现在，泥河湾盆地发现了177万-195万年前的黑土沟旧石器遗址，这是撼动当下人类180万年前开始走出非洲理论的重大发现，如果杨老还活着，一定会分享发现的喜悦。同样，裴老和贾老如果活着，也会欢欣鼓舞，甚至还会要求到现场看个究竟。

北京周口店发现的旧石器标本据说有10万件，我相信。裴老和张森水写的《中国猿人石器研究》，统计了一两万件。据贾老说，在山神庙附近地下埋了很多标本，后来挖出来过，又连筐一起埋了。古脊椎所在北郊祁家豁子的时候，楼下北侧有个大平房，我见过里面确实有过不少装石器的箱子，听说后来拿出来研究的时候，统计过数量，没有那么多，有一部分始终不知道在哪里。关于周口店的标本，一直到1985年的时候，裴老和张森水才作了较为全面的报道。这么长时间，而且前后一共经过了两代人，又多次搬家，标本丢失是可能的。丢失的标本，我想应该都是些断块，加工好的器物与典型石核和石片是不会丢失的，因为过去石制品采集是有选择性的。实际上在周口店第1地点北侧沟坡上，铺满了猿人洞发掘出来的石灰岩角砾岩块。我在1971年专门探查过，许多角砾岩块包含不少石英石，这些石英块都是石制品，其中加工好的标本也不可能绝对没有。

周口店石制品的整理断断续续持续了半个世纪，为什么拖这么长时间，有科学制度和人事关系的原因，但更主要的是缺乏科学的研究方法，就是遇到数量庞大的标本无法进行系统处理。1976—1979年在泥河湾盆地许家窑－侯家窑遗址出土的石制品，至今仍然没有发表完整的研究报告也是这个原因。看来，中国旧石器时代考古，前辈们留下的科学遗产是有缺陷的，但这个缺陷目前世人未必都能看得清甚至看得到。

周口店世界瞩目，因为有"北京人"化石的出现。方毅在1979年12月2日的纪念会上形容"北京人"的发现是中国20世纪获得的一块科学金牌。周口店发现早期旧石器，无疑将中国乃至世界的旧石器历史推进到好几十万年以前，其科学意义不亚于人的头骨的发现，也是轰动世界的事情。中国的旧石器时代考古，最早是1920年甘肃庆阳发现了三件石制品；1922年又发现了萨拉乌苏河遗址，都是法国神父桑志华发现的。萨拉乌苏河（Xarusgol或Sjara－osso－gol）遗址，1923年德日进作为研究者介入参加过发掘。桑志华在中国的科学调查，贡献很大，虽然他的研究报告没有德日进多。德日进发表的论文著作，几乎可以用等身来形容，古脊椎所有一套他的文集，是一个德国出版商送的。德日进在中国和亚洲其他国家做了很多地质古生物工作，他的研究成果及其研究的思想方法，现在来看仍然值得赞赏。在泥河湾盆地、萨拉乌苏河和水洞沟等地的研究报告中，他绘制的地层剖面图，虽然很粗略，但基本框架准确无误，地质观察相当扎实，不仅能看到和看懂，还能看清和看透。德日进是一个天才，是一个科学伟人，他与桑志华和巴尔博是泥河湾盆地的科学开拓者，是他们建树了泥河湾盆地科学开发的第一个里程碑。

"北京人"的来龙去脉

诚然，周口店的研究，空间和时间的扩展势必会把目光转向泥河湾盆地，因为追踪"北京人"的祖先和寻找"北京人"的后裔不能不考虑泥河湾。

周口店"北京人"展览馆的业务人员到泥河湾盆地考察，我告诉他（她）们："'北京人'哪里来？从泥河湾来。到哪里去了？去了泥河湾。"当然这是一个假说，因为泥河湾盆地发现很多旧石器时代遗址，在时间上与"北京人"相比，既有老的，也有年轻的。

周口店的伟大就在于它不仅仅打开了中国几十万年以前历史的大门，而且把"爪哇人"也救活了。"爪哇人"很有意思，发现者是荷兰军医杜布瓦，他是一个有文化有理想的人，虽然服了兵役，但依然有科学抱负和追求。杜布瓦受德国生物学家施洛赛尔的影响，认为亚洲能找到最早的人类化石。后来在印度尼西亚服役做军医，给他带来了科学探索的机遇。他调动一帮被管教的犯人为他寻找化石，在爪哇梭罗河边的特里尼尔附近，真的就发现了人类化石。其中以1891年发现的一个头盖骨和次年发现的一根股骨最为重要。但是，他把发现的化石拿到伦敦国际动物学大会上展示，却被学术权威们劈头盖脸嘲笑一通，说头盖骨是猿的，而肢骨是人的。为此，杜布瓦很生气，把发现的化石锁到保险柜里，一锁就是26年。一直到1929年，"北京人"被发现，"爪哇人"才得以确认而重见天日。

周口店从1918年开始进入科学视野，1921年开始发现人类化石，直到1929年发现第一个完整头盖骨，石器是1931年才发现的。石器发现的开始，裴老收获的不是赞誉，而是冷嘲热讽，地质调查所人说这些石头马路上有的是，要多少有多少！突如其来的重大发现，常常会受到传统观念的排斥甚至打压，这在科学史上屡见不鲜。裴老作为学地质的人，他深知在没有变质和石英岩脉穿插的石灰岩溶洞里，怎么能出现脉石英石块？显然不会是自然形成的。不过，据张森水的记述，裴老不是从地质的角度去判断石制品的，而是从石块上的人工打击特征来判断的，这不能不说裴老的认知能力确实过人。如果从地质的角度来说，很明显脉石英一般出自火成岩或变质岩体中的岩脉，周口店东山口以北炼油厂一带出露大面积花岗岩体，其中有石英岩岩脉，风化后也被水冲散在周口店河河谷里形成有一定磨圆度的河流砾石。像周口店的石灰岩洞穴，本身不会自产脉石英，也没有被古老的周口店河冲入的可能性，当时的认识是只有人类才会打制石器，所以应该是人搬来的。这本来是很清楚的事情，可也没有办法，因为有争议，定不下来。后来德日进向翁文灏建议，邀请法国史前学家步日耶到中国来鉴定石器。步日耶来看过后，周口店的石器便得到了确认。看来，当时德日进对石制品的认知能力还有限，可能还不如桑志华。1926年，德日进在下沙沟采集到一块石头，上面有几个片疤，步日耶认为这是一件具有粗糙手斧特征的结晶岩块。

1935年，法国《人类学》杂志上同时发表了两篇文章，一篇是步日耶写的，说泥河湾发现了旧石器，还有人打过的鹿角和烧过的骨头；而另外一篇是德日进写的，认为其标本不好排除非人工作用的因素，希望能由今后的发现得以证实。令人十分遗憾的是，桑志华没有继续在泥河湾投入工作。他们1926年发掘完，桑志华1929年在泥河湾盆地做过一次考察，没有在泥河湾村的桑干河对岸进行有效踏勘。如果他们当时找到即使是和周口店石器一样古老的石器，那也是轰动世界的考古重大发现，因为那是20世纪20年代的事情。他们要是抓住现在发现的黑土沟、仙台、小长梁和东谷坨等任何一处早更新世的旧石器遗址，当时人类起源地的视线无疑就会聚焦在泥河湾盆地，如此一个科学黄金机遇就这样无声无息地错过了。不久前我偶然从《中国地质学会志》上看到德日进发表的 *How and where to search the oldest man in China*（《如何在中国找古人类》）文章，里面有一句话："桑干河层因其急流或湖相而非搜寻炉灶甚至石器的适宜场所。"这可能是影响后来不再进行调查的主要原因，我不相信是缺少经费资助，这样一个很有潜力的古人类遗址，如果德日进不把话说绝，西方财团不可能不给予经费支持。河流急流相的地层，也就是砾石层，在旧石器考古学界常常是不被看好的研究对象。1994年在山西太原丁村遗址发现40周年学术研讨会上，有位很有资质的研究员说过：人怎么能生活在水里？显然这是时间的重叠混淆，就像有人说周口店猿人洞是鬣狗洞一样，把同一空间不同时间的东西混合在一起看待了。由此，在砾石层中发现的石制品，怀疑是水流撞击而成也就毫不为奇了。实际上，砾石（粒径大于2毫米）在水流中是滚动的，彼此互相摩擦，撞击力是有限的，因为砾石在流动的水中不仅存在浮力作用，而且被撞的（严格地说是挤压）石头没有固定支点，况且是在同一方向滚动的。再说，如果说砾石层中存在自然撞击成的石制品，那么其石制品必须会存在于同样水流条件下的所有河段，并且每一地段应该出现不同磨蚀程度的石制品，绝不会有选择性地只在某一地段形成。显而易见，过去有关的"曙石器"理论是坐在沙发上呷着咖啡想象出来的，纯属脱离实际的胡诌，但旧石器考古学界却以讹传讹，至今经久不衰，尤其是在西方。

前辈人有故事。裴文中对步日耶1935年访华回国后在法国只介绍在泥河湾下沙沟捡到的石块而不谈周口店发现石器是很不满意的。裴文中1937年说过，步日耶"向法国人类学研究所汇报，中国最早的人工制品，既不是中国猿人制作的石英石器，也不是周口店第13地点的燧石工具，而是德日进从泥河湾盆地下沙沟河湖相堆积中采集到的一件多面体石块"。确实，下沙沟石块的人工性质不够明显，步日耶发表文章后从未有人采信过。有意思的是，内蒙古萨拉乌苏河的旧石器是桑志华1922年发现发掘的，但在德日进1923年介入后在报告中用的是"这一年"和"我们"的表述，由此可见德日进的用心良苦，也许正是因为这样一个诱发因子，使得桑志华和德日进曾经有过一段相处不甚愉快的日子。同样，据陈蜜和韩琦报道，巴尔博与桑志华也有过泥河湾的发现权之争。1924年，巴尔博从桑志华和德日进那里得知泥河湾发现了动物化石，但是他抢在桑志华9月13日到泥河湾盆地考察前，于9月9日前往泥河湾盆地进行了一天考察。更有意思的是，巴尔博在报道中说他在1923年进入泥河湾盆地考察，实实在在地在泥河湾盆地的开拓中抢到了头功，使得桑志华非常不满。看来，争夺发现权的沽名钓誉之风气在中国旧石器时代考古学界几乎就是同步兴起演化的，至今不仅没有消失，反而更加盛行。这种风气不仅不利于中国旧石器时代考古健康发展，而且会伤害自身。

周口店是人类学的一座宝库，可惜出土的人类化石大多下落不明。其实，"北京人"旧石器再研究的空间很大，以不同的研究思想和研究方法再写一本书是毫无问题的。同样的旧石器完全可以做出不同感觉的文章，如同一块肉可以做出不同味道的菜一样。可惜我已经老了，如果年轻的话，真想把过去的标本重新整理一下。

建立泥河湾文化

周口店发现的旧石器是一种独特的古文化。裴老曾说过："周口店中国猿人文化是中国境内真正的、最古老的一种文化，它是这个典型地点以外未见报道的一种旧石器文化。""欧洲史前人类主要工具的形式特征及其分歧，尚不见于中国……史前文化本身很难用于中国和欧洲之间的对比，因为这两个地区的石器制造技术有很大区别。……采用不同方式制造他们的石器。"裴老80年前的科学论断，切中要害，睿智过人，相当了不起。不过也很遗憾，裴老没有为这个特殊的文化在世界古文化体系中建名，例如："中国猿人文化"（Sinanthropusian Culture）或"周口店文化"（Zhoukoudianian或Choukoutienian Culture）。

中国旧石器文化的研究思想很长时间一直停留在裴老的断言水平，尽管贾老、盖培和张森水对中国旧石器文化系统研究有过尝试，但人们常常愿意向西方的古文化模式靠拢，也就是归于西方旧石器第Ⅰ模式，即奥杜威文化。实际上，中国旧石器文化与奥杜威文化本质上差异很大，相提并论可以，同日而语难以说通，至少目前尚无有理有力的论述。更何况，奥杜威文化的研究中在一些概念和划分上尚存在一定的逻辑罅隙。我为2016年的《第十五届中国古脊椎动物学学术年会论文集》撰文《泥河湾盆地黑土沟遗址考古地质勘探》，文章中正式提出了泥河湾文化（Nihewanian Culture）。泥河湾文化是中国乃至东亚地区从早更新世遗址一直到晚更新世的世界上独立的一个文化体系，其中包括了"北京人"的文化。"北京人"的文化就是泥河湾文化的继续。虽然先前也考虑过冠名"北京人文化"或"中国猿人文化"，但从发展的时间上看，还是确定泥河湾文化较为稳妥，因为它出现得早，而且延续得很晚。

文化和工业常有人混为一谈，实际上，不论是在中文语境中还是其他语境中它们的概念都是各不相同的。旧石器文化是一个综合体，在时间上须有一定跨度，并且在空间里有较大的分布范围。工业应该是文化的下属，工业可以说成文化，但文化不是工业，就像白马是马，马不是白马，这是一个概念问题。目前，旧石器区划，日本做得很细，中国只有张森水做过尝试，但都没有捋出一个真正意义上的规划系统，如同像生物纲、目、科、属、种一样，建立相（或文化）、貌（或工业）、样（或组合）、式（或特色）等。当然，这样的研究必须建立在大量发现的基础上，而且需要各个时代和各个地方的发现。我相信，这项很有科学意义的研究将来会有人做，目前材料很有限，做起来不仅难度大，而且肯定出力不叫好。

泥河湾文化，实际是盖培提议的，尽管我也一直有这样的想法。盖培指出，建立泥河湾文化，和奥杜威文化、阿舍利文化属于同一个等级，这是世界上一个独特的文化。诚然，泥河湾盆地和周口店发现的石制品，存在很多共同属性，不仅大小和形态差不多，而且制作技术也如出一辙。泥河湾文化涉及中国旧石器的基本特征，中国旧石器从早到晚，在细石器出现之前，没有一种技术也没有一种类型可以划分其时代的。尽管有的研究者提出华北主工业和华南主工业，以及若干小的工业区，虽然不能说毫无道理，但其区划要领不够清晰，实际操作仍然是传统的所谓石片石器和砾石石器的划分。

我说"北京人"从泥河湾来，到泥河湾去，只是按时间的排序而已，旧石器的相似性虽然可以作为一个狡辩说辞，但仍然需要发现猿人化石来证明。泥河湾盆地肯定可以发现比"北京人"早的和晚的猿人化石，只是一个时间、地点、层位和谁发现的问题。这个问题估计不远的将来就会得到破解。

从地理分布来说，泥河湾盆地和周口店仅以北京西山相隔，泥河湾盆地地势较高，冬季寒冷，那里的远古人类迁移到较为温暖的北京平原地区过冬，这样的逻辑推理是合乎情理的。泥河湾盆地在几百万年前到几万年前是一个面积大约9000平方公里的浩瀚大湖，它被赋名"大同湖"。那个时候的永定河与"大同湖"没有联系是不可能的，但怎么联系确实不清楚，这涉及原始人类迁徙路线的探索，因为人类生存离不开河流。泥河湾和周口店的关系，就像人类非洲起源发展到亚洲一样，没有足够的路标证据，只是从时间上来推测。周口店"北京人"从泥河湾来，因为泥河湾盆地有很多比"北京人"早的人类活动遗迹；"北京人"去了泥河湾，因为泥河湾盆地发现了比"北京人"晚的人类化石及许多活动遗迹。贾老说过，"许家窑人"的石制品，把进步的标本拿过来就像是"北京人"的，把原始的拿过来，就像是"峙峪人"的。我觉得贾老的话有道理，确实看到了华北远古文化的本质现象。现在，在泥河湾盆地发现的黑土沟遗址，在地层剖面上分布在松山（Matsuyama）反极性时的奥杜威（Olduvai）正极性亚时阶段（177万—195万年前）下部，其年龄有一百八九十万年。遗址中出现了一些似棱柱状砸击石核和砸击长石片，有的长石片按照传统的石叶定义就是石叶，而且貌似细石叶，还出现了似拇指盖状刮削器。旧石器文化传统观念中这是旧石器晚期的东西，怎么出现在旧石器时代早期，而且是在早更新世，这不能不让我们再次联想到裴老对小长梁石制品的评价："已经达到了黄土时期的式样，当中把周口店时期飞跃过去了。"这就是华北旧石器的特色，正是泥河湾文化的鲜明特征，它从旧石器时代早期到晚期大体上是一个模样。

中国旧石器资源丰富，在世界上占有独特的地理区域优势，从周口店旧石器研究开始，中国旧石器就展现出令人不解的神秘色彩。1992年，Desmond Clark在发掘东谷坨遗址时对我说过，东谷坨遗址的石器也许50年后会有人能够解释。在旧石器研究中，人为的成分几乎占据统治地位，Lawrence H Keeley说过："法国人是从coup-de-poing这个名称开始命名过程的，这个名称在英文中就成了手斧。接着，又产生了许多以功能为依据的其他器物：端刮器、边刮器、石叶、尖状器、雕刻器等等。虽然一辈又一辈的史前学者都恪守沿用这样的一些器物名称，但是几乎没有任何确凿的证据能说明这些石器实际上是做什么用的。"远古人类拿石头碰石头打石片，就当时来说也不应该是一个很复杂的制作过程，但现在上纲上线地过度解析委实令人眼花缭乱。旧石器时代考古学以及经济学原理教导人们石器是劳动工具，似乎很有道理，因为石器可以完成牙齿和指甲难以完成的切割和挖掘。从文化的社会意义考虑，儿童模仿石制品制作行为不能不作研究考虑，因为远古人类儿童的游戏很难离开石头，发现的石制品更应该有不少是儿童玩耍的制品。我的幼年（二十世纪四五十年代）生活在农耕社会的山区，当时那里儿童的玩具主要是石头，男孩子玩"打砣"，女孩子玩"抓子子"，都有套路，还有输赢。石制品中有不少小巧玲珑的精美制品，与其把它们看作是"工匠"制作的生产工具，还不如视为做妈妈的女人为孩子制作的处理粪便的工具或挠痒痒的器具。有的器物作为求爱的定情物或讨好"首领"的谄媚贿赂物品也是可以设想的。达尔文主义的精髓是性的选择，乃为动物演化的动力，人类也不例外，旧石器文化的发展也不可能不与之有关，但有关的研究却是凤毛麟角。

周口店是"北京人"之家，也应该是泥河湾猿人来躲避寒冷的场所，但这是有时间性的，而且其居留时间应该是或长或短，断断续续的，因为猿人洞曾经也被鬣狗盘踞过。这个问题，"北京人"之家说没有明确交代，鬣狗洞之说显然非常糟糕，把不同时间混合在一起说事了，这是不是偷换论题的逻辑炒作？

裴老25岁发现了"北京人"第一个完整头盖骨化石，两年以后又发现了旧石器，少年得志，中国的史前文化泰斗当然非他莫属！裴老很伟大，但并不是说他事事都看得对。裴老确有大家风范，实实在在，说话直来直去。对泥河湾盆地的重大发现，裴老都很关切，上沙嘴地点、小长梁遗址、许家窑－侯家窑遗址和虎头梁遗址都是带着他的弟子安志敏、邱中郎和吕遵谔专程去考察的。

小长梁遗址的确很重要，它的名字被铭刻在北京世纪坛中国历史甬道的第一块铜牌上。小长梁遗址发现前在泥河湾盆地已经发现了上沙嘴早更新世的石器，但是其地层的判断却遭到几乎所有有关地质学家的质疑。裴老也说"卫奇、盖培等的发现……是有疑问的问题"，为此，我没有能够坚持自己的看法，将其地层错误地改为了上更新统。由此，小长梁遗址在很长时间便作为泥河湾盆地最先发现的早更新世遗址看待了。裴老对于小长梁遗址的石制品性质论断精准，但对地层有顾虑，他不畏年迈坐着担架亲自到遗址观察，还专门组织队伍对地层结构进行野外调查。他说："这个发现是重要的，如果能证明它确是泥河湾期的产物，这将对旧石器考古学和古人类学有一定的革新作用。"因为，这是改写当时人类走出非洲理论的重大发现。许家窑－侯家窑遗址是一处晚更新世早期的遗址，它是泥河湾盆地目前既发现许多人类化石，又发现大量旧石器和哺乳动物化石的遗址，而且它代表着猿人向智人过渡阶段，也是旧石器中期的代表。裴老考察许家窑－侯家窑遗址的那天，返回大同途中遭遇飞沙走石的沙尘暴。虎头梁细石器遗址是中国科学院古脊椎动物与古人类研究所太原工作站王择义发现的，他的考古意义是破天荒地从地层里找到了细石器。过去，在东亚地区曾经先后有过中美、中瑞和中苏的联合科学考察，踏遍了中国内蒙古和新疆以及蒙古国的广大旷野，耗费大量人力和物力，从地表采集到大量细石器，但没有地层根据，使得细石器研究长期陷入困惑。"中央研究院"历史语言研究所考古组梁思永在研究内蒙古荒漠上的细石器时也曾经因缺少地层根据而十分无奈。裴老明白虎头梁遗址的重大考古意义，所以他对这个遗址做过两次考察。

这里我还要进一步说说上沙嘴早更新世石器的发现。1972年盖培带我到泥河湾盆地发掘虎头梁遗址，当时我还是研究所正在审查的反革命嫌疑分子，盖培敢带我是有一定政治风险的。我们在泥河湾村进行考察时，根据村民提供的线索发现了一具完整的纳玛象头骨化石，但象头被翻起来的时候，盖培一把抓住一块石头，是一件单台面多片疤石核，是从早更新世地层中出土的，这是一个重大考古发现。上沙嘴旧石器的发现不仅实现了泥河湾盆地半个世纪寻找早期旧石器的梦想，也是山西西侯度遗址发现后再一次叩响了中国100万年历史的大门。贾老对其发现给予高度评价："泥河湾村附近的上沙嘴，与纳玛象头骨化石一起发现的那块石器，不能小看它。目前虽然仅有一件，不能定其文化性质，但肯定它是石器，这就是一大发现。时代可能在一百多万年以前。过去西方学者都说我国无更古老文化，这是他们的看法。我们的工作，就是寻找可靠的考古证据，探索中国的远古文化。"上沙嘴早更新世旧石器研究报告发表后，日本全文翻译刊登在《科学》杂志上。美国人组织了高规格的科学代表团来考察，当时1975年，泥河湾不开放，没有让他们来看，他们很不高兴，因为这一件石器是撼动人类走出非洲理论的考古重大发现。

泥河湾盆地的考古开发，如果说巴尔博、桑志华和德日进是开路先锋，那么王择义是旧石器时代开场的揭幕者，而盖培是100万年历史的开门人，这是三个重要的里程碑。泥河湾盆地考古的第四个里程碑的创立将是发现泥河湾猿人化石或找到比黑土沟遗址时代更早的旧石器。

目前泥河湾盆地的旧石器遗址发现很多，与周口店均分布在北京大西山范围，彼此相映生辉，探索华北旧石器文化相辅相成，特别是裴老的话，很值得细细品味。

旧石器遗址是不可再生的文化资源

我在泥河湾猿人观察站收集了一个黑色木头柜子，据吴新智说，这个柜子是步达生放现代人和周口店"北京人"化石测量数据资料的。这个柜子放没放过"北京人"头盖骨不知道，其抽屉有大有小，放置猿人头骨化石是绝对没有问题的。这个柜子曾经在吴汝康办公室放过，研究所在20世纪开头搞创新工程，过去的老旧办公桌椅和标本柜等几乎全部作为废品处理。陆庆五收留了它免去灭顶之灾，后来他的临时用房（食堂二楼）要拆除，这个柜子就给了我，我把它拉到泥河湾猿人观察站来暂时保存，准备将来给它找个能永久收藏的地方。我还收集了新生代研究室创办时定制的一个两件套菲律宾木柜子，原来是研究所绘图室的用品；还有8把猪皮弹簧靠椅，有李传夔、闫德发、张振标、陈德珍和杨东亚用过的。这些老东西是古脊椎所的文物。2002年我在台湾参加一个学术会议时谈到研究所的创新工程，台中自然博物馆何传坤听说后讲：你们不要给我们，买都可以。我很想收集裴老和贾老用过的东西，可惜没有找到。所办公室主任王世阶告诉我可以随便拉，但实在无能为力，非常遗憾。办公室扔出来的柜子和桌子都是被砸烂装车运走的，我问车工，是他们给所里钱还是所里给他们钱，他们说谁也不给谁。张弥曼院士下班回家听潘悦容说院里砸家具，不忍心看，从研究所后门离开了。

中国科学院古脊椎动物与古人类研究所是从周口店龙骨山起家的，最初属于中国地质调查所新生代研究室。龙骨山归新生代研究室管，当时范围也很大，贾老告诉我是他出面划界的，范围包括四周好几个山头，现在只有龙骨山头的前后范围了。贾老在周口店最初是一个练习生，也就是见习员，但实际是一个大管家，账目呀、人工呀，还有什么买地呀，他都管。贾老自学成才，荣获中国科学院院士、美国科学院院士和第三世界科学院院士，成为没有大学文凭却攀登科学殿堂的传奇式人物。周口店龙骨山现在归属北京市管理，有利于文物保护和知识经济开发，古脊椎所是研究单位，搞开发显然不是强项，就像泥河湾盆地一样，科研人员发现发掘研究的旧石器遗址很多，但开展保护和发展旅游必须得当地政府来搞才行。遗憾的是，古脊椎所作为存放标本后院的龙骨山移交北京市后，不得不在房山每年耗费巨资租用房屋存放标本。当时院所领导如果努力争取，把研究所旁边转给北京市的地皮要回来，或者从其他地方要块建造标本库房的用地，我想北京市政府是不可能不会答应的。

周口店的古人类化石研究，过去都是洋人做的。"北京人"化石最早是师丹斯基采掘发现的两枚牙齿，但真正科学定名为中国猿人北京种的是步达生，后来魏敦瑞做了不少详细研究，并指出了蒙古人种与"北京人"的关系。吴新智从人类化石的性状特征判断，也认为"北京人"与后来的中国人有传承关系，但基因说却完全否定其关联，因为基因说如同新物种出现一样具有强大的生命力和科学市场。其实，从科学发展的视角来看，基因研究还算刚起步，不可能是最完善的和最终的研究成果，明显与人类化石性状的联系有断裂，而且在地理环境时空隔绝和其他伴随生物物种变化方面也缺少相互印证。不过，随着科学技术的发展，基因说缺陷会暴露，问题返回原点也不是不可能的。科学发展的规律，就是否定之否定。

周口店"北京人"遗址后来进行过多次发掘。从目前的科学技术水平来看，周口店的发掘，除了增加一些动物化石和旧石器时代遗物与遗迹外，其他方面的突破是很有难度的。因为周口店的洞穴堆积胶结得相当坚实，目前要取得详细埋藏学资料是非常不容易的，尽管最近的一次发掘媒体报道说获得了新进展。周口店的发掘，在中国，时间之长和体积之大以及获得的材料之丰富程度，其他任何遗址都无法比拟，所以必须严格保护。它的再发掘，需要审查两个方面，首先必须有明确可实现的目标，也就是要有迫切需要（不可再等待）解决的问题；其次必须保证出土化石和石制品的完整性和空间分布的准确性。否则，我们这几代人就不要去动它，因为古人类遗址保存下来的很少，而且是不可再生的文化资源，发掘本身就是破坏，挖一点就少一点，更何况我们现在的科学认知还相当原始，发掘技术也相当落后，要考虑到几百年后，甚至几千年或几万年后的发掘研究。听袁宝印说，裴老1963年在萨拉乌苏河考察时说过，旧石器时代考古大面积发掘是断子绝孙的事情。1976年和1977年我在泥河湾盆地许家窑－侯家窑遗址发掘时，清理的范围是老百姓挖龙骨严重破坏的地方和层位，所以面积较大，对于没有被破坏的地方和下文化层只做了一些探测，为的是留给后代去研究，所以基本上没有动。2006年我在泥河湾盆地对186万年前的黑土沟遗址进行考古地质勘探，考虑到这个遗址是撼动当下人类180万年前开始走出非洲理论的，实在不忍心挖，但不得不做探查，最终仅仅选择在容易被流水冲刷破坏的沟边，开始布方长4米宽1米，挖到底是长4米宽近2米，还有另外两个1平方米的探坑。这样做，为的就是留给后人或后代去研究，后人的研究思想和研究方法肯定会比我们的好。

科学研究、考古发掘和文物保护是一项系统工程。《中华人民共和国文物保护法》规定，考古发掘要经过国家文化行政管理部门审核批准，但是如何科学合理地把握，国家文物局颁布的实施细则没有详细的明确规定，所以其审核批准的人为性空间很大。还有，有关部门制定的法规存在概念模糊和出现词语歧义，很不妥当，例如"具有科学价值的古脊椎动物化石和古人类化石同文物一样受国家保护"，其科学价值如何界定？与人类有关的第四纪哺乳动物化石由文物部门管，与人类无关的第四纪哺乳动物化石归国土部门管，这又该如何界定？显然，后者应该改为：在古人类化石地点和旧石器时代遗址的哺乳动物化石由文物部门管。这样就概念明确了，而且也不应该有第四纪的限定，因为人类化石和旧石器现在已经分别追索到了新近纪的中新世晚期和上新世晚期，超出了第四纪的时间范围。这些话应该由有关部门领导和学术权威考虑，我们七老八十的人妄议，显得有些指手画脚很不识时务。

目前，古人类和旧石器的保护，只能有效限制一部分专业人员发掘，很难防止生产建设的人为毁坏和限制圈内人员的肆意挖掘，更难克服自然的破坏。对于旧石器遗址来说，真正的保护，首先是调查清楚其家底，对于正在遭受自然破坏的出露的文化层须抢救，但清理范围宜小，进深限度以最大2米为宜。专业人员对即将消失的古人类文化遗迹要记录在案，避免无声无息地自然消失，这无疑是积极有效的文物保护，需要提倡。宁可自然破坏殆尽，也不允许专业人员发掘，虽然合法也符合中国的国情，但绝对是不可取的文物保护举措。

在泥河湾盆地的109国道上刷有醒目的巨幅标语："世界看中国，中国看泥河湾。"估计来来往往运煤的司机很难明白其意，就在小长梁遗址我问过正在旅游的当地人："这儿看到了什么？"回答说："这儿风景很好，能看得很远。"没有一个人知道脚下就是世界著名的小长梁早更新世旧石器遗址。泥河湾盆地确实具有很大考古潜力，将来也会榜登世界文化遗产，但目前尚未超越周口店，不仅研究力度不及，其声誉也相差甚远，现实情况是周口店的国内外游客每天络绎不绝。最近，涉及泥河湾开发建设的官员赵永胜问我："泥河湾搞了这么多年，怎么还没搞起来？"问题提得有水平，切中要害，很值得认真思考。现在到泥河湾游览的人都是义务宣传员，试想他们能怎么样口传推销泥河湾这个绝佳文化旅游产品？说实在的，泥河湾的基本概念是什么，别说是一般游客弄不懂，就是大多数研究泥河湾的专家学者们也未必十分清楚。泥河湾的科学概念，时间上是早更新世，地层上是下更新统（泥河湾组），其中发现的有泥河湾动物群以及有关的古人类化石和旧石器等。泥河湾的科学普及和宣传中概念不清，眉毛胡子一把抓，甚至古堡、庙宇、土特产品等都恨不得全盘托出介绍给大家，实际喧宾夺主，效果适得其反。在小长梁，树立着世界一流的精美巨幅标语牌，如果主牌打"泥河湾"，做个泥河湾简介说明牌，肯定会受到游客的欢迎，其产生的后续效果也是不难想象的。

我在龙骨山住过

　　周口店的研究工作我没有专门做过，只在《中国历史博物馆馆刊》上发表过《"北京人"文化的来龙去脉》，在《北京青年周刊》上发表过《北京猿人化石失踪之谜》。

　　我在周口店龙骨山住过。我上大学的时候，国家正处于困难时期，所有地质课程的野外实习都在北京西山，周口店龙骨山是最主要的大本营。周口店龙骨山的猿人洞和山顶洞以及附近的303太平山石炭系泥岩向斜构造和164奥陶系石灰岩背斜构造及其原始美妙的岩溶洞等地质现象至今让我记忆犹新。1970年我住过较长一段时间，而且是拖家带口住的。那年，周口店"北京人"展览馆进行整改，原来的那个展览馆用了将近20年了，馆内的布置已经不能满足观众的需求。我参加了整改，当时就住在龙骨山后面的一个大院里。那一次贾老也去了，带了一大批人，除了所里的人，还有上海自然博物馆的和河南省博物馆的，有研究人员，也有模型技工和美工人员。领导很重视，所里把有关"北京人"的图书也搬过去了。整改期间，郭沫若郭老也去过。当时我正在展览馆前面的柿子树上摘柿子，看见郭老过来了，我趴着不动，以为郭老路过不会注意，没想到郭老过来站在树下看我，我赶快从树上出溜下来，郭老笑了笑，我很不好意思地与郭老握了握手。整改的时候我的工作是裱糊展板，整张的纸很大，我一次就能裱上去，而且裱得平平整整，当时还受到布展负责人沈文龙的赞扬。那次整改是谁主管设计的，我不清楚，他把突出政治的批判内容单独放在会议室展示，与表达科学性的展馆实际分割开来，既符合革命形势的需要，又保证了展馆科学的完整性。

　　龙骨山植树劳动是少不了参加的。后来研究所成立了周口店研究中心，徐钦琦是主任，我和刘金毅是成员。真正的周口店活动是接待中国科学院院长卢嘉锡到周口店参观。我记得是一个礼拜天，早晨办公室主任王世阶突然打电话通知我去周口店陪同，我特别问王世阶，跟徐钦琦说了没有，他说说了。后来我向徐钦琦汇报，他说不知道，我意识到我办了坏事，好像我架空主任私下搞活动。因此，原来的展厅里有一张卢嘉锡来参观时的照片，上面有我，但毫无喜悦的感觉。类似的事件我在泥河湾盆地也发生过，2005年秋天河北省省长季允石参观小长梁，阳原县文化局局长王宏宇安排我和谢飞局长参加接待。过了二十来天省委书记白克明也到小长梁参观，王宏宇通知我去参加接待，但没有谢飞，我马上意识到我办坏事了，因为谢飞在岑家湾住着，很显然我把人家与省委书记见面的机会抢占了，感觉非常没意思。其后，我不得不把"叫我帮忙我尽力帮忙"改为"叫我帮忙在不影响他人的情况下我尽力帮忙"。现在我老了，泥河湾的活动确实不宜再露面了。人老了才悟到，做好事也须前思后想和左顾右看，掂量掂量，没头没脑愣干好事可能会变成坏事。那时，我在泥河湾盆地东谷坨村，打算买点批发价的常用药供村里人应付小病，有钱的给点本钱，没钱的白送，但是有人立马提醒我做不得，因为村里有两个赤脚医生是靠卖药养家糊口的。

　　周口店最初展览的动物石膏模型，如纳玛古菱齿象和肿骨大角鹿等，都是我和赵忠义在上海自然博物馆白师傅的指导下翻制的。雕塑是由浙江美术学院周教授带着他的一个弟子先做成泥塑，做得相当精致。然后，我和赵忠义在白师傅的带领下往泥塑上抹石膏，石膏凝固后选择一个合适的地方开凿一个窟窿，把石膏里面的泥全部掏出来，再把石膏灌进去，并全方位进行摇晃，最后将外面的石膏壳打掉，出来的就是一个白茬模型。这些模型是很好的艺术品，大约有十来个，估计现在没有了。我和赵忠义都是第一次做模型，显得笨手笨脚，操作要领常有失误，但白师傅只批评赵忠义，我年岁大点儿，给我很大面子，不过我明白是说我们两个的，而且更主要是指向我的。

"北京人"最古论纯属学术争论

我是1965年贾老招收的第一个研究生，但是在中国科学院研究生院学了一年英语，还没有结业，"文化大革命"的风暴就来临了，学校领导迅速把所有的学生全部打发回各自研究所里了。寒假期间，我到贾老家拜访过一次，回所后"文化大革命"已经开始，批判矛头是指向学术权威，但我对所里的事情一无所知，就连古脊椎动物与古人类研究所这个机构的过去也是很不了解的。所里的第一场批判会上，所办公室的一个中层领导把贾老说得一无是处，"还招研究生，听说研究生已经来了"。当时我恰恰就坐在演讲台前面第一排，听得很不是滋味。不久，研究生制度废除，我就留在所里。我从小学直至大学接受了完整系统的党的教育，政治修炼丝毫不敢怠慢，尽管未能入党。"文革"开始，研究所开展批评资产阶级反动路线，我认为这不是学术权威的问题，应该是党委领导的问题，所以就参加了针对党委领导的大批判小组。事后证明，党委领导是批判不得的，我作为反革命嫌疑被审查几年是真的不亏情，罪有应得，不过最后没有带上反革命分子帽子，实在是万幸的万幸了。那时候，我和贾老几乎没有接触，我也没有说过贾老任何一句不好的话。贾老对美国记者说"文化大革命"他的学生斗过他，实际上我1968年就发配到天津葛沽中国人民解放军某部队进行劳动教育，1970年回所接受审查的时候，贾老已经是连排队伍里的革命战士了。我和贾老真正的接触应该是从1974年泥河湾盆地许家窑－侯家窑遗址的考察开始的。实际与裴老的接触也是在泥河湾盆地，是在虎头梁遗址、许家窑－侯家窑遗址以及后来的小长梁遗址和东谷坨遗址考察时开始的。

20世纪50年代，贾老发表过《中国猿人》《河套人》和《山顶洞人》三本小册子，这就是当时著名的中国古人类和旧石器时代考古的三部曲。《中国猿人》的前言是裴老写的，对贾老的工作是予以肯定的，但从字里行间也不难看出裴老的权威气概。贾老没有上过大学，实际是一直受人歧视的，有关微词来自方方面面。从中国旧石器研究的实际情况来看，人才培养可以大刀阔斧改革，从高中毕业生那里选拔脑瓜儿灵光的、语文写作好的，培养五年，直接拿到博士学位是完全有可能的，因为旧石器时代考古没有数理化等学科那样基础知识的紧密连贯，当然，科学研究的思想方法作为基础训练重点是十分必要的。现在，一律走大学本科—硕士研究生—博士研究生，甚至还有博士后，实在是人力和物力的极大浪费，尤其是研究人员青春年华的耗费，实在可惜。事实上，在中国旧石器时代考古领域，没有大学文凭的研究员并不鲜见。

裴老主张"北京人"是最古老的人，贾老根据石制品解析"北京人"不可能是最古老的人，他们的争论发表在《新建设》杂志上。诚然，学术研究需要争论，争论有益于科学发展。在中国，学术民主和自由争论是很难得的。当时的学术争论没有结果，但随着时间的推移，东非人的发现表明"北京人"之前还有人类存在，"北京人""最古论"在事实面前已经不攻自破了。

1960年，山西西侯度发现早更新世旧石器，但是在"北京人""最古论"的思想框架下，并不为世人看好，更何况，发现的石制品均有不同程度的磨蚀。1978年贾老和王建才发表了研究报告，文章的重点论述石制品的人工性质，主要采用的是排除法。西侯度石制品的争议，我差不多目睹了整个过程，很具有中国人的特色，其表态多数为无倾向的模棱两可，简直就是玩文字游戏；赞成者也少有说理举证，反对者也多停留在口头上和文章中开天窗。特别有意思的是，裴老没有留下只言片语的文字记录，尽管张森水在合作形式的论著中有所暗示。后来张森水在1998年发表《关于西侯度的问题》时作了明确彻底的否定。现在看来，张森水虽然对于水流滚动中砾石的撞击存在不正确的理念，以及对于石制品的磨蚀属性认识有点偏颇，但敢想敢说、勇于发表见解的科学精神令人钦佩，至少比既表达是又表达不是的油滑腔调有意义得多。西侯度石制品的争议显然贾老的看法是可取的。实际上，从Toth石制品动态生产工艺流程（考古学界创新为"操作链"）来看，Ⅰ2-3和Ⅰ2-2型石片（人工台面人工背面和部分人工背面石片）明显表现出人的创造性思维，绝不可能系自然撞击所成，也绝非其他灵长类所能为之，更不用说按照埋藏学分析，同样的砾石在同样的水动力条件下不可能只会在某一河段产生其石制品。这里面存在旧石器时代考古学中的一个十分荒唐的科学悖论，我知道外国学者有的在该陷阱里执迷不悟，但我不知道中国的旧石器考古学家现在是否已经远离这个陷阱。从泥河湾盆地177万—195万年前的黑土沟遗址发现来看，出土的石制品人工性质十分明显，许多特征可以说明绝无可能有自然或猿猴的因素。重大发现需要验证，尤其对于学术研究带头人，如果袖手旁观，无疑不是渎职，就是科学认知不足。

贾老从周口店起家，他的自我修炼是十分成功的。《贾兰坡旧石器时代考古论文选》的后记，是黄慰文写的，他把我的名字也挂上了，这个后记对贾老的评价非常中肯而且十分到位。贾老一生勤奋，很能吃苦耐劳，有信念，能坚持自己的意见，很值得后人学习。贾老不畏权威压制，也不为多数人意见左右，这一点我应该好好向贾老学习。泥河湾发现早更新世旧石器，盖培写文章发表，研究地质的人说地层搞错了，地层是我做的，因为我是学地质的，这个应该由我承担责任。随从大家的意见，我把上沙嘴旧石器的地层由"泥河湾层"下更新统改为属于上更新统的桑干河河流阶地堆积，年龄从一百多万年前拉到了几万年前。这是我在泥河湾盆地研究中犯的最大错误，我没有坚持自己的意见。当时盖培不同意我"修正"，我还是改了。现在，重新厘定上沙嘴的地层仍然属于下更新统泥河湾组，古地磁测年结果是160万—170万年，我终于能在有生之年把自己的错误改正了。

裴老和贾老的成长经历不同，一个是少年得志，一个是老年得志。贾老比裴老小4岁，他们是同一代人，而且都是唐山人。贾老对裴老很尊敬，裴老到他办公室，贾老马上站起来让座。不过，贾老看到《中国猿人石器研究》一书后，到我办公室拍桌子发过脾气，说周口店的石锥是他建名的，但一直遭到反对，现在不也承认了。他们学说观点有分歧，但我不认为他们有学派形成，更不用说是人事派系了。我是贾老招收的学生，自然被归属于贾老方面的人，可是裴老检查小长梁遗址的地层首先点名让我协助他进行，显然没有认为我是贾系的人。1980年，裴老要我制定泥河湾的考察计划，我知道他的身体不好，所里不会同意他出差，我就说："裴老，我说话不如放屁，既没响声，又没臭味。"裴老哈哈一笑说："那我说，我有臭味！"裴老帮我制定了泥河湾的考察计划并向所里申请。1981年所里批准泥河湾调查，还配备了一辆北京212吉普车，由王秋原开车，我和河北省文物部门孟浩在阳原县文化馆成胜泉和胡锡奎的协助下展开了对泥河湾盆地的科学考察。考察结果，小长梁遗址的地层确实属于"泥河湾层"，同时发现了东谷坨遗址。非常遗憾的是，当我们考察结束回到北京，裴老已经住医院了。我拿了几十件标本到医院给裴老看，裴老在床上一件一件摸过，但一句话也没说。显然，裴老对泥河湾盆地早更新世的石制品已经认可，这就是裴老的特点，他认为是，就不吭声，如果不是，他喜欢开玩笑。

中国人研究旧石器始于周口店

中国的旧石器时代考古是由桑志华和德日进等开创的，带头人是裴老以及后来的贾老，他们是从周口店走来的，也就是说中国人研究旧石器是从周口店开始的。中国最早的萨拉乌苏河遗址发掘，从发表的报告来看，发掘方法和挖土豆一样，从地层里挖出来就算。周口店的发掘，当时在世界上应该是很先进的，打方格，2米见方，以2米为一个发掘层，发掘现场每天定时拍照记录。周口店的发掘方法，后来人们很少应用，一般都是像萨拉乌苏河遗址的发掘那样挖掘的。比较好的发掘就是有地层剖面记述，但标本的水平位置、分布高度、大小和产状都不记录，野外只收集典型石制品，例如石核、石片和修理的器物，以及可以鉴定种类的动物化石。在20世纪70年代，许家窑—侯家窑遗址的发掘是按照周口店的发掘方法进行的，曾经受到了贾老的赞许，裴老和杨老也没有表示异议。1990—1992年，中美合作东谷坨遗址发掘，Desmond Clark带来了非洲露天遗址的发掘方法，就是1平方米一个方，每5厘米一个发掘层，标本保留原地，并在出露最高点标记号，还做指北箭头标记，然后水准仪测量水平经纬坐标和海拔高度，标本出露的长短以及产状的倾向和倾角都要测量，最后绘图照相记录。写报告画出图来，标本的分布状况一目了然，从顶面观可以看出标本的水平分布状况，从侧面观可以辨别人类的生活层面。这样的发掘，有利于分析标本的原始埋藏情况。日本的旧石器时代考古发掘是刮地皮法，就是用锄头一点一点地刮，一层一层地剥，标本留在原地，不过可以拿起来看，至于放下去会不会改变原样分布就不清楚了。实际上，好的旧石器时代考古发掘标准只有一个，就是在室内能够基本恢复遗物的原始分布状态。从中美泥河湾盆地旧石器联合发掘以后，其野外发掘的方法在中国旧石器时代考古领域得以推广，但这个方法适用于水平分布的文化层清理，对于岩层倾斜与不整合等地质构造复杂的文化层则需要按照自然层分层剥离。目前旧石器时代考古发掘，应用全站仪测量，虽然提高了工作效率，但因为仪器尚不能判断地层结构，发掘的结果往往会是捡了芝麻丢了西瓜，反而是考古发掘的倒退。也许几年后，全站仪的电子眼能自动识别地层的颜色和粒度，其考古发掘的盲点就可以得到解决。

其实，这是一个并不复杂的技术问题，关键是应用者有没有要求改革的意识。

科学研究须讲究研究思想和研究方法。研究思想就是要探讨什么问题，研究方法就是怎么样解决要探讨的问题。简单的问题无须搞得玄妙复杂。我在文章里也提到过，旧石器考古和刑事破案是一样的，野外调查如同侦探，发掘就像取证，写报告类似起诉，最后的结论恰似法院判决，研究报告发表便是结案了。不过，研究归研究，仅仅是探索，再好的研究，其成果也未必就是真实情况的反映。好在旧石器时代考古，研究的对象是不可重复实验的过去，全是纸上谈兵，事后发现有冤假错判修正就行了，这是科学研究的常态，既不存在安危问题，也没有生产失误和经济损失纠葛。

旧石器时代考古研究的资料非常有限，主要是石头标本，还有一些骨头标本，木质标本很少，其他的东西都是辅助性的资料。旧石器时代考古实际就是举证不足的疑案，如同一件凶杀案，只找到了凶器，凶器上没有血迹和指纹，更没有凶手的脚印和遗物，谁是凶手？更何况，受害人的实证也没有，这是刑事案件不能立案的案件。而我们就要凭借一些石制品解析过去，还要解析更多，并且要不断创新，难度相当大，其中人为的主观因素很多和现代意识的干扰很大，也不乏吹牛的成分。在旧石器研究报告里，有尖状器、刮削器和砍砸器等，有锤击、摔击和砸击等剥片技术，是不是那么回事？可以有各种想象，但无不带有今天文化的色彩。很显然，吃喝拉撒性几乎是所有动物的共同特性，现在石制品制作的研究，仅仅是对旧石器时代可见遗物的推断，生气蓬勃、绚丽多彩的古人类生活画面，我们除了想象，还是想象。远古时代，人们逮住动物需要肢解制作食物，在指甲刻不动和牙齿咬不开的情况下，打个石片来切割，问题便迎刃而解。食物被消灭后就万事大吉，整个过程十分简单，原始人不可能有过多的考虑，哪怕是一个非常愚钝的原始人，只是旧石器时代考古学为他们想了很多很多。旧石器时代考古学是一门无法验证的边缘科学，谁研究，谁举证，鉴赏标准是自己制定的。

近些年很多人都讲创新，什么叫创新，科学研究本身就是创新。什么叫科学研究，科学研究是弥补空白，修正错误。过去没有发现的，现在发现了；过去搞错了，把它修正过来。这就是科学研究，这就是创新啊！科学研究哪有不创新的。科学发展，研究思想分裂是核心，科学民主和学术自由是基础，科研资助是保障。科学研究证明，有作为的科学家与精神病人的基因是一致的，这样的人往往是怪怪的，十有八九没有成才就被常规毁掉了，少数成才的也很难不被排挤或打倒。

周口店研究模式

在古人类学和旧石器时代考古学上，周口店的地位和声望世界显赫，在中国乃至东亚目前都无与伦比。从时间和地理分布来说，泥河湾盆地的研究实际就是周口店研究的时空拓宽。泥河湾盆地不仅存在周口店的扩展和承前启后，而且科学研究和文化旅游开发有现成的借鉴作用，因为周口店积累的方方面面的经验，以及有关学术成果，都是十分宝贵的财富。

在研究中，我们现在的思想方法，基本上仍然是裴老那个思想方法，万变不离其宗，尽管近几十年来，有形形色色的思想方法被引进。裴老就说过，研究旧石器就是"比娃娃"，就是标本比较，一是形态，二是制作技术。中国古人类和旧石器的研究思想方法，我们一直是跟随西方，一方面是我们缺乏自信，另一方面人家也确实看不起我们，但又很需要我们提供材料填补地域空白。发表文章，不是看文章质量，而是看在什么杂志上发表，分了很多等级，中文的不如洋文的，有的中文杂志发表的文章不能作为科学论文，甚至连科普文章都不算。所以统计科研成果和奖励最吃香的是洋文研究报告，这是国家科学制度的大政方针，虽然不合理，但不宜妄议。

裴老提出，旧石器研究四条腿走路，即古人类、旧石器、哺乳动物、地层一起研究。这一科学路线，显然得益于周口店的研究，周口店的研究正是四条腿走路的样板。中国的旧石器遗址，大多伴随哺乳动物化石，这个让日本同行羡慕不已，因为日本的地层呈酸性，很难有动物骨骼的保存。

中国旧石器遗址的年代过去是根据哺乳动物化石确定的，只能粗略地划分为早、中、晚期几个阶段。最近几十年来，大量引进物理化学的测年方法，但都有局限性，而且还存在变量的不确定性或人为的非科学因素。周口店第1地点的年表不难看出，一种测年方法得出一种测年结果，究竟谁的对，不知道。张森水说："没有年代盼年代，有了年代怕年代！"新的测年技术为中国古人类遗存的断代已经产生不小困惑和麻烦。

中国旧石器时代考古断代已经沦为重灾区，尽管有关的测年报告仍然会继续产出。也许，这就是科学研究的信条，"除了它的创始人，谁也不相信假说；除了其实验者，人人都相信实验"。不过，我相信，用不了太长时间，人们会找到更好的测年方法，随便抓把土和拿一块动物化石，就能很快确定其准确的年龄。到那时候返回来再看我们现在，很可能就像我们现在看"北京人"时期一样的古老原始。

在周口店遗址国家重点文物保护单位范围里开辟现代人的陵园，如果猿人洞是"北京人"之家，这样的景观是不和谐的；如果猿人洞是保存"北京人"遗体的死人洞，那陵园就是喧宾夺主，更不协调，尤其设置在遗址保护核心区。另外，陵园的中国特色十分明显，院士们的墓碑，前有石供桌和石香炉，四周汉白玉雕围栏环绕，此外还有巍巍显赫的祭文石碑，而一般工作人员的墓只有一块小墓碑，反差太大了，人活着的时候有等级待遇，死后也仍然不能平等。

我很向往周口店，我很喜欢泥河湾。泥河湾是我的第二故乡，我的科学生涯主要在泥河湾，从1972年开始每年都会到泥河湾盆地进行考察研究，研究时间是我在泥河湾盆地的最大资本。2001年退休后，我在阳原县东谷坨村创办了一个"泥河湾猿人观察站"，每年天气暖和的时候就住在那里。我的嗜好很少，打牌、抽烟、喝酒、聊天都不会，最大的爱好是跑野外，最大的气质是不怕孤独。鉴于与泥河湾的情感，退休以后我就选择在泥河湾盆地科学养老。泥河湾盆地的地层和旧石器十分诱人，那里的语言和生活习惯以及文化背景与我少年时期生活的故乡差不多，尤其是吃糕，这是我最喜欢的食物。原来我想继续做有意义的事情，来回报泥河湾大地的恩赐和当地民众的帮助，看来是非常力不从心的。我曾经希望死后埋入"泥河湾层"中，与泥河湾的地层融为一体，几万年后变成化石还可以发掘出来供科学研究，现在看来这也是一厢情愿，而且国家规定必须火葬，裸体深埋土葬无疑也是不会许可的，那就最后耗费点宝贵的能源并为北京可恨的雾霾增加点烟尘和PM2.5吧！

祁国琴

祁国琴，中国科学院古脊椎动物与古人类研究所研究员，周口店研究中心顾问。1939年3月生于甘肃天水，籍贯山西原平，1963年毕业于北京大学地质地理系，1963—1967年为中科院古脊椎所研究生，1968年留所工作至1999年退休。

1979—1981年，在美国亚利桑那大学做访问学者；1994—1996年三次赴台与台湾自然科学博物馆合作研究澎湖海沟动物群。先后出访过日本、波兰、瑞士、德国、朝鲜、越南、巴基斯坦等国。

主要学术著作有《华北第四纪哺乳动物群兼论人类生活环境》，主编有《蝴蝶古猿产地研究》。

1991年，获中国科学院自然科学一等奖。

1929年12月，裴文中抱着刚刚发掘出来的经石膏加固后的"北京人"头盖骨化石

对周口店和裴老的几点印象

祁国琴

1957年，我考入北京大学地质地理系地貌第四纪地质专业。学第四纪地质当然离不开周口店，我第一次到周口店是1959年。老师带我们到周口店看展览，并在其周围观察地貌、地层及地质构造。当时那里很冷清，展览很简单，工作人员也很少。我只记得身材高大、但已驼背的刘老先生给我们做讲解，他是第一个头盖骨发现的亲历者，所以讲起来很生动。

应该说，在我国，第四纪地质的研究是从周口店开始的。解放前在地质调查所内设有新生代研究室，周口店的所有事物都由其负责和承担。中外科学家共同参加了周口店的野外发掘和室内研究。他们不仅用艰辛的劳动和高超的技艺为中国的第四纪地质建立起一个典型剖面，更为古人类学树起了一座不朽的丰碑。

大学期间我们经历了"反右""大跃进"等运动，耽误了很多学习时间。等到毕业那年高教部下令北大、清华57级理科学生学时延长一年，于是我在大学读了六年，到1963年才毕业。毕业后之所以考研究生，一是因为我家庭经济条件较好，不需要我毕业马上工作挣钱，二是我国研究生招收情况的改变。解放后第一次招研究生是在1956年，当时国家提出"向科学进军"，开始招收"副博士研究生"，1957年反右后就不招了。到1960年研究生是分配的，不经过考试。1961、1962年又开始招但没什么人报考。到了1963年，老师跑到宿舍来动员我们考，在此情况下我和很多同学都报考了。

北大地貌第四纪地质专业也讲授古生物，但没讲过古脊椎动物，主要原因是没人会讲。裴老当时招考的题目是"第四纪地质"，否则我也不敢来应考。进所后补了很多课，特别是周明镇和裴老亲自写讲义、亲自先后为我们讲授的"古脊椎动物"和"第四纪哺乳动物"。听课的不只是我们当年进所的几个研究生，也包括同年进所的大学生以及在这之前进所的年轻同志，甚至地质所的一些研究生和年轻同志也跑来听。我们研究生听完课必须得考试，因为这是我们的必修课程。而其他一些听课的同志并不要求他们考试，但他们也主动参加考试。这两门课程的学习为我们后来的实际工作打下了坚实的基础。

1964年春天，裴老的"第四纪地质"课讲完了，亲自带我们去周口店跑了两个礼拜。其实，我真正了解周口店就是这两个礼拜。我曾在《不朽的人格与业绩——纪念裴文中先生诞辰100周年》中发表过一张照片（108页），大家从这张照片可看到，当时不止我们几个研究生，还有很多同志都跟着去了。可以说解放前周口店的许多重大发现都与裴老有关，有些还是他亲自发掘和研究的，所以讲起来如数家珍。裴老首先给我们讲周口店地区的地质、地层、构造情况，接下来介绍周口店的发现和发掘历史。带我们参观陈列馆展览时他给我们讲"北京人"

在头骨、下颌、牙齿及肢骨方面与现代人的区别；在动物方面着重讲了第四纪几种鬣狗牙齿的区别和几种偶蹄动物在炮骨方面的不同。陈列馆的东西看得差不多了他就带我们到各个地点去跑。在第1地点，他告诉我们哪儿是南北裂隙，哪儿是施丹斯基最早发现"北京人"牙齿的地方，哪儿是第一个头骨发现处，哪儿有灰烬层、烧骨，什么是上文化层，什么是下文化层，鸽子堂是怎么回事……山顶洞是怎么发现的，为什么现在看它有上、下两个洞口，什么是上砾石层、下砾石层及它们对了解周口店地区新构造运动、周口店河的变迁以及龙骨山洞穴堆积形成的重要性等。裴老还带我们去看并给我们讲解保护区外的第6、13、14、20等地点以及下砾石层。

有人说，裴老发现"北京人"第一个头盖骨是运气好，其实不然。首先，那是在当年的12月，天气已经很冷，要是换个人没准早就收工了。还有，头盖骨发现在一个10多米深的小洞里，他是用绳子吊下去亲自将头盖骨取上来的，换了别人也未必能这么做。我觉得裴老是有真才实学的。周口店的石器是他最早认出来的，大家都认为不是，还把法国最有名的专家步日耶请来，专家说是，还让他去法国。他并没有立即就去而是又过了四年，周口店的工作已全面展开，有了完全能接任的同事，他才脱身去实现更高的理想。1966年发现的第六个头盖骨也是在他主持下发现的。为什么要从上面第3层挖？看来他是有所考虑的。而发现的两件头盖骨与先前在附近找到的两件头盖骨骨片正好是一个个体。如果换个人来主持这次发掘就未必有这样的结果。而立之年就发表那么多传世著作（见高星、裴申主编《不朽的人格与业绩——纪念裴文中先生诞辰100周年》），也不是一般人能做到的。

　　北京市与中科院共建周口店以来确实做了不少工作（新馆的建设、各地点的清理加固、园区的建设等）。但我觉得这些都属"硬件"方面的，更重要的是软件方面的建设。现在越来越多的人前来参观，而且很多人文化水平也很高，这样就要求讲解员也要不断提高对周口店的认识水平、讲解水平，不仅要学外语，更要阅读和深入了解有关周口店业务方面的知识。不可能要求每个讲解员都能如此，但起码要有一两个必须达到这样的水平。这样，才能接待那些真正懂行、内行的观众。

齐 心

齐心，研究馆员，1937年生于辽宁省辽阳市。1956—1961年北京大学历史系考古专业学习。1961—1999年，一直在北京市文博考古单位工作，曾任首都博物馆业务副馆长。1985—1999年先后任北京市文物研究所副所长、所长，现退休。享受政府特殊津贴，被授予北京市"有突出贡献专家"称号。现任北京考古学会会长、中国契丹女真史学会名誉会长。

工作期间，领导、组织、主持、参加多项考古发掘，如"白浮西周墓""金陵考古"。筹划、主编、撰写《北京考古四十年》《图说北京史》《北京名匾》《北京孔庙》《老北京城与老北京人》等专著。撰写《北京古代文明起源》《青铜兵器研究》《辽金墓志考》《辽南京金中都政治经济文化》等学术论文，为保护北京物质文化遗产而撰写《北京城市建设与文物保护》等文章。

退休后，在学会任职，仍参与文物保护、科普讲座、学术论坛、文物鉴定等弘扬传统文化的公益事业，并承担北京文物历史考古的课题研究。

1935年燕京大学学生参观周口店遗址

周口店遗址是我学习考古的第一课

齐　心

第一次来到周口店

我是高中毕业考的北京大学，当时是历史系。历史系专业第一年全是历史班，到第二年分专科了，有历史专业和考古专业。学历史还是学考古呢，需要选择。1956年调干生特别多，他们都是工作了几年以后来上大学的，基本上都学历史去了。我是1956年从沈阳考过来的高中毕业生，我就想我在中学数理化还有点底子，像北京的吴梦麟，和我都是一届的高中毕业生，所以我选择了学考古。对学考古的人来说，周口店不能不去啊，可是我们一直没去参观过。到1958年的时候，学校组织说要去周口店发掘，全班都去了。我们感觉非常兴奋，大家说一定要到那儿实习，听那些专家讲课。当时还有越南留学生叶廷花也跟我们一块儿去了。这个机会很难得，是正常的安排学生的实习课，因为考古要有实践，又加上周口店遗址在北京，所以只有去周口店，而且它是最重要的一个遗址。当时带队的是吕遵谔老师，吕老师就教旧石器。去那儿以后，学有所长的老师都来了，特别有名的我记得都是后来古脊椎所的一些领导和专家，比如吴汝康、周明镇、裴文中、贾兰坡等先生。贾兰坡贾老就住在周口店，等于是领队了。裴文中讲第四纪，有时讲动物，有时讲石器。黄万波是学地质的，也给我们讲课，地球构造什么的，而且黄先生最爱照相。还有一个特别了不起的大人物，郭老郭沫若先生也来过。郭老风度翩翩而且还颇有风趣地从北京猿人一直给我们讲到原子弹、氢弹，现代、古代他都讲，讲得很热烈。他说："你们这一拨大学生，在这儿很不容易，这机会难得，你们和这么多老先生共同劳动，他们还给你们讲课，这是个很好的学习机会。"郭老还跟我们照了合影，算给我们留了一个很重要的纪念吧。他来的时候由当时的所长杨钟健陪着。我们在周口店一边学习理论，一边实践。

我觉得我们在那儿又发掘，又听讲座特别好，因为在学校里没这机会。最重要的是这些研究所的研究员们把自己亲身经历的，关于周口店的方方面面的知识和学术成果都给我们介绍了。他们也讲瑞典的安特生，什么龙骨、龙牙啊一些逸闻趣事。后来是有什么洛克菲勒基金，也讲到了翁文灏、丁文江。这些人当时怎么当所长了，怎么来领基金了，怎么和外国人合作了，说外国人特别关注周口店的发掘。很幸运的就是，1929年12月2日裴文中先生发掘出了一个头盖骨，这引起了很大的轰动。一开始可能还觉得不一定对，但后来经过研究，还是肯定了这个头盖骨化石。当年老先生们对我们这些学生的影响是潜移默化的，他们讲得那么透，研究得那么深入，我们学习也不能马马虎虎。

周口店这个地方太重要了，学术价值太高了，在人类的发展史上占有重要的地位。我们实习期间，班上男同学张学海他们就光着膀子，穿个短裤，像愚公移山一样那么凿，我们捡那些凿出来的东西，其实也不是很系统地、有意识地来定点发掘。这样做是没有按照正常的考古规程办的，也是不科学的，当时也是受"大跃进"的影响，但也不能说完全没有一点成果，只不过不够细致、不够认真。

实习时我们还和军队联欢，搞得挺热闹，大家都非常高兴。我们当时在那儿生活和劳动相结合。这种实训的方法也有好处，一是开拓眼界，看到真实的遗址是什么样的；二是有老师在讲课，理论和实际结合得很好。但当时也没有大面积地研究什么东西，也没组织什么大课题来进行研究，主要就是听这些老师讲课，留了很多资料和数据。

我对考古为什么热爱呢？为什么我觉得自己的专业选择是对的呢？因为我认为单独讲历史不行，没有实践的东西，就缺少了直观和生动。另外我选择考古专业和我的爱好也有关。选择学历史，只能看文献，看人家发掘的东西，而学考古在第一线有第一手资料，还能学一些照相、绘图技术，这些都属于自然科学范畴，可以与历史文献互补。当前咱们说传统文化，就是通过考古中发掘的文物这些实证资料来反映历史的变化。第一次到周口店学习，不仅开阔了眼界，也给了我很大的鼓舞。这次经历鼓励我在未来艰苦的工作中坚持了下来。

黄万波是学习和研究地质的，和地层、地质的构造都有关系。这个学科既是社会科学，也是自然科学，是一门综合的科学，两边都要做，所以研究得透彻深入也很不容易。古人类学也是一门自然科学与社会科学相互渗透的学科，也需要我们花费更多的精力。

记忆中的老先生和同学们

裴老的学问面宽，贾老的面窄，但是研究都很透彻、很用心。像周明镇、吴汝康都是留学回来的，了解国外的知识点，所以他们眼界更宽广。但是贾老非常用心，特别热爱这项工作，对我们学生也是孜孜不倦、认认真真的。一个人学问大很重要，但作风好更重要，贾老师很亲切，他不怕吃苦，不怕受累。

我们班的学生毕业之后基本上都去做考古了。我们留北京的这几个，国家博物馆的任常泰是陈列部主任，也是研究员；李伯谦留校了，目前还活跃在考古战线，是首席专家，在考古界也很有影响；李晓东是国家文物局的法规处处长，过去在河北当文化厅副厅长，研究员；徐自强、吴梦麟夫妻俩都是研究员，一个在国家图书馆，一个在北京石刻艺术博物馆；马希桂曾任首都博物馆的馆长，也是研究员。在河南的三个全是研究员，有考古所的所长，有郑州大学的系主任，他们的成就都很大，写了不少的专著。湖南的何介钧，是考古所长，研究马王堆的。山东的张学海所长，也非常出色。王恩田是博物馆的研究员，人非常聪明。这些同学基本上都在干这一行，而且都有学术成果。我们有研究青铜器的，研究瓷器的，主要是从史学的角度来研究历史文化。吴梦麟研究石刻主要是石刻铭文里面的内容研究。

当年的劳动让很多同学建立了感情，像我们班徐自强和吴梦麟，最终在工地上结为伉俪。还有段雨霞和我们班汤池，现在也是两口子。段雨霞原来是古脊椎所的实习生，高中毕业就在那儿工作，我们班长汤池对她挺好的，后来结婚了。汤池比我还大，他是浙江考来的调干生，人很好。我们对小段的印象也非常好。裴文中先生这个人很风趣，和学生打成一片，有时候我们打赌什么的，他还来作证。

正逢盛世的周口店

周口店现在可是正逢盛世了。1961年被国务院公布为首批全国重点文物保护单位。最早在1987年，中国一共有六个地方被列入世界文化遗产名录，北京有三个：长城、故宫、周口店，非常了不起。现在周口店归古脊椎所和房山政府管理了，一方面可以保持它高端的学术水平，另一方面也便于人事管理，能把学术专家都调动起来，发挥更大的作用。所以我觉得周口店是正逢盛世，现在这几年应该发展得越来越好了。周口店这样一个遗址博物馆，既是爱国主义教育基地，也是学习教育基地，还是休闲娱乐的好地方，一定会发展得更好的。

实际上，我对旧石器的东西没有透彻的研究，但有时候讲北京史必须得说，所以也就略知一二。我们发掘王府井古人类遗址时，我任所长，就是从这时起我才对周口店有了更多的关注。1958年实习以后，我就很少接触与周口店有关的东西了，但我觉得保护它是绝对重要的，是国际国内都要关注的，而且是人类发展史上最重要的一个环节。但是周口店也有一些问题，需要很好地来研究。应该把旧石器串成片，把北京所有的旧石器遗址都调查清楚，不拘泥于在周口店的27个化石地点，否则就太闭塞。房山的调查完了以后，整个汇聚起来，分析它的分布地带和当时气候，这个应该是一个综合的研究，要调动一切力量，做一个规划。另外还有一个流动和发展的问题，"北京人"怎么来的，他到这儿生活以后有没有动物和植物？

我认为这个问题还没解决。还有保护的问题也不容忽视，现在人为的破坏是不可能了，但自然的破坏更厉害了，风吹雨淋，还有各种酸雨和自然腐蚀，所以要研究科学保护的方法。总之周口店古人类遗址要深入研究，妥善保护，这是我们的历史责任。

吴梦麟

吴梦麟，1937年12月21日生，山西省定襄人，研究馆员。

1956—1961年就读于北京大学历史系考古专业，五年本科。曾任北京市文物局古建处副处长、北京市古建研究所副所长、北京石刻艺术博物馆学术委员会主任。

1961年国务院公布第一批全国重点文物保护单位，吴梦麟在市文物工作队考古组参加这项工作的调查研发并完成"四有"工作，开始了文物勘察和保护的历程。参与周口店遗址和其他项目的"四有"工作等，"文革"时陪同贾兰坡先生考察周口店被破坏的第13地点。从1958年的实习到以后的工作，周口店都成为她考古生涯的重要内容。

此外她还参加过大葆台汉墓、1976年京津唐地震考古、利玛窦基地的保护与修复等考古工作。尤其对房山区云居寺、石经山、万佛堂孔水洞、十字寺等区内重要文物做过全面勘察，几乎踏遍整个房山区。对北京十六个区县都进行过田野调查，如昌平银山塔林、慕田峪长城、平谷丫髻山、密云番字牌、通县张家湾等处。著有《北京万佛堂孔水洞调查》《房山石经述略》《唐玄宗御注金刚经》《回忆慕田峪长城的调查》等论文及专著，主编或合著有《北京文物精粹大系——石刻卷》《北京地区基督教史迹研究》《中国的石窟与石刻》《中国古代石刻通论》等。

被聘为中国文物学会专家委员会委员、圆明园学术委员会委员、北京史研究会副会长等社会职务，担任北京市文物鉴定委员会常委、学术委员会委员等。

李四光、德日进、卞美年、杨钟健、巴尔博（从左至右），中国地质学的开拓者，摄于1934年

我与周口店猿人遗址的不解之缘

吴梦麟

我以北大学生的身份来周口店实习

我是1956年考入北京大学历史系考古专业的，因为我在上中学的时候，就对历史非常感兴趣，而且对天文、地理、历史都特别向往，想这一辈子人生就朝着这几个方向发展，但是天文和地理都属于理科，我就只好选历史了。第一年要上通课，历史、考古都要上，但二年级开始就是专业的学习了。我选了考古专业，因为我想实现我一辈子的理想。另外因为我过去学历史，对周口店——北京猿人的遗址和人类的发现地，我很早就很向往。

1958年8月到10月，我们56级和57级两个班的同学，共40多人到周口店开始了考古实习。大家知道在北京大学，中文系、历史系和哲学系都是比较知名的系，而且我们在一年级的时候，就上了很多历史知识的课。现在看来，那些老师都是我们的先辈，他们是非常有学问的，而且也教我们怎样做人、怎样做学问和怎样学历史。1957年正在搞政治运动，所以我们能够到田野里来进行考古实习，心情上也还是相当兴奋的。我记得到了那儿首先映入眼帘的就是那座礼堂，当时就觉得这真是太了不得的地方了。我们在那儿学了很多知识，都是由古人类研究的最知名的专家来给我们上课。记得有裴文中、贾兰坡、吴汝康、周明镇、颜訚这些教授，给我们讲关于旧石器时代的一些知识。当时虽然讲的知识比较浅，但是我们听起来还是觉得很深奥。这些知识都引起了我对旧石器时代研究的喜爱，尤其当时裴老、贾老他们住在周口店，白天发掘完了，晚上我们还可以跟裴老和贾老见面，生活在一起十分愉快。对一个20岁左右的年轻人而言，能听那么多大家的课，已经觉得非常荣幸了。我记得那个礼堂里挂了很多科学家的相片，还有被日本人枪杀的一位刘师傅的照片，他参加过中国猿人的考古发掘，看后我们都觉得，能在那儿学到知识真是很震撼的。

1958年那个时候，"超英赶美"也影响到科学研究领域，当时为了快，我们每天的实习也安排得很紧张。我记得上午一个班，下午一个班，起得很早，轮流进行发掘。当时老君庙的后山有一个院子，我们就住在那儿，每天早上天还很黑，就开始进行发掘。发掘地点经过古脊椎所和北京大学商量，最后选择的是鸽子堂的下坡，第1地点的东面。我们每天都到那儿去，首先是打炮眼，把铁钎，打了炮眼以后，往里搁药，都弄好了以后，我们就都到周口店河对面去等待爆破。北面就到二支队的老牛沟，东面就到周口店河的对面，还有就是第1地点龙骨山的后身，后身实际是劳改队的一个地点，那个地方我们就不能过去。爆破完了之后，我们还要充当劳动力，把爆破完的碎石挑到一个指定的地点。因为周口店遗址是山洞，跟我们后来在华县实习是不一样的。华县那儿是黄土，这里是山体结构，所以打炮眼是手段，但是爆破的东西，要一点一点地清理，不能随便就扔掉，有的清理出牙齿了，有的还清理出鬣狗的粪便，所以一点都不敢大意。我认为打炮眼也很愉快，因为它是为了能发掘出周口店北京猿人头盖骨而努力。我们是在裴老和贾老，尤其是贾老的指导下，日复一日地进行这个工作。现在看来，为了避免对遗物、遗迹有所损害，不用爆破应该会更稳妥一些，但当时觉得爆破既省时又省力。我们还应该总结一些经验。

我记得当时我跟一个叫叶廷花的越南留学生一组，我把铁钎，他打锤子，平时我们还互相开玩笑。古脊椎所对我们学生还是挺关照的，专门从所里派来了食堂管理员和炊事员。我记得有一位刁乐斋刁老，他来负责周口店的日常管理，那也是一个很好的老干部。当时有40多个学生，可能还请了一些工人。我记得很清楚的，就是曾经参加过新中国成立前周口店发掘的大乔、二乔师傅，实际叫大乔的是叔叔，叫小乔的是侄子，我们跟他们也建立了很好的关系。我觉得那短短的两个月给我留下了很深刻的印象。

我从1958年的发掘开始，就与周口店结缘了。记得杨钟健先生是陕西渭南人，当时他是自然博物馆馆长兼古脊椎动物与古人类研究所所长。在华县实习的时候，我们还特别到渭南县去看杨钟健先生办的渭南中学。因为杨老给我的印象非常深刻，那是我们生物学界的元老。当时有一天，杨老带着郭老来慰问学生，我记得郭老是四川人，因为我们当时发掘出来很多鬣狗的粪便，他还挺有趣地说他第一次看到了鬣狗的粑粑。四川人把粪便叫成粑粑，他用川音来说这个，觉得很有意思。后来郭老还给我们讲课，讲中国的历史发展。讲完课他就鼓励我们说，你们在这儿发掘，如果能挖出猿人的头盖骨，我请你们吃全猪。我们听到这种鼓励，觉得更有干劲儿了。我感到周口店两个月的生产实习，使我丰富了知识，并得到了第一次考古发掘的体验。所以那段历史，对我一生都是很有影响的。

在文物工作队也时刻记挂着周口店

我是1961年7月16日被分配到文物工作队的。当时文物工作队负责北京市全部的文物保护工作、文物的研究和考古发掘，我在文物工作队考古组工作。1961年周口店公布为第一批全国重点文物保护单位，当时全国180处，北京18处，周口店是其中的一处。我们考古组就负责做这些保护单位的"四有"工作。因为我是学考古的，也喜欢考古，另外我跟贾老也有联系，所以后来他们凡是碰到周口店的事儿，都让我去。

1961年国家颁布了《文物保护管理暂行条例》。我们就按照这个条例，对周口店做"四有"工作。"四有"就是有保护范围、保护标志、保护人和科学档案。到了文物工作队以后，我还跟周口店的袁振新、蔡炳溪、刘振扬等人都有过接触，就是因为做"四有"工作。后来要编周口店的保护范围和建设控制地带，当时叫保护范围和影响范围，现在叫建设控制地带。我记得在规划周口店的保护时，特别考虑要把第14地点纳入进去。因为第14地点那个鱼化石产地太重要了，但是它不在龙骨山范围之内，而是在往上方山走的路上，是一个单独五米直径的遗存。后来跟周口店、古脊椎所也有过联系，希望除了龙骨山以外，第14地点也要列上鱼化石产地的保护标志。可惜第14地点也被蚕食过。我在周口店的展室，看到一面墙上的鱼化石的展示，对我太有触动了。2009年，我到过加拿大，看过他们的自然博物馆也有鱼类，我就想到了周口店的鱼化石，它是在周口河70米高的地方被发现的，这里发现的鱼的种类比较多，说明这个地区有过地壳变化、地理变化。我清楚地记得，其中还有今日只在四川才有的鲵鱼，当时在周口河里就有，所以第14地点太重要了。

我记得我们还参观过周口河对面东边的一个喀斯特溶洞，那可以说比上方山都好，里面的钟乳非常丰富，可是后来被爆破了。如果要留下，在周口店今天的博物馆旁边有那么一处自然景观，我认为是太了不起了，这都是令人惋惜的事情。我记得最清楚的还有一件事，20世纪70年代"文革"中，第13地点用火的痕迹被破坏了。第13地点用火痕迹，正好在劳改所的院内，当时让我陪贾老到现场去勘察，贾老也觉得非常惋惜。因为第13地点的用火痕迹，比周口店的遗址还要早。不知道现在还有没有，我认为即使没有了，也应该立标志，那是我们中国用火痕迹最早的地点。我不记得当时有没有照片，如果有照片也在北京市文物研究所的相册里，那时候，我们没有照相机，个人也不能留存什么档案材料。周口店博物馆成立了以后，只要哪儿有发掘，我还是争取去看一看，如古脊椎所在第1地点的西边有过发掘，我去看了，我对那个地方印象太深刻了。

杨海峰当了馆长以后，他让我去给讲一讲"四有"和怎么建科学档案。后来他还让我给讲过文物保护单位的"四有"都是什么情况。因为周口店跟别的文物保护单位不太一样，它有的是标本，有的是展出的，所以怎么来登记，我也不太了解。后来听说从老君庙还找出很多过去包着的东西。反正我的观点就是要审慎，什么我们都不能轻易给它丢掉，因为可能还有早期的东西。

后来周口店被列入世界文化遗产，是我们北京六处世界文化遗产的第一处。2008年奥运火炬传递时候，圣火也曾经在周口店遗址点燃，这些都让我心里觉得很欣慰。虽然我没有能学旧石器时代考古，但是因为我在周口店实习过，又跟贾老有师生关系，这些对我能坚定信心搞考古事业，还是有一定影响的。

因为我跟周口店有这样的因缘，所以凡是与周口店有关的事情，我也想尽量地做。有一次，北京史研究会开会，有一位张尔平同志的爱人是地质博物馆的，她在我们分组讨论的时候，就提到了西城区兵马司9号。实际上没有兵马司9号就没有周口店。她在小组发言以后，我代表这个小组，最后做大会发言。我在大会上特别提出来说，今天我们记住周口店了，我们也应该记住它的前身，而且我们应该保护它。后来中国要召开地质大会，我们考虑可能中央领导人要参加这个会，所以我还让石刻艺术博物馆的同志把当时地质博物馆内的一些现存的石刻做了拓片，让他们拿到地质大会上去，想引起中央对西城区兵马司9号的重视。从周口店的发展史上来说，这个地方是不可丢掉的。

难忘那些埋葬在龙骨山的先驱们

我每次去龙骨山的时候，都要到后山上去看一下几位老先生的墓地，我一直认为这个墓地应该成为青少年的教育基地。虽然周口店博物馆已经离开龙骨山了，但是我觉得还是应该重视这里。这里埋葬着我们中国开发、开垦了北京猿人遗址的先驱们。我在编《中国文物地图集》的时候发现，很少有这么集中地把某一领域的先驱们安葬在他们奋斗过的地方的。他们都是我们自然科学界的先驱，能够长眠在这里，而且跟他们热爱的事业在一起，这是一件让人欣慰的事情。我觉得将来也应该是周口店宣传的地方。所以只要能有机会，我都要到那儿去看一看，我觉得这是我的一个心愿。周口店在世界上绝对是独一无二的，我们应该把它的相关档案都丰富起来，遗存下来的记录也应该很好地保存下来。

裴文中先生给我们讲第四纪的地质，贾老给我们讲"周口店的清理与发掘"，吴汝康先生讲的是"人类的起源与进化"，周明镇先生讲的是"第四纪哺乳动物"，颜訚讲的是"类人猿：猿人与真人的比较"，黄万波讲的是"地质构造""山洞的堆积"等等。我记得当时古脊椎所派的是赵资奎，上回我在《探索·发现》节目里还看到他，年纪已经很大了，他是中山大学毕业的，当时可能是作为讲师或者助教的，也辅导过我们。还有刘昌芝，他后来在自然研究室，所以我对这几位先生印象深刻。另外还有关心我们生活的刁老，他是老干部，我记得他黑黑的，非常亲切的一位老人。刘振扬当时是工人，后来也当了主任。

杨钟健先生是最知名的一位学者。因为我经常到云居寺，就听云居寺的人说，他是全国人大代表，看到云居寺的经板库房非常生气。他说，我们中华人民共和国这么一个堂堂的文明古国，怎么建了这么一个像监狱一样的库房？他说他要到人大讲讲。这说明杨老不仅是自然科学的学者，而且对人文科学以及文物也是非常爱惜。我听完了以后，对杨老也是更加崇敬。

　　贾老并不是专业的，但是他能够把一生献给周口店，而且他从算账先生、会计开始，最后能够成为科学家，我觉得这种精神，绝对值得我们后辈学习。贾老特别平易近人，我们这些学生都跟他比较亲近。在贾老90岁诞辰的时候，我跟我老伴徐自强（他跟我是同班同学，也是1958年一起在周口店实习过的），还有黄万波，我们一同来到贾老家，给他过生日。贾老还曾经告诉我，当时到房山周口店的这条公路，科学院是掏了钱的，也说明那时候国家对周口店很重视。另外，在第1地点和鸽子堂前头有莱阳梨树，贾老告诉我，为了周口店的绿化，那是从莱阳取的树种，现在我就不知道莱阳梨树还有没有了，要是有的话，我希望能把它传承下去。因为咱们考古界有好几位先生包括贾老都是河北人，后来我记得在河北省开考古学年会的时候，河北省也觉得很荣耀。

　　裴老我们接触得少，他也是北大的，虽然是搞自然科学，但是他对考古这个学科的研究也是非常精深的，裴老是在"文化大革命"中走的，实在让人心酸。

　　吴汝康先生和周明镇先生给我的印象是非常洋气，据说他们每天吃的和穿的都很讲究。我们都有点不敢接近，因为总觉得人家都是从国外留学回来的。但是他们来给我们这些年轻的学生讲课，我们觉得心里头非常高兴。

　　另外我还记得吴新智，他当时因为政治上的原因，也跟我们在一起劳动，他闷闷不乐的样子，给我留下了比较深刻的印象。当然现在吴新智老师已经成院士了。我们1959年到华县实习的时候，好像还听过颜訚老师的课，他是讲人类学，研究人类的历史，在这方面很有造诣。

旧石器时代考古是不在考古专业里的，是属于自然科学，归古脊椎动物与古人类研究所。新石器时代以后的考古，就归中国社会科学院考古研究所了。所以要是没有与周口店的那点联系的话，我们对自然科学也不会太了解。但是因为周口店对我的影响，所以后来我也参加了在三峡的巫山人的发掘。猿人洞第3层又有头盖骨的发现，记得顾玉珉大姐还带我到过周口店，今日仍怀念她。我个人对于这些方面的报道还是比较关心的，我喜欢旧石器时代的研究。

在周口店生活的两个月里也有一些有趣的故事。我们跟贾老一起发掘的时候，我们的老师吕遵谔先生也住在那儿。贾师母对我们几个女同学都分外关心，有时候让我们晚上到她家吃零食，我们经常到贾老的那个很简陋的屋子里去。吕遵谔先生也几乎每天都去贾老那儿。周口店的杏熟了，吕老师嘱咐不让我们摘杏。结果有一天，他去贾老屋子里的时候从兜里掉出来了杏。后来我们说，老师可以摘杏，不让我们摘杏？我现在还十分怀念那段时光。

我对周口店未来发展的一点设想

我也一直在关心周口店的工作，《北京人》杂志原来是聘我老伴做顾问，一直给我们寄杂志，我期期都要看。他故去以后，我又给周口店写了信，希望这个杂志还能继续给我寄来，我还挺愿意跟周口店有着联系。

我自己觉得，按规划来说，要把周口店龙骨山变成一个遗址，而且要恢复到原始人类的那个环境，这是非常好的一个想法。我想如果在可能的情况下，能不能把他们几位科学家的墓地，一直到鱼化石产地，都变成一个大的建设控制地带。爪哇人是征集的，元谋人也是征集的，哪有像周口店这样一个丰富的遗址？我觉得政府不应该吝惜那些地方，而应该扩大它的保护范围，将这里真正变成既是科研基地又是教育基地的一个地方。

另外我觉得像有些在周口店工作过的人，他们的科学成果也应该有所反映，像顾玉珉，我是很怀念这位大姐的，她是南开大学生物系的；还有袁振新等人，应该把他们的事迹记录整理下来，丰富周口店遗址的历史纪实。让这个遗址不但有文物遗存，也有人文的东西在里边，在讲解中可适当增加原当事人的口述。

另外，我还是希望把兵马司变成周口店的一部分，让更多的人了解它，要让人们看完兵马司，再来看周口店，或者看完周口店再到城里看看兵马司，不能让出了那么多科学人才的地方，就这样变成一个机关的宿舍。地质图书馆的张尔平，她为调查兵马司下了不少功夫。清华大学有个张复合老师，他写的北京近代建筑，那里头就把兵马司写进去了。我觉得兵马司绝对不能就这么被淹没。

我们中国让孩子们去的博物馆很多方面不如外国，缺少互动性。我到芝加哥博物馆看过，孩子就在博物馆里生活，在里面玩和学。我想周口店应该成为寓教于乐的大乐园，不要再建别的了。再盖房子什么的，跟周口店的价值比，那就是微不足道了。

我觉得周口店在宣传工作方面，能不能有知名的学者来当名誉馆长或者是名誉所长，还应该建立一个学术委员会。这样我们在跟世界遗产的一些机构对话的时候或者做学术交流的时候，才能对应和同步；这样我们周口店的知名度可能会更高。另外，在国家文物系统的报刊或者其他媒介，要经常有关于周口店的文章问世。这是我个人一点粗浅的想法，仅供参考。

贾彧彰

　　贾彧彰，贾兰坡长子，出生于1947年2月，1959年因患病手术，恢复后仍随原班上了初中。1964年考入北京科技大学机械系，1966年因"文化大革命"开始，终止了学业。1970年到街道小关五金机修模具厂工作任副厂长。1992年开始在家照顾贾兰坡，做他的专职秘书，为他整理文稿，在父亲的指导下写了一些科普文章。

　　1998年我国从南到北暴发洪水，贾兰坡倡议并联合20多位两院院士及知名学者共同发起了绿化长城倡议；2001年贾兰坡去世，贾彧彰继续完成父亲遗愿。经过7年多的努力，终于经国务院审核、民政部批准，于2005年8月16日成立了中国长城绿化促进会，任会长。

1931年贾兰坡与卞美年在周口店遗址发掘现场

1936年11月15日至26日，贾兰坡接连发现3个"北京人"头盖骨。 这是11月26日发现第3个"北京人"头盖骨时的情景

我是父亲的秘书

贾彧彰

为什么选择我来做父亲的秘书？

我接触这行业，是在我做父亲的秘书以后。不过我们小时候都去过周口店，我记得那时候周口店展览馆的大厅还有我的签名。记得我最早去周口店应该是一九五几年，那次郭沫若老先生也去了，因为我们去是坐大巴去的，还都带着饭什么的，记得我们都吃完了，郭先生没饭吃，我们就把自己的饭拿点给他吃。后来我结了婚，有了孩子，父亲又带着我的孩子去了。父亲把周口店作为我们再教育的一个地方，让我们永远不能忘了周口店，因为周口店是他事业成长的地方。

除了做父亲的生活秘书，我并没有接触到周口店的发掘、发现这些研究工作。但是我跟他学了点鉴别石器的知识，他看完石器以后，都让我看，教我鉴别。我对科普的知识懂一点，真正学术方面的东西不太懂。所以我跟我父亲有个约定，他写专业的学术文章，我帮他写科普的文章。那时候都要求专家写些科普的东西，但我写完了以后，他逐字地看，连标点符号都要修改。我高中毕业以后，父亲想让我也搞这一行，就把我介绍到所里工作。我在所里类似临时工的性质，但也学到一些东西，也到河南、湖北出过差。那时候只觉得好玩，但是我父亲认为，你如果要研究这门学科，就要耐得住清贫和寂寞。不过我这人还是喜欢机械方面的东西，家里什么东西我都拆，拆完再装。后来所里精简机构想让我到陕西周至去学习，我没有去，去参加高考了，考上了科技大学。大学毕业时"文化大革命"还在进行，我干了几年临时工，后来就到一个街道的小工厂去当厂长。我母亲去世以后，没人照顾父亲，所里想给他派个秘书，父亲又不愿意。父亲说，你给我派个小姑娘，只能帮我抄抄写写，也不能照顾我的生活。正好当时我生病在家休养，所以我们家姐弟四人一商量，就把我"牺牲"了。然后我辞去工作来照顾父亲，给他做秘书。从1991年直到2001年父亲去世，我做了他11年的秘书。

我父亲主持周口店发掘期间，发现了三个"北京人"头盖骨。他在周口店工作的这段历史，在《悠长的岁月》中有描述，这本书是应湖南少儿出版社要求出版的。父亲高中毕业于汇文中学，后来改成二十六中，现在又恢复原名汇文中学。父亲毕业以后，没有经济条件再上大学，他就天天拿着馒头上图书馆看书，而且他最喜欢看的就是关于地理知识的书和旅行杂志之类的。有时候馒头夹着咸菜，一去就是一天。那时崇文门东边城根有家缸店，开缸店的老板是裴文中的同乡，我父亲的一个表弟与缸店老板是好友，也经常去缸店坐坐、聊天。有一天我表叔和裴先生碰上了，他就说，我有一个表兄，高中毕业了，没有工作，你们看看有地方可以去吗？裴文中先生就说，正好地质调查所招人，让他去考考。结果父亲就去了，还考上了。那是

1931年，父亲考上了以后不久就分配到裴文中身边给裴先生做助手。

我眼中的父亲和裴老

父亲虽然属"先生"级别，但也只是管理工具、制办工具、做发掘记录等等，每次发掘时，他都到处跑，从挖掘地点的不同角度拍照片，做记录。父亲很努力，有时和工人一起发掘，向工人询问这个骨头是什么动物的，工人就告诉他这是猪的，这是牛的，他再仔细观察辨认。为了认清动物骨骼，他还打死一条野狗，狗肉给工人吃了，还叫工人别咬坏了骨头，然后他把骨头用碱水洗煮之后做成狗的骨架，并把各个部位标注下来，以此来熟悉动物的骨骼。后来裴先生看见了1885年出版的英国人写的《哺乳动物骨骼纲要》这本书，他就自己花钱把书复印了十多本，让大家读，父亲也得到一本，父亲还一直很好地保存着这本书，它对父亲起到了很好的启蒙作用。有时候父亲不懂之处就请教裴先生，裴先生也耐心地一一给我父亲讲解。

汇文中学是教会学校，父亲在汇文中学读的书，虽英文不太好，但多少也能看看。在裴老的调教下，父亲进步很快，这也是父亲成长轨迹的重要一步。父亲一直把裴老认作是他的启蒙老师。

裴老后来去法国读书进修，就让父亲主持周口店的发掘工作。1936年11月15日到26日，他主持工作的11天内发现了三个头盖骨。那时候，他看工人扔了一个东西，就问工人这是什么？那工人说是韭菜。韭菜在当地农民眼中是没用的烂东西。后来他一看说，不对，这好像是头盖骨碎片，立刻把那片区域全用绳拦着，只有几个工人和他能进，结果真的发掘出头盖骨了。发现以后，他就特别兴奋，因为好长时间没再发现新的头盖骨了。父亲发现这三个头盖骨之后，在整个人类考古界、科学界全出名了。裴老发现了第一个头盖骨，父亲曾经说他一定要像裴老一样，发掘出头盖骨，现在这个愿望他实现了。

裴老回来工作以后，父亲和裴老在是否存在骨器上发生了一点分歧。父亲认为有骨器，比如说动物的大腿骨，可以挖东西，裴老认为这不是骨器，不是工具。那时候杨钟健杨老说欢迎百家争鸣，他说你们可以在报纸上发表文章，我父亲发表一篇文章，裴老也发表一篇文章，各自阐述各自的观点，发表完了得的稿费也不多，全用来去饭馆吃饭了。父亲和裴老去饭馆吃饭，杨老说你们是不是又去吃饭，我也参加。那时候真是学术之争，没有说你我之间有不同的观点，就成了死对头，这一点我觉得他们是做出了表率。最后《红旗》杂志发表了一篇文章，好像是说他们这些文章推动了考古界向前更进一步。裴老是一个不会在背后给别人使绊的人，他有什么说什么，你哪里不对他会直接跟你说。杨老喜欢培养人才，研究所有一名年轻人叫齐陶，有一天齐陶看用德文写的文章，杨老说你还会德文啊？他说凑合看看。于是杨老就把一本德文的字典给了他。我觉得杨老、裴老还有父亲他们这辈人都是以学术为主，他们每天的工作就是想发现新东西，研究新东西，别的思想没有，捞钱的想法一点儿都没有。我觉得他们的这种品德，值得现在的科技工作者学习。

关于1941年丢失的头盖骨，我父亲写过不少文章。我父亲说日本兵也不见得都文化程度高，他们发现了罐头可以吃，子弹他们可以用，酒他们也可以喝，但他们一看下面都是死人骨头，也许给扔了。父亲一直在寻找头盖骨，连裴老临终前也希望能见到丢失的头盖骨。

父亲和大概14名院士联合发起了"世纪末的寻找"。当时有个日本人抱着一个头骨来了，说他的老师是搞考古的，他认为他老师保存的是"北京人"的头骨。后来我父亲说这肯定不是"北京人"的头盖骨，北京发现的都是头盖骨，不是头骨。《光明日报》有个记者叫李树喜，他从美国解密的文件里得知头盖骨在"阿波丸"号上，后来还找我一块儿开过会，要重新打捞"阿波丸"号。咱们国家70年代时打捞过一次，但是那时候技术不足。据说这"阿波丸"号在船底层甲板上焊了三个铁箱，里面有从各国掠来的黄金珠宝，其中就有"北京人"头盖骨。但它撤退日本的时候被美国击沉了。后来有人老想把"阿波丸"号之谜拍成电视连续剧。原先电视台播过一部有关头盖骨丢失的电视连续剧，还有枪战什么的，播了以后别人都给我打电话，问我知不知道这事。我说我没看，这都是假的。我说你看这个背景也不是周口店，也不是协和医学院。

父亲说等他百年以后，想把自己的骨灰一半埋在周口店，一半埋在他的老家河北玉田县。玉田县是生他养他的地方，周口店是他事业成长的地方，这两个地方对他同等重要。他对周口店的感情太深太深了。我还没有把另一半骨灰埋在老家，现在还存放在李大钊公墓。2000年我搀扶着父亲回了趟周口店，一是给裴老、杨老扫墓，二是他要寻找当时他们发掘的时候住的那个庙。后来听说庙被拆了，但庙前的一棵树还留着。

我和父亲对周口店都有着很深的感情

"北京人"的发现，意义比较大，而且把荷兰军医杜布瓦1890年在印尼爪哇发现的人类化石给"解放"了。印尼发现的比周口店还要早，但一直受到西方教会的影响，认为是上帝造人，人类化石也没有被承认。当"北京人"发现以后，才确定不是上帝造人，确定了从猿到人的进化过程。

父亲最迫切希望的是要保护好周口店，设计成一进周口店的大门，就是50万年前的样子，丛林茂密，在那里可以看到古人首次用火的痕迹，让更多的孩子喜爱这里。这是他一直念念不忘的。

说实在的，我对周口店的发展没什么贡献，但是我很爱周口店，现在起码每年得去一趟两趟，大概是父亲对周口店的感情潜移默化影响了我们吧。如何保护周口店，如何对青少年进行科普教育，都是周口店迫切要解决的问题。可喜的是，这两件事周口店遗址现在都在积极进行中。父亲还希望周口店有自己的科研队伍，他把自己保留下来的有关周口店的材料，原封不动地交给了周口店遗址博物馆。

新馆建成以后，我去过几次。我觉得各方面都跟老馆不一样，老馆就是把标本放在那，标本前放个说明，像摆地摊似的。新馆运用了影视、光电等高科技的东西，这是比较好的。但是还要思考怎么能吸引更多的游人，关键是吸引更多的孩子去喜爱周口店。只要孩子喜爱周口店，他就想往这方面发展，那这门学科就会后继有人。

父亲做事一丝不苟，对什么都很较真儿。他希望我们不管从事什么行业，首先做人是第一位的，仁者人也，所以做人是最重要的。

高 星

高星，1962年生于辽宁省宽甸县，中国科学院古脊椎动物与古人类研究所研究员、博士生导师。1985年在北京大学考古系获学士学位，1988年于中国科学院古脊椎动物与古人类研究所获硕士学位，2000年在美国亚利桑那大学人类学系获博士学位，并入选中国科学院"百人计划"。曾任中国科学院古脊椎动物与古人类研究所党委书记、副所长，周口店古人类研究中心主任。

主要研究领域是旧石器时代考古和现代人起源与演化。主持国家科技基础性工作专项、中国科学院战略性先导科技专项、国家自然科学基金等研究项目；主持过重庆三峡库区、湖北丹江口库区旧石器时代遗址的抢救性发掘项目和水洞沟、周口店、泥河湾等古人类遗址的发掘与研究工作。致力于从物质遗存的角度探讨现代人类起源，用考古证据系统论证东亚古人类"连续进化、附带杂交"的理论；提出现代人起源与演化的"区域性多样化模式"、中国古人类演化的"综合行为模式"、中国旧石器时代的"两期断代"说、东亚旧石器时代手斧"本土起源+外来影响"说。发表核心期刊论文100余篇，科普文章50余篇，撰写、主编专著10余部。目前担任亚洲旧石器考古联合会主席，中国考古学会旧石器专业委员会主任，吉林大学和西北大学兼职教授，中国社科院古代文明研究中心客座研究员，《人类学学报》和《第四纪研究》副主编，《中国科学》《考古》《考古学报》、*Archaeology-Ethnology-Anthropology of Eurasia*、*Journal of Archaeological Research in Asia*、*L'anthropologie*、*Lithic Studies*、*Reviews in Anthropology*等期刊杂志编委。

1930年发掘山顶洞场景

1930年发掘山顶洞远景

与周口店遗址结缘，是我们的幸运，也被赋予责任

高 星

我对周口店遗址的最初印象

1981年秋天，我考入北京大学。开始时是在历史系考古专业，1983年考古专业升格为考古系，现在已经变为考古文博学院。第一个学期的一门重要课程是旧石器时代考古。学这门课必然要涉及周口店，所以这个学期开始不久，我们就在吕遵谔先生的带领下，到周口店遗址进行参观。周口店肯定是一个学术圣地嘛，对考古的学生或者学者来说是必须要去的地方。那是我第一次去实地体验，去朝圣周口店遗址。

现在的周口店与当时相比变化非常大了，现在有新的博物馆、国家考古遗址公园。但是当时呢，这个遗址总体来说很古朴。首先道路、周边的环境跟现在是不可同日而语的，很简陋，很多的建设发展与现在相比差得很远。那时遗址本身没有什么建设，当然各个遗址点还是很好地被保护下来，进行有序的管理。但是当时参观者很少，一些标志并不清楚，博物馆也是，就是现在已经被改造为科普体验馆的那个大房子，跟我们现在高

大上的新博物馆是不可同日而语的。总体来说，当时的遗址博物馆保持了发掘后的原貌，在保护、管理、展览，甚至研究方面都处于比较初始的状态。

周口店遗址实际上对我们国家来说，是一个人类学、考古学的科研基地，也是一个人才培养的基地，20世纪50—70年代举办过一系列古脊椎动物与古人类专题培训班。我到研究所以后也参与过这样的培训活动。最主要的是在1992年秋季，举办了一个石器制作实验模拟培训班和一个动物考古培训班。当时贾兰坡先生还健在，他很关注这个培训班。他当时已经不能亲自给我们讲课，但是在培训期间他去遗址看过老师和学员。我们主要是请了四位美国学者给我们办的这个培训班。在这个过程中，我们中国的一些学者包括研究所的一些专家，都到现场进行过考察，与学员进行过互动。在此之前，1985年我们面对全国举办了一个古人类-旧石器考古及脊椎动物的培训班。当时全国各地有很多高校、博物馆、研究所的青年学子都到这里来进行过培训。当时贾兰坡先生和张森水、黄慰文、李炎贤、尤玉柱、祁国琴等诸多老师都到周口店给学员讲过课。像这种培训，应该说是在全国范围内播下火种，对古人类学、旧石器考古学、古脊椎动物研究的开展起了非常大的、有成效的推动作用。

老一辈考古工作者带给我的精神力量

对周口店早期的科研工作者，我们非常崇敬，抱着一种学习的心态去了解他们过去研究的历史、工作的过程。我有幸跟贾老——贾兰坡先生有过几年的互动。贾老去世之前我跟他老人家有过很多的交流研讨，包括对学科的发展，对周口店的工作，都能够感受到先生深深的情怀。周口店是他早期工作过的地方，他有一种关爱、一种牵挂甚至说有些不放心，担心遗址在后期不能得到有效的保护、管理，被不当开发或破坏。贾老发起过"世纪末的寻找"，希望能够找到丢失的北京猿人的头盖骨。其实，不光是头盖骨，像北京猿人的肢骨等其他的骨骼很多都丢了，还有山顶洞出土的人头骨化石和一些其他的珍贵遗存都丢失了。所以贾老在他晚年非常牵挂的、费尽心血的一件事情就是寻找丢失的北京猿人的材料。

在我的学习、工作过程中，我对另一位先生——裴文中先生是有很多的了解和感悟的。我觉得裴老是非常伟大的，他是中国学者在周口店进行发掘进行研究的一个重要的开创者和领导者。当然大家都知道他是第一个北京猿人头盖骨的发现者，但实际上他的成就远远不是这样简单。他做了一系列探索性的、开创性的工作，而且这些工作不但对中国的相关学术发展，对国际上古人类学和考古学方面也具有深远的影响。比如说我们现在都知道，北京猿人当时是用一种简单的方法叫砸击法，来开发、利用本地产的脉石英原料制作工具。但是之前学术界很少知道这种砸击法，是裴文中先生经过大量的观察和实验发现的，而且后来成为学术界广泛认可的一种石器制作的方法。另外为了证明周口店遗址出土的这些石英块、片是人类制作和使用的工具，他也做了大量的实验和观察工作。当时有很多学术权威，甚至当时周口店工作的中方负责人杨钟健先生都不认可这个地方有人类制作和使用的工具，所以还是裴文中先生顶着很大的压力，经过大量的实验观察，包括模拟制作，来证明这些脉石英材料就是人类制作、使用的工具。

他亲自在附近的山坡寻找石英岩脉的露头——脉石英从地层里面风化出来自然产生的一些碎片或者碎块，然后与遗址发现的一些标本进行比较，看看自然的与我们发掘的有什么区别，并且与他自己制作的进行比较，然后就发现周口店遗址出土的很多标本确实是人类制作的，而不是自然风化的碎块或者碎片。

另外，他在放大镜下对这些标本进行观察，发现加工制作的痕迹和使用的痕迹还是清楚的，与自然产生的碎石是不一样的。他还对动物的骨骼做过类似的研究。所以他是一个不断探索、不断思考而勇于创新的杰出科学家，是一位对我们这个学科发展具有重大开创意义的大师。我们现在特别提倡创新，实际上我觉得我们后代都很难达到当年裴文中先生在周口店遗址所做的这种开创性、创新性的工作。所以这是我们必须要学习的一个榜样，他的精神、他的学识、他的为人各个方面都值得学习。后来在裴老百年诞辰的时候，我编出来一本书纪念他。裴老具有不朽的人格与业绩。业绩固然重要，但是他的人格、他的精神都是我们应该学习的宝贵财富。

老一辈考古工作者留给我们的这种财富是非常丰富的，对我们来说也是非常有启发和教育意义的。首先一点就是你要脚踏实地，能够忍受寂寞和辛苦。裴老主持周口店发掘的时候，很多人觉得这里没什么意思，就到别的地方进行考察去了。而他带领少数技工在遗址继续发掘，忍受了很多的艰难困苦，当然还有在别人看来没有什么希望的寂寞。如果最后有重要的发现，那么这种发现是带有机遇性的，但是这个机遇一定是给有准备的人的。假如不是裴老有学养和毅力，他是不可能发现北京猿人头盖骨的。所以这种脚踏实地的精神，能够忍受寂寞，不急功近利地去追求短期成果的精神，正是我们身处浮躁社会中的人必须要学的。我们必须要沉下心来做一项工作，要坚信只要我们的方向是对的，我们就会有成就。另一方面就是创新的精神，很多路都是我们自己走出来的，很多的发现是我们自己去取得的，并没有说是前人已经给你准备好了材料，给你准备好了结果，等你去发表，等你去享用这种成果。所以这种探索、这种创新，是不断去思考问题，不断去取得新的突破，对自己有一个高的定位和高的要求，这对我们这代，对我们下一代和从事这方面研究的学人来说，都是要学习的，要让这些精神成为我们的一种动力。

周口店遗址是我深入研究的开端

我是1985年到研究所来学习的，真正深入的研究工作应该是在周口店。因为在这之前，虽然在像大荔遗址、丁村遗址，还有东北的一些遗址都做过一些调查或者简短的发掘，对材料进行一定的整理和研究，但是我觉得还不是很深入，也不是很系统。一直到1997年，当时我在美国留学，我选定作为博士论文的材料就出自周口店第15地点，为了研究这批材料，我（临时）回到国内。我记得当时是1997年的夏、秋季，在国内应该是做了半年之久。到遗址进行清理，对剖面进行清理，对所有的标本进行仔细观测，进行研究和分析。由于我当时在美国学习，也吸收了真正的国际前沿的一些研究理念和方法，所以对周口店第15地点出土材料进行了系统的、深入的整理和研究。我完成了我的博士论文，然后又发表了若干的文章和著作，应该说这是一次系统的培训，也使我深入地了解了周口店遗址的文化内涵，无论从材料，从方法，还是从学术思想上来说，都使我得到很大的提升，也奠定了我后来研究的学术基础。

2000年5月我在美国获得博士学位以后回到国内工作。我的第一项工作就是研究所和科学院交给我的关于周口店遗址的基础资料的收集，包括参与一定的管理、保护和相应的规划。应该说，当时我们这个研究所面临很大的压力，因为那时周口店遗址管理处、博物馆都属于科学院，还没有跟北京市共建的协议，也没有分工，所以整个遗址的保护、管理、研究都是研究所的责任。早在1987年的时候，周口店遗址被列入世界遗产名录，它得到了国内外学术界、新闻媒体和政府的高度关注。但是当时周口店的管理和保护又不尽如人意，存在很多的隐患，包括遗址本身的洞穴面临着坍塌，经历风化的科学资源的流失。还有周边的煤窑、石灰厂、水泥厂在不断地开山取石，这种爆炸会对遗址本身脆弱的洞穴的岩体造成破坏，还会有很多的环境污染。再一个就是周边的环境非常不好，交通非常不便，游人和参观的人都很难到那里去，很难得到关于周口店的相关信息。博物馆当时也比较陈旧，因为开始就是办了一个陈列室，后来逐渐发展成为博物馆。但是由于支持的力度、经费投入的力度和重视的程度不够，使遗址整个的状况令人担忧，这也是不能符合社会的预期的。所以当时有很多的批评，包括媒体的和政府的。在这种情况下，研究所感到了很大的压力，也感到一种责任，因为作为一处珍贵的人类文化遗产，我们有责任去保护好，管理好，当然也要研究好它。于是，研究所组织成立了一个办公室，对遗址进行管理、保护、研究，就让我做这个办公室的负责人。

后来因为北京市政府也面临着很大的压力，所以科学院与北京市政府就有一些互动，最后达成一个协议，在2002年签署了《北京市人民政府与中国科学院共建周口店遗址》的协议。这个协议进行了明确的分工，遗址的保护、管理，包括博物馆的建设、运行全部由市政府来负责。中国科学院，具体就是我们这个研究所，负责对遗址的发掘、研究，并对遗址的博物馆运作、保护、管理提供科学的指导。我参与了和北京市政府相关部门的交流、协商，也参与了协议的签署和双方一系列互动。协议签署以后，我们不断地把各项工作向前推动，因为在共建的框架下责任明确，大家各司其职。另外就是能充分发挥学术机构和政府不同的功能，在这个情况下，取得了一系列的成就。从我们研究的方面不断地有研究的成果和进展，但我觉得更重要的成就可能是对遗址本身的保护和建设。后来我们这个遗址变成了国家考古遗址公园，周口店遗址博物馆也变成了国家一级博物馆。现在相关的工作都在不断推进，包括对遗址采取现代化的手段进行监测，也都取得了非常重要的成果。我相信我们今后还会按照这种模式，甚至用更好的一些方法、手段把周口店遗址的保护、管理、发掘研究工作做好。

为什么要对周口店遗址进行新一轮的发掘

在新的体制下，2009年由我来主持对周口店遗址的新一轮的发掘。从1927年对周口店开始发掘，后来到1937年进行连续十年大规模发掘，中华人民共和国成立以后，60年代有些发掘，在70年代末也有过局部的发掘，为什么到2009年又开始新的一轮发掘？为什么大家一直关注这个地点，学术界一直要把它作为研究的重点呢？就是因为这个地点重要，它材料丰富，隐含的科学问题非常多。

假如问题都解决了，我们全部都得到答案了，可能这个地方就只是一个遗址、一个博物馆，作为一个纪念性的、一个保护性的博物馆。但实际上周口店埋藏的材料，它所蕴含的年代学、环境学、人类演化的信息，很多还没有很好地被提取出来，围绕周口店这个时期人类的生存演化，还有很多的科学问题没有得到解答。而且这些问题对世界范围内早期人类的起源、演化、迁徙都是非常重要的。所以周口店是一个宝库，我们要通过科学研究手段这把钥匙，把宝库的大门给打开，把里面各种信息和材料发掘出来，研究出来。

这个遗址的重要性我觉得毋庸置疑，可能大家都很清楚，甚至媒体都有很多的宣传报道，但有几点我觉得无论怎样强调都不为过。比如在人类演化的认识上，在古人类研究的历史上是至关重要的。因为在这之前，我们不知道人类的历史有多长。（当时）知道十万年左右的历史，因为有尼安德特人。虽然比周口店北京猿人更早的有像南非的南方古猿，"汤恩小孩"在1924年就发现了。更早时在印尼的爪哇岛，"爪哇人"已被发现了。但是学术界一直存在很大的争议，甚至是否定的意见，认为早期的化石更多属于一种猿类的，是猩猩类的，跟人类没有关系，因为材料太少，也比较单纯，往往都是支离破碎的头骨，得不到人类其他的生存信息。

周口店这个地方，首先是1929年12月发现第一个猿人头盖骨，所以很多人觉得很重要。实际上之后发掘出来大量的石器，还有人类用火的遗物和遗迹，也都是非常重要的。为什么呢？因为这些文化的遗存就支持了一种判断：北京猿人可以说是古人类的成员，他确实已经进化到人类了。因为他们能够制作和使用工具，能够用火。而这两点恰恰是爪哇人和南方古猿当时没有发现的证据。因为通过北京猿人文化遗存的发现就知道，看起来这种人在骨骼方面确实有很多原始的形状，比如说大脑还比较小，额骨比较扁平，眉脊都比较突出，跟我们现代人很不一样，但是他们已经具有文化的行为能力，能够制作和使用工具，能够用火，所以毋庸置疑他们是人类大家庭的一员。

因为"北京人"的这些材料加上文化遗存和化石的发现，所以学术界就发明了一个词叫作"直立人"，有的时候俗称"猿人"。当时把北京猿人为代表的人类演化阶段（当时认为是最早的人类），叫作直立人。直立人一个重要的行为特征就是能够直立行走。因为"北京人"的发现，我们知道人类在演化，初始阶段有直立人这个阶段，而且很漫长。从"爪哇人"那个时候已经开始直立行走了。

另一个说法就是说北京猿人的发现"解放"了"爪哇人"。实际也就是说，把大家不认为是人的这些"爪哇人"化石，后来因为"北京人"的发现，归到人类大家庭里来了。所以这是人类学研究的一个至关重要的里程碑。当然我们现在知道，在直立人之前，北京猿人之前还有能人，还有南方古猿。要是从严格的定义来说，直立人已经不是很确切地来描绘这个阶段的人类（的名称）了，因为从南方古猿开始人类已经可以直立了，但是在学术界，尤其是生物学上命名有个优先的法则。这个词汇给它，你不能随便改名的，不同的人类演化阶段有不同的名称。

从北京猿人这个直立人阶段后来演化成早期智人。我们周口店也有早期智人代表性的遗址和材料，就是第4地点。第4地点虽然人类的化石材料很少，以一颗牙齿为代表，但是它是早期智人重要的一个演化阶段。那到晚期智人呢，也主要是以在周口店发现的材料为依据、为代表，就是山顶洞人。一共发现有八个个体的晚期智人，也就是我们所说的现代人。所以周口店埋藏着我们人类演化三个重要阶段的代表性材料，就是直立人、早期智人和晚期智人。这是在非洲之外，人类演化历史最长久，证据和记录最完整、最连续，材料也是最丰富的一个遗址。

所以为什么1987年周口店遗址就被联合国教科文组织列入中国当时第一批六处世界文化遗产之一，而且是联合国教科文组织主动邀请我们中国政府必须要申报的遗址，就是因为它具有重要的意义和地位。近年在世界范围内，在这么多的世界文化遗产的名录里面，真正属于古人类阶段的遗址还是非常少的，我们周口店的遗址就是其中一处。在中国，我们现在应该是有将近50处文化遗产，它是唯一的一个古人类遗址，唯一一个超过万年的遗址。所以它的地位，至少在中国、在亚洲是无与伦比的，在世界范围上也是屈指可数的。

（新）发掘的地点就是最核心的第1地点的西剖面。但是这个发掘不只有纯粹的学术目的，或者说仅仅为了找到新的北京猿人的头盖骨和一些其他的遗迹或遗物。学术目的固然很重要，但是这次发掘主要的目的是配合周口店遗址的保护规划，为了能够落实一些保护的措施，能够把遗址的剖面进行很好的清理，去除一些危石、松动的土石和长期的风化所造成的裂隙类的隐患，使遗址能够更好地保存下来、保护下来，为子孙后代研究、参观包括作为世界文化遗址地向公众、向社会、向世界的展示提供更好的基础和条件。所以我们这次的发掘是一种综合性的，有很多的考虑。我承担这次发掘的策划和主持工作，从2009年开始至今没有间断，虽然只是在20平方米这么一个很小的区域内，但是发掘是非常精细的。因为有很多的考虑，比如说将来剖面长期保存的问题。另外就是怎么用现代的科技手段非常精细地、带有学术目的地进行很好的发掘。因为这里的一石一砂都带有科学的信息，都是非常重要的，所以这项发掘持续了很久，虽然没有像外界经常预期的那样，再发现北京猿人的头骨。因为北京猿人的头骨丢失以后大家都觉得这是一个巨大的遗憾，都希望发现新的头骨来弥补这个遗憾。但是我们发现了很多北京猿人制作和使用的石器，还有他们狩猎和进行餐食剩下的动物骨骼，还有非常重要的就是，得到了非常确凿的用火的证据。在发掘的过程中，我们系统地提取了地质学、年代学、沉积学的样本，这些样本对研究周口店遗址形成的过程、古人类在里面的活动、人与自然营力的交互作用都能提供非常重要的信息。而且这些信息，对于回答周口店遗址是否是古人类的家园，是否是洞熊和鬣狗的巢穴，人类会不会有控制地用火，会不会狩猎，他们的工具使用是什么状态等最基本的又是非常重大的学术问题提供了非常好的素材和研究的基础。

周口店遗址剩下的这块堆积是非常珍贵的。我刚才说过一石、一砂、一土都含有珍贵的科学信息在里面。所以我们必须要考虑到发掘的双重性。考古发掘一方面能够把这些材料发掘出来供我们进行研究，提取珍贵的科学信息；另一方面也是一种破坏，因为发掘完了以后，原生地层、原生堆积就消失了，是不可再生的一个过程。我们现代的理念就是严格地控制发掘，假如不需要发掘一定不要发掘，可发掘小的面积就一定不要做大。首先要保护，要保存这种资源给子孙后代。我们也是很好地贯彻了这种理念，但是遗址的核心部位又必须要发掘，因为在长期的风化、剥蚀的过程中，出现了很多的裂隙、空洞。1927年到1937年的十年大规模发掘时，是没有保护这个理念的，所以我们现在去看这个猿人洞，虽然挂着牌子或者解说词都说猿人洞，但别人去看就是一个大坑。这就是因为十年大规模发掘把里面的堆积物全部给移出去了，现在的发掘绝对不会这样做的。后来，比如20世纪60年代，又在旁边接续进行了一些发掘，这些发掘也对遗址造成了一种影响。它剩下的剖面都凹凸不平，又有自然风化的作用，所以假如不进行新的发掘和清理，这些珍贵的科学资源所依附的地层可能就会坍塌，所以我们这次发掘是带有非常明确的保护、抢救的性质的。

周口店遗址发掘的新发现

通过清理和保护发掘，应该说有几方面的问题我们是得到了更多的信息，甚至说趋近于解决。比如说遗址的性质或者说埋藏与堆积的过程，存在很多的争议和问题。有人说遗址根本就不是一个洞穴，不适合人类居住，这些后来堆积的土石是从山坡上滚落下来的。那么人和一些动物，包括石器都是可以从山坡上滚下来的。这样的话它就是一个裂隙，就是一个陷阱，不是人类的家园。通过我们的发掘，应该说这个问题基本上能够澄清了。比如说我们发掘第3层的时候就发现它下面地层里面是有很多的砂、土和巨大的石块，而这种石块我们叫它角砾。这种角砾很多都是石灰岩的，应该是洞穴已经坍塌或者不断地坍塌形成的。这个时候是不存在完整的洞穴结构的，也就是上面完全是开放的，当然可能洞壁的边缘并没有完全坍塌而形成局部遮盖，我们叫作岩棚或者岩厦状态。在这种情况下，人类是可以继续在这里面生活的，但是毕竟不是一个洞穴的家园了，所以很多时候丧失了遮风避雨的功能。第3层有些动物化石，但是人类的遗存非常少，说明当时人类基本上不在那个地方生存。在第3层的下部有一层角砾，是大的石块。从大石块的分布位置和石块的状况来看，就是当时洞顶坍塌遗留的，所以我们就知道第3层的下部在形成的过程中，上面的洞顶是坍塌过的。那么我们由此可知在坍塌之前，这个遗址是处在一个很好的洞穴中，这个洞穴是可以给古人类提供遮风避雨的环境的。在这个砾石层下面，就是第4层，我们发现了跟第3层完全不一样的物质和堆积。里面有很多的动物化石，还有人类制作和使用的石器，还有非常多的用火的遗迹。所以就知道第4层的上面有一个洞顶在遮盖，人类在里面有很好的生活环境，人类也充分利用这种条件，在里面吃住和使用工具，然后把他们狩猎的动物搬运到洞里面进行食用，人类也在里面用火。

用火也是我们这次获取的一项重大发现和研究上的突破。因为西方学术界有些学者质疑周口店这个地方的人类会不会用火。他们不能否定这个洞穴里面有一些石块和一些骨头是被火烧过的，所以他们承认当时在附近有人用火，但是不承认用火是发生在洞穴里面，因为他们认为这些烧骨、烧石，甚至说有一些灰烬、木炭、烧过的树的种子都是从外面被水流给冲进来的。我们在发掘第4层的时候，发现这里面有分布比较规则的成层的轨迹，通过现代科技的分析，证明当时的人类在里面是进行有控制的用火，他们的用火就局限在某些部位、某些层位，这些部位出现很多的碳元素和因为燃烧而产生的一些植物的遗存。我们把燃烧过的部位叫作火塘,因为土质是变红的。

那么土质为什么变红?我们进行了一些物理和化学的分析,当然是跟一些非常好的实验室来合作的。我们发现这些地方之所以变红,就是因为人类用火。在高温下,砂土里面含铁的成分发生了改变,变成了赤铁矿。大家知道赤铁矿就比较红,红度的变化指向了长期的高温用火。有的部位石灰岩的岩块被长期用火烧烤以后,就开裂甚至变成石灰了。那么这种由石灰岩岩块变成石灰一定是经过长期的、集中的烧烤、燃烧才能够产生的,偶尔的野火是不可能有这样热导致的变化的。所以这些都表明当时的人是在洞穴里生活,而且是能够进行有控制地用火的。这样就把一个非常有争议的问题解决了。这应该是这些年通过对周口店遗址的发掘和研究,取得的最大的一项收获!

对于博物馆的建设,我们更多地从学术的角度、专业的角度来提供一些意见,因为这个工程是地质类的、工程类的,还有考古类等各方面都有所涉及。对我们来说就需要去提示他们,不要因为盖大棚而造成新的破坏,比如说周围的岩体都已经很松垮,你就不能再盖大棚了,否则新发掘的空间都没了。我们还提供展陈的大纲、展陈的设计和思路,并包括英文介绍等。尽管如此,现在看来还是有很多的问题,包括一些国际学者去看了以后觉得很不错,但是也指出了很多的问题,不过大家共同的愿望都是把它越做越好。

下一步我们可能随着发掘的进行和遗址后面状态的改变而不断地调整。我们原来计划是要从上部到下部进行系统的清理,然后使它有一个合适的角度、合适的状态。但是我们在进入到第5层、第6层的时候，发现这里面含有大量的砂和石，尤其石块比较多。这种情况下我们就考虑适可而止，可能不再做从上到下的系统发掘了，而只是对这个剖面表层一些松动的土和石进行处理。因为我们发现下面总体来说状况还可以，土和石胶结得比较致密，处于相对稳定的状态，不会轻易松动、坍塌，那我们就不去扰动它了。因为地层里有很多大的石块，假如我们去发掘，去除石块，就会导致里面的土、石支撑结构变化，反而会造成新的破坏。所以我们初步决定对下一步的地层不再做系统的发掘，只是对表层局部清理，使它有一个好的保存状态就可以了。当然我们现在发掘出了大量的文化遗物和遗迹，我们还没有时间很好地对它们进行研究。现在我们掌握的现代科技手段，实际上对很多现象都可以研究，包括我们筛洗出的砂粒都是研究对象，因为这上面都会保留一些信息。这种砂、土是怎么来的？是本土的砂石进一步风化裂解呢，还是风吹过来的，还是水搬过来的？这对遗址形成的过程，人与环境的互动都会提供一些重要的信息。所以这种研究量非常大，而且研究是没有止境的，我们会把现在获取的材料，在现代的科技手段下，在我们现在的实验室里很好地进行分析研究，把信息细细地发掘出来，我想将来会不断有新成果的。

通过这一系列的分析，我们已经发表了几篇文章，还在美国人类学方面很重要的一个期刊《现代人类学》上发表了一篇系统的文章，对整个北京猿人用火证据的发现、研究、争论的历史进行回顾、分析并系统地呈现一些我们新的发掘和研究的结果。我们可以向世界学术界来宣告，北京猿人，至少在遗址的上部，比较晚期的阶段，就是我们现在工作的部位，这个（用火）证据是特别坚实的，以后不应该存在争议了。所以通过这种新的发掘、新的研究，我们就能够解决一些以前争议的问题。同时进一步深化我们关于人类起源演化，尤其是东亚人类演化过程的认识。

还有很多的问题等待着我们来解决

当然还有很多学术问题在吸引着我和其他学者的目光和关注。比如说我们非常想知道从第4层往下堆积的过程跟人类的一些行为都有什么样的关系，还有什么样的证据可以提取到。比如说用火，在下部是否真正存在用火的证据，能够把这个地方用火的历史推到七八十万年前。因为我们现在从上部来看，有四五十万年的用火历史肯定是没有问题了，而且那个地方是人类生活的，包括用火的原生场所都没有问题。但下部的情况是不是这样，我们还不是很清楚。

再有一个，假如能够发现人类的化石，也是至关重要的。因为以前虽然发现北京直立人这个阶段有40个左右的个体，但是很多都比较零碎，有的个体可能就是一个牙齿或者一块骨头来代表，最重要的五个头盖骨已经丢失了。这五个头盖骨实际上在丢失之前都制作了非常好的模型，但是模型跟原来的化石是有很大差别的。比如说模型的原型，都是骨骼破碎的小块，进行修复后，拼对形成的。我们现在看来，由于当时的技术手段不具备，可能这种复原和拼接会有一些问题。我们现在从模型上不能再进行新的拼接和研究了。在骨骼保存好的情况下，我们可以做一些很好的分析，比如说同位素分析，可以看当时他的生存环境，他吃什么东西，这是能够得到的信息，根据牙齿就可以做这种分析，但是没有骨骼和牙齿，从模型上是做不了的。现在正在发展的分子生物学的技术，尤其是古DNA的分析，已经可以对哺乳动物，像马，还有熊做七八十万年前的DNA的提取和分析，非常成功。国际上对古人类的化石如十万年左右的尼安德特人的DNA也进行了提取。假如说周口店这个地方又能发现新的人类化石的材料，而且能够保存好的话，就能够提取DNA，也就能够知道它到底跟我们现在的人是什么样的遗传关系。我们现在来研究只能从形态上看，跟后期的人类化石，以及我们现代的现生人群，如东亚人、蒙古人种很接近，所以我们推测它是我们黄种人的祖先，我们的祖先一直在这个地方，是连续演化的一个序列。但是假如要从分子生物学的角度，能够从DNA的，从基因的遗传变异来得到这个信息，那应该是更加精准的，能够提供更加坚实的证据和更加丰富的信息，所以这个人类化石的研究对我们非常重要。当然要有新的人类化石对形态进行进一步精准的观测和比较分析也非常重要。

还有一些学术界的人士质疑北京猿人在早期的阶段会不会狩猎，那些大量的动物化石是人类打猎搬运的结果，还是其他的一些动物，比如说鬣狗、洞熊它们运进洞里来的。我们要是能够找到一些更好的材料，尤其是一些新的材料，就可以得到非常精准的原始信息，因为我们现在的发掘跟过去不一样，过去有大的方面的技术，大概知道层位中哪个部位就可以了。但是我们现在用的科技手段，比如用全站仪、激光扫描的方式能精准地记录他们在哪个地方出土，什么样的部位。又比如通过上面的一些痕迹，可以知道它的共生关系，它到底是人类的还是自然的，跟其他动物的骨骼有什么样的关系，这样我们就可得到很多新的认识。这些认识我们已经不可能从以前积累的化石上面得到，因为它们的信息是不全的。这是历史的局限性，并不是说当时工作做得不好。当时做的工作已经是世界领先了，但是我们作为后来者要发现更多的材料，揭露新的地层得到更加精准的信息，让我们对很多问题的认识更加全面，包括下部地层，也包括人类生存的确切年代。我们虽然以前通过宇宙射线衰变的方式，通过铝铍测年的方式对沉积物进行研究，在英国Nature（《自然》）发表过文章，但是还是在遗址剖面的表层提取的一些样本，应该说不是很精准，因为这个样本的暴露，包括从上到下，它可能有位置的变化，我们并不能排除这种可能性。我们要是在新发掘的地方，从原生的地层里提取一些没有被任何方式挪动，没有经过暴露的样本来进行精准的分析，就能够得出更加确切的结论：在这个地方，我们的祖先到底生存了多长时间。

还有就是一些环境因素，我们以前对北京猿人生存环境的研究，主要是通过一些哺乳动物化石来分析。比如说有喜暖的象类的化石，我们就知道这个时候人类可能生活在比较温暖湿润的时期。还有的层位会发现一些跟沙漠地区有关的，比如像鸵鸟之类的动物，我们就推测这个地方这个时期可能比较干旱。但是我们知道，即使在一个地区，都有生态的多样性，可能都有不同的动植物的成分记录在这个遗址里面。我们对以前这种支离破碎的材料得出的结论就会像盲人摸象，你摸到一点你就会觉得当时是这样，实际上可能不全。我们要经过新的发掘，真正把这个层位揭开，能够提取更加丰富的材料，尤其是原地的一些材料，而这些材料不但是一些动物化石，连里面的一砂一石都有它的信息赋存，都是可以提取关于人类生存演化信息的。而过去这些东西基本没有保存下来，所以我们用新的手段，利用新的契机，对更加全面的材料进行分析、测试，便能够得出人类生存的一些非常准确的环境背景。而这些环境背景实际上就是我们华北乃至中国北方整个环境的变化，这与研究整个华北区域动植物的生存演化，甚至与我们今天的气候演变趋势都是有关联的。

周口店遗址是一个宝库，很多发掘研究工作并没有结束，而且将来的保护、管理还有研究都是任重道远的。首先从研究的角度，实际上周口店遗址是一个遗址群，比如说山顶洞，还有第15地点，包括第4地点都有一些珍贵的资源在地下沉睡着，都有待我们去发掘和研究。当然一定要强调，不要去进行急功近利的发掘，我们一定要在科技发展到一定阶段，以最小的破坏方式去发掘和研究。

另外就是以前发掘出土的这些标本，很多还没有被学人研究过。有些标本还躺在箱子或包装纸里面，根本就没有机会面世。而即使像周口店第1地点这个出土了大量北京猿人石器的地方，虽然出了大量的研究论文，1985年裴文中先生和张森水先生也出过《中国猿人石器研究》一书，应该是非常翔实的资料，分析和研究也比较深入，但是这个书里面也只是研究了几千件标本，而周口店第1地点是出土了几十万件标本的。所以有大量的标本还没有真正地被研究，即使所谓的研究也只是简单地进行一些技术、形态和大小的观察，很多细微的信息，比如说功能的方面，它的制作技术的发展变化，还有人类怎么利用这种工具进行生产、生活等信息还没有被我们研究透。虽然我们对第4层用火已经得到了非常明确的证据，有很好的结论，但是下部尤其到第8、9、10层，这些学术界非常关注的层位，我们还没有清晰的结论。以前的发掘表明有丰富的用火遗迹的部位，那么这些用火的遗迹到底是真是假？怎么样提取？怎么加以论证？这也是我们未来要做的工作。还有就是周口店遗址绝对不是一个孤立的遗址，也绝不是仅在龙骨山上有这么几个地点，因为整个北京西山区域都是非常适合人类生存的。它是从山脉到平原过渡的地带，带有环境的多样性，资源应该非常丰富。这个区域都是石灰岩的地层，有大量的洞穴，所以完全不排除将来在这个区域还会发现像周口店第1地点这样重要的遗址，甚至说集中的人类生活过的家园——遗址群。所以未来的调查可能发现新的遗址、新的资源，我们还有非常大的发展空间和潜力。

至于保护呢，这也是一项需要长期不断探索的工作。因为这个遗址形成了这么长的时间，经历了一系列的人为破坏和自然风化，已经有很多的隐患。我们现在已经做了很好的工作，包括有很好的规划，有一系列的加固、保护的工程措施，而现在正在这个猿人洞上盖一个大棚，使这个遗址不再暴露被日晒、风吹、雨淋。这些都会非常大地改善周口店遗址的保护和保存的条件。但是我们还会有很多工作要做，还要不断地对遗址的一些变化进行监测，然后利用新的科技手段对遗址珍贵的资源——我们过去人类的家园进行更加合理的保护和管理。我想这些工作可能是我们这些参与周口店遗址的研究、保护、管理的相关人员终身的工作，也是一代一代要持续下去的工作。这是我们的责任，也是我们的幸运，能够与这样重要的遗址结缘。

考古学研究对于现代社会和人类发展有什么意义

最近这几年，周口店遗址的发掘我不再主持，是我的学生张双权带领一个团队在做，但我还是予以关注，给予指导，尤其对周口店遗址出土的这些材料加以分析。我们在与一些实验室合作做各方面的分析和测试，包括用火遗存的测试。还有对发掘出土的石器标本的研究，我们要做使用痕迹或者微痕分析。现在已经有些迹象表明当时这些工具都有特定的功能和用途，而且很可能一些用途是超过以前我们的想象的。比如说加工皮革，可能做衣服。就是说以前大家觉得得不到的信息，我们现在通过一些新的手段提取到了。还有就是以前周口店遗址积累的这些材料，大量的石器和动物化石，对它们进行进一步的分析和研究。所以我觉得未来我还会花很多的精力在周口店的研究上，包括我的学生、我们的团队也会不断去做相关的工作。

在考古学的学习和研究的早期有一个问题经常困惑我，就是学这个学科、做这个东西有什么用，跟我们现在没有任何关系，我们似乎不需要这样费时费力，浪费资金去研究。但实际上这完全是一种错误的认识。我觉得古人类的研究、考古学的研究意义是非常大的。因为首先这是一种文化，一种历史，一种精神财富。我们要知道我们人类是怎样过来的，才能满足人类的求知欲、好奇心。人类不是一种简单的解决吃饭穿衣等物质需求的动物。之所以是人类，他的精神需求、文化需求是非常重要的。比如说你可以不看电影吗？你可以不读小说、不听音乐，只是吃饭就行了吗？很多人觉得肯定不行。我们现在考古，接触远古历史，这就是文化、历史的一部分，甚至是精神世界的一部分，人不能离开精神文化的东西去生存。

实际像周口店北京猿人的历史、考古的材料给我们的艺术创作提供了很多的素材。我们要是用一个时间概念来形容，可能很多人就明白了。我们搞的这个古人类－旧石器时代研究，它涉及人类的历史是多长呢？是99%。我们所谓的人，完全变成我们现代的概念，就是有农业了，定居了，不再迁徙游动、住旷野、住山洞、狩猎采集，而是进入定居的农业社会，到现代社会，只占1%的历史。

假如我们要认识人类的规律，知道人类由来的过程、演化趋势，你只是看这1%，不看那99%，就急于做出结论，那你纯粹就是盲人摸象。所以一定把历史尺度拉开以后，我们才知道人类是怎么过来的。我们的现在跟过去有很多关系，包括我们体质的演化，我们的手、脑各方面和语言的变化，都是一个有规律的过程。我们未来怎么走，看看过去99%的历史，就能够知道我们未来怎么去演化，会有什么样的趋势。

另外，过去为什么能够成功地演化几百万年？它的基础是什么？它的环境背景是什么？我们还有没有这种环境和条件？我们的生存方式怎样使我们能够健康地生存，还能够再继续演化几百万年？还是像现在有些分析、媒体报道的那样，气候变暖，可能包括一些环境恶化，各种高精尖武器对人类的毁灭，我们可能是很短的历史，人类可能很快灭绝了。过去的规律和启示对我们今天是有重大帮助的。

还有一些重大的科学规律的认识，对我们今天的建设发展至关重要。比如说气候变化，我们现在都说因为温室效应，因为二氧化碳的排放，所以我们近期温度急剧升高，可能生物多样性要改变，人类要走向灭绝。首先要知道温度的变化是一种自然的过程还是人为的过程？是汽车、燃煤，还是其他工农业生产的影响？再有就是在历史上，人类是否也经历了这么高温度的起伏变化呢？我们通过研究就发现，在地球历史上有不同尺度的周期，我们现在就是处于一个温度上升的过程，所以更多的是一种自然作用。即使我们停止了煤炭的生产，停止了汽车的行驶，温度还是会继续上升。当然人类的行为确实助长了升温的速度和程度，包括空气污染、环境恶化都有相关性，但是并不能把气温升高完全归咎于人类，实际上人类只是在其中起到一个很小的作用。另外温度升高会不会使人类灭绝呢？这也不会。因为我们的研究发现，在旧石器时代，在工业化之前，人类根本没有能力排放二氧化碳导致温室效应，那时候有时温度比现在还高，但是人类照样生存下来了。所以得到这种规律性的认识，对未来的发展，对人类的生存会增加信心和科学的判断，而且可以进行一些科学的规划。

还有我们研究周口店北京猿人这个地方，实际上在更早的时候都是海洋环境。海水也在进退，它也是一种环境变化。大概在一万八千年前左右的时候，海平面能比现在下降150多米，陆地很大了，现在是不断地在上升。我们要根据这个历史的记录，根据它的数据来推测，海面还会上升多高，会不会又回到百万年前，华北平原、北京是否还会成为一个海洋地带。假如我们得到这些认识，就可以知道这个变化的周期和规律，这与城市的建设、北京的建设和发展都是直接相关的，所以不只是讲讲故事而已。

我经常讲，我们研究古人类学、研究考古学的目的是什么呢？就是知晓过去，定位现在，规划未来，使我们人类这个生物种类能够更健康、更持续地与其他的生物，与我们地球和谐地发展。

同号文

同号文，1960年9月出生。于1978—1982年在西北大学（西安）地质系地质学专业就读，获得理学学士学位；1982—1985年在西北大学攻读地层古生物学专业硕士学位；1985—1989年上海同济大学海洋地质系博士研究生，获得地层古生物学方向的理学博士学位。1989年4月分配到中国科学院古脊椎动物与古人类研究所工作；期间于1998年1月至1999年12月分别在法国里昂第一大学和法国国家自然历史博物馆做访问学者和博士后研究。2003年1月被评聘为研究员，2006年5月被聘任为中国科学院研究生院（中国科学院大学前身）兼职教授。目前主要从事古人类遗址的伴生动物化石及相关进化理论与古环境等课题研究和讲授"第四纪哺乳动物学"课程。近些年来，主持了周口店田园洞古人类遗址的发掘和研究工作，受到了社会各界的广泛关注。在学术研究方面，主要对进化理论，第四纪貘类、犀类及长鼻类等大型哺乳动物有较多研究；此外，对古生物与环境的协同演化研究也有所涉猎。迄今已在国内外学术刊物上发表学术论文70余篇、学术热点综述文章15篇、翻译文章4篇、科普文章10余篇。先后到过美国、法国、德国、俄罗斯、澳大利亚、南非等10多个国家和地区进行学术交流；先后到过国内26个省市区进行野外考察。

1933年10月17日，正在发掘山顶洞洞顶西部

期待发现更多有价值的化石

同号文

初到周口店的工作经历

我本科是在西北大学学的地质学，硕士研究生读的地层古生物学，就是研究古生物，研究生物进化及生物地层等。这期间也在生物系学习了一些动物学、植物学方面的课程。在同济大学攻读博士学位期间，也是读的地质古生物方面的。毕业以后就被直接分配到中国科学院古脊椎动物与古人类研究所工作。

我第一次接触周口店是在1989年，当时参加了北京猿人第一个头盖骨发现60周年的国际学术研讨会，在这个会上我主要担任英汉翻译。2001年到2002年的时候，周口店遗址博物馆重新布置，我当时具体负责展陈大纲的完善、有关科学内容的中英文校订。当然这个展陈大纲是在前人工作的基础上，我重新把它充实和增加，更加完善了一些。我实质性接触周口店工作，是起始于那次布展工作和后来的一个多月的化石整理。在这个布展过程中，我们把每一件标本和标签严格对上，并且对化石标签都进行了规范，标签的内容，文字内容还有科学内容都认真做了校对。这是第一次把周口店展览馆那些标本规范化地进行陈列和展示。当时是祁国琴老师牵头做这个工作，我和陈福友，好像还有张双权，是研究所派我们几个人具体来做这个事情。之所以要重新布展，是因为之前的展览是从1973年开始的，很多展览内容还有展柜已经不能适应需求，所以研究所就决定把整个展厅进行重新布置。其实在这之前展厅对外已经关闭有一段时间了，关闭以后社会上带给博物馆的压力很大，因为周口店这样的遗址博物馆，很多人那么大老远去，结果没有展厅了，很是有意见。当时研究所就决定尽快恢复展览，重新布置，这在当时是我们所里很重要的一个任务。

我到所里以后，和贾老有一点小小的接触，因为当时有个中美合作的泥河湾的项目，我给他担任了一些业务方面的翻译。老一代科学家，首先我觉得他们的成果很丰硕，这一点我们打心里敬佩。另外他们都是知识很渊博，研究的领域很广泛，知识面很宽。现在作为我们新的一代要做到这点很难，像杨老和裴老的著作我们读了很多，我们很佩服他们的工作效率和敬业精神。

1996年我进周口店研究中心后做的第一件事是进入中法合作的周口店遗址的地质地球物理调查项目组。这个项目从1996年开始一直到2005年，前后持续了将近十个年头。其中法国派出了好几批专家对整个遗址进行了很详细的地质和地球物理调查，最后阶段还进行了钻探。遗憾的是1998-1999年，我到法国做访问学者和博士后研究，离开了两年，但是这个中法项目的主要事件我都参与了。这个项目当时首先是完成了一个很详细的调查报告，但是钻探底下有没有东西，或者是有没有化石的堆积，现在还有待进一步确认，这些成果到现在还没有正式发表。2005年以后这个项目就没再做具体事情了，但是2016年9月份法国国家自然历史博物馆的总裁，相当于总馆长访问中国，要和科学院签署一系列的协议，其中我们研究所是作为合作的重要对象之一，我想到时候肯定还会要有些关于周口店的内容。

法国的科研人员希望周口店遗址里面还存在一些没有发现的遗存。实际上当时联合国组织这个项目的时候，主要是保护为主，后来就是适度进行调查，希望把这个遗址里面的家底彻底调查清楚。当时主要是法国国家电力公司资助这个项目。

1998年我到法国主要是做古人类遗址动物遗存的研究，即动物化石的研究。我在巴黎也看了不少周口店的标本，没想到在海外还能看到咱们周口店的标本，我当时感到很惊奇。这些标本可能是当时研究周口店人类使用工具和骨器的研究人员带到法国去的，现在还保存在法国国家自然历史博物馆的古人类研究所。后来法国同行还带我们到了在巴黎郊区另外一个法国古董博物馆，这个博物馆很大，那里面也有不少中国的材料。因为在周口店发掘期间，法国当时最大的史前考古学家步日耶也曾到过周口店，后来他还写了一部关于周口店的骨角器的著作。

致力于田园洞的发掘和研究工作

从法国回来以后，我最初是做周口店的一个项目，当时主要是化石保护及相关数据库的项目。这是国土资源部的项目，我们把有关周口店的文献、资料还有化石都进行了全面的整理和收集，做了大量的基础工作。接下来还和徐钦奇研究员与美国乔治华盛顿大学合作，在周口店附近进行了两个夏季的田野考古训练，他们两个夏天都派研究生和本科生来这里实习、考察，我当时是中方的主要参与人之一。到了2002年，当时承包黄山店林场的田秀梅女士和她的法律顾问董同源先生到研究所里，带了一批标本要鉴定，研究所就委派我具体接待。看了标本以后我很感兴趣，第二天我们就约定时间去考察了一下。考察时发现田园洞里的堆积物已经被挖掉很多，可能是因为他们那时候要找水源或者有其他想法。他们说实际上在"文革"期间，就是20世纪60年代的时候，那个洞口就被人挖开了，很多人到里面去挖钟乳石。钟乳石在当地是一种很好的建筑材料，那个时代还时兴水磨石地面，不像咱们现在都是铺瓷砖、木地板什么的。当地人为了做水磨石地面，把那些方解石砸碎搅拌在水泥里面，然后磨平以后是闪亮的，非常漂亮。当时田园洞实际上经过很多代人的扰动，在我们进去的时候堆积物已经有相当一部分被挖掉了，现在中国的史前遗址绝大多数都存在这个问题，几乎没有一个原封不动的遗址。像我们研究所从50年代到最近几年一直在广西考察的这些洞穴，绝大多数的堆积物都被当地人挖掉了。

第一次去考察田园洞，我觉得很兴奋。首先是化石很丰富，再一个是地层序列很完整，这个我觉得很难得。因为过去我们搞古生物或者古人类的，碰到一些好的材料，就因为没有好的原生的层位记录，产地不清楚，失去了它的科研价值。我们希望能找到有很明确的地层层位，有确切的化石地点的洞穴，这样就能做比较细致的发掘和科研工作。后来就决定进一步发掘这个洞。但是要知道实现考古发掘有一系列的手续，首先得有经费支持，因为当时国家科研体制管理的要求，任何科研经费都是专款专用的，你不可能从别的课题里来挪用经费；再一个还必须要从国家文物局获得发掘执照。当年就忙于申请经费和发掘执照，2003年我们才正式开始发掘。2003年在中国有一个灾难性的事件就是SARS病毒传播引起的"非典"，我记得整个春天几个月大家都封闭在家不让出门。我利用"五一"假期，自己坐长途车到洞里再去考察。五一刚过，我们就立即进驻，开展发掘。第一年大概发掘了近两个月，当时就有了很重要的发现。

一个遗址在正规发掘之前的保护是个问题。因为好奇心是一个很大的驱动力，所以当地人也时不常去刨一刨，结果他们就刨出来人类遗骸。当时我就很着急，人类遗骸一出来我们马上过去进驻，去发掘。在正规发掘期间我们又发现了一些人类的牙齿，还有一些脚上和手上的骨头，同时也发现了大量的哺乳动物化石。

当时承包黄山店林场的田秀梅女士很支持国家的科研事业，他们把这个遗址无偿捐献给了研究所。鉴于他们为了维护周口店的金字招牌，为了推动周口店的事业发展而做出的贡献，地方政府在田园洞发现一周年的时候还特别对他们进行了物质奖励。林场原本叫黄山店林场，后来才改称田园林场。2003年8月16日，周口店"北京人"遗址管理协调委员会为新发现的田园洞正式命名。人类化石当然是田园洞的主角了，大家都很希望发现人类化石。在人类化石之外还有很多的动物化石。当时我还考虑，如果没有发现人类化石，我会把它命名为豪猪洞，因为那里面发现大量的豪猪。豪猪是一种啮齿类动物，所谓啮齿类俗称就是老鼠一类的。豪猪现在在我们国家南方很普遍，它的身上长了很多的刺。70年代的时候在秦岭以北的渭河盆地还有，但现在在秦岭以北几乎没有了。周口店田园洞的豪猪，代表着豪猪在华北平原最北部最晚的生存情况，具有很重要的古环境和古地理意义。当时我发现这么多豪猪是很兴奋的，当然有人类化石以后就把豪猪的事情冲淡了。我们对豪猪做进一步的研究以后，还写了几篇文章，对它的意义、科学价值进行了报道。这个洞穴里面还有大量梅花鹿，说明当时人类在狩猎这种动物。但是很奇怪，真正大型的食肉类动物比较少，只有几件黑熊和狼的标本，也就是说这个洞穴是以人类狩猎为主的场所。田园洞里既有人类化石，又有动物化石，那么该如何区分呢？如果是一个完整的骨骼，对一个经过很好专业训练的研究人员来说，是不难区分的。如果是残片或一个片段，区分的话就需要很深的功力，一般情况下有关节头的都没有问题，就是那种没有关节头的骨骼，区分起来比较困难，但也不是不能鉴定，只是花的时间会多一些。

我们在田园洞里发掘的时候，首先面临的一个问题就是采光问题，里面是黑漆漆的，尤其天气不好的时候就更黑了，没法发掘。后来我们就和当地林场协商，希望从林场驻地拉一根电线，他们很支持，很快就给我们把线路接通了。这样的话洞里面的工作就很顺畅了。我们当时严格按考古学的发掘方法，探方是一乘一米，按水平层来发掘，因为洞穴里不像在旷野上打格子很方便。实际上洞穴堆积物是最复杂的，层是倾斜的，做水平层的时候不太好测量，我们把所有的布方点都打在洞顶上，然后垂下来一条绳子，这样的话我们的布方是永久的。现在旷野遗址在平面布方，遗址挖完以后，这个方的情况就消失掉了。我们打在洞顶岩石上的那些钉子是永久保存的，这些方号任何时候都可以重新检验，重新工作，这在我们国家应当是首次采用的一种方法。我们把这些资料永久保留下来，随着科技手段的提高，随时都可以做进一步的深入研究。当时这些骨骼在堆积物里面是怎么保存的，相互的位置关系将来都可以进行3D重建，可以恢复起来。

2004年再发掘的时候出土物比较少，只有一些很小的骨骼，并且布方的时候已经到了堆积物的外围，化石相对很稀少了。2004年第二次发掘之后就没有再进一步发掘了，我就是想保留一点堆积物让大家去检验、去参观，这样对保留洞穴的原貌情况是有好处的。如果你把堆积物全挖空，游客和学生们脑子里就没有对当时地层是什么样的，怎样分布的，化石在里面怎么保存的直观感受了。我觉得一个遗址必须保留一部分原始的堆积，实际上考古行业也有这样一个规定。像在国外，法国有那么多史前遗址，剖面化石随处可见，但是人家一直保留在那里不动，留着后人来参观，来展示给大家看当时化石在地层里是怎么埋的、怎么保存的。大规模的发掘现在不太可能，因为堆积物确实不多了，洞穴的规模也不大，但是我们希望将来在周边能找到一些同类的相似的洞穴，这是将来我们工作的重点所在。房山区周口店一带是石灰岩山体，因为它是溶于水的，长期发展下去会出现一些溶洞。这些溶洞当时都作为动物或者古人类居住、活动的场所，因此既然有周口店这样一些遗址群，目前我们已经发现27处，希望周边还会发现更多的遗址。

通过对田园洞两次发掘采集的样本进行研究和分析，最主要的就是现在对古人类化石的研究，从形态学角度和欧洲的古人类进行了对比。另外还采集了一些古人的遗传物质，进行了古DNA方面的研究，引起了很多国际古人类学界的关注。田园洞的动物标本、古人类标本保存得特别好，里面有很多有机质物质的残留，骨胶原保留的比较多。从人类骨骼上面直接采集骨胶原所做出最老的年代就是田园洞了，在东亚地区，其他遗址里面没有保存这么久远的骨胶原的。但现在有些遗址的动物、人类遗存很快就石化了，石化就是有机质全部丧失掉了，不可能有骨胶原。像有些墓葬，在酸性很强的环境下，甚至两千年的整个尸骸都消失掉了。骨胶原是测年还有古DNA分析的最基础的物质，也就是说田园洞将来重要的方向就是古DNA的研究，因为在其他的洞穴，其他的史前遗址里面没有发现过如此丰富的骨胶原，将来深入研究还是大有文章可做的。

通过对骨胶原的提取做分析，从目前测年来看，田园洞人比山顶洞人要早1万年左右。至于两者之间有没有什么关系，现在还有待进一步研究。但是从出土物来看，山顶洞有更进步的文化遗存，如项链、钻孔等东西，这些确实是要晚一些。田园洞人生存的时间应当在大概4万年到3.5万年之间，这是目前最新的测年结果。田园洞和北京猿人遗址的时间还不是一码事，周口店第1地点是代表直立人的时间段，时间跨度应当是20万年以前的。田园洞人是现代人了，和我们现在的人类在解剖学结构上基本上一致了。

我希望把田园洞的研究再继续下去，同时我也希望在周边还有机会再找到类似的或者更好的化石点，这是我最大的愿望。首先从人类化石本身来讲，它是实实在在的人类化石标本，这个时期的标本，山顶洞人的标本已经丢失了，田园洞的标本在某种程度上填补了当时的缺憾。关于田园洞人类化石的形态学研究和古DNA研究都有一系列的重要成果发表，在国内外都引起了很大的轰动。我自己做的动物群形态学研究、生物地层研究以及古环境推断也有一些初步的成果。未来我们希望全面开展古DNA方面的研究，从古人类一直到各种动物都要做，这个我想将来会出现一些意想不到的成果。现在我们研究所也新成立了一个古DNA的实验室，也具备这些条件了，希望在这些方面能全面和深入地做下去。

祝愿周口店永葆青春

院市共建之后，首先很感谢市里对遗址做了更加精细的管理，遗址的面貌发生了很大变化。我觉得目前对科研方面还没有什么太大影响，因为周口店的标本和遗址，我们如果要研究的话，随时都可以去，标本大部分还都在所里，在遗址博物馆的标本只是少量的。遗址博物馆里的动物标本有少量模型，但是人类化石肯定是模型了，因为真标本已经丢失了。解放后发现的人类化石标本很少，并且很零碎，不像解放前发现的头盖骨那么有展陈效果；另外，古人类化石很少，真标本不可能长年展览，而且国内外的科研人员要经常不断来研究，真标本放在所里更为方便和安全。从我个人感受而言，周口店科研方面最迫切的一件事情就是要把周口店出土的、现在仍保留下来的标本家底尽快摸清。因为周口店遗址被发现到现在已经经历了近百年，其标本不仅保存在中国的几家博物馆，而且在好几个国家的博物馆里也多少都有收藏。像早期出土的标本都保存在瑞典，尽管当时是国民政府跟美国洛克菲勒基金会还有协和医院都签了协议，标本只能留在国内，但是当时很多外国专家参与了研究，也不排除有个别标本被带了出去。但在国外的标本毕竟是少数，大量的还是在国内这几家博物馆。根据当时发表的发掘报告和专著来看，应当有更多的标本，但是现在这些标本都不是集中存放，资源不能共享，这点是影响周口店深入研究的很致命的一个方面。

田园洞的动物化石等我们研究完了以后大概也可以在周口店博物馆里面展览，但这要纳入院市共建的框架下。不过，田园洞标本的展示效果有限，它是较晚期的古人类遗址，对动物资源的利用很充分，没有发现一件完整的动物头骨，也就是说这是彻彻底底的古人类遗址的特征。田园洞就在最底层发现了一件梅花鹿的后腿骨，是最完整的标本，其他的全是破碎的，大量的碎骨片。

周口店遗址是一个遗址群，自从20世纪20年代末开始在国际上被发现，影响力一直很大。实际上现在世界上很著名的古人类遗址都不是单一的，像南非的人类摇篮地区斯泰克方丹就是由好几处早期人类遗址组成，西班牙的阿塔普尔卡也是最近十几年来新发现的古人类化石最为丰富的遗址群。周口店之所以著名，不仅仅是北京猿人这个地点（周口店第1地点），其他的还有第4地点、山顶洞及第15地点和第13地点等，包括现在新发现的田园洞，这些化石点都很重要。在不久的将来，周口店地区的家族也有可能继续扩大，发现更多的古人类遗址。自从1987年联合国教科文组织将周口店列入世界文化遗产名录，周口店的影响确实是越来越稳固。从专业方面来讲，周口店确实是世界上唯一的，不可替代的一个遗址群。从第四纪这方面来讲，这个遗址群里有不同时间段的洞穴，不同时间段的动物群和人类生存的证据，实在是太难得了。另外，它有大量的动物化石，对恢复当时的环境，还有探究人类和动物的依存关系都有很重要的科研价值。周口店遗址有大量的研究成果，针对一个遗址出产了这么多研究成果，据我所知，这在世界上是独一无二的。到目前为止，有关遗址的著作大约有60部，研究论文大概有400多篇，有些可能我还没统计到，这是很令人震惊的。周口店遗址发掘到现在近一个世纪了，但它一直受世人关注，它是永葆青春，永葆魅力的。近些年还有美国专家写了一部关于龙骨山的著作。

周口店是我们中国古脊椎动物与古人类学科的发源地，也是我们中国科学院古脊椎动物与古人类研究所的发源地。对我本人来说，我从周口店的化石和文献整理开始做起，然后进行展览馆的布置工作，最后到了田园洞的发掘和研究，就这么一步一步走来，可以说我真正的科研事业就是从周口店开始做起的。此外，我在阅读大量有关周口店遗址的科研文献的过程中，了解了当时世界上一些顶级的专家。再后来通过周口店的各种学术交流和科研活动，我又实际接触到当今活跃在一线的著名的专家和科研人员，这些都是对我的科研事业很有帮助的。

作为世界文化遗产，周口店仍然承载着保护、传承和探究等方面的重任。科学研究工作是专家的使命，而遗址管理处和博物馆要做一些力所能及的科学普及工作，因为人类社会是一代一代的传承，科普教育也是一代一代必须做下去的，尽量利用当代的各种先进媒体设备和展示手段。另外还要扩大宣传，走出去，现在他们已经做得很好，经常和外面进行交换展览。不管怎么说，周口店遗址在世界上还是独一无二的，它的影响力、重要价值是无可取代的，应当让它更加深入人心。

从人类有意识地思考问题时起，我估计人类就开始考虑自己是从哪儿来的。在孩提时代，每个孩子都会问妈妈，自己到底是从哪儿来的，我估计大部分人小时候得到的答案都是从路上捡的。但现在人类衣食无忧之后，思考的问题就越来越多。人们对自然和社会的认识程度会直接影响到现在的生活状态和工作状态，也就是说只有我们正确地认识了人的由来，生命及自然界发展演化的客观规律之后，我们的思想认识才会得到提升，我们才会更好地把握工作和生活中出现的各种问题。人类在更透彻地了解了人类发展的自身规律之后，对正确的精神世界观的建立有很大帮助。

吴秀杰

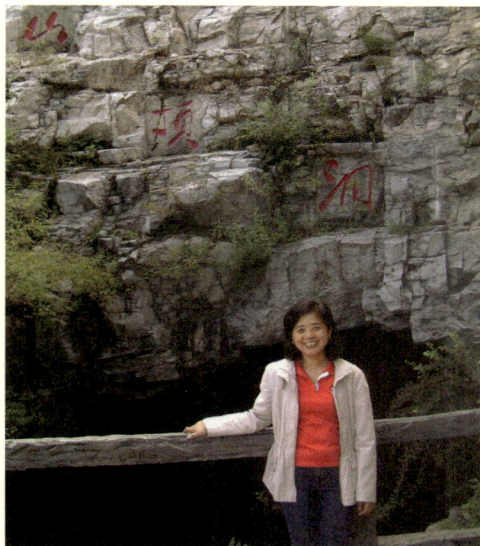

　　吴秀杰，1968年5月出生，中国科学院古脊椎动物与古人类研究所研究员，从事古人类形态和脑演化研究。围绕中国古人类的起源与演化，开展了长期的野外调查和研究，在道县和东至发现重要古人类化石，证实东亚最早现代人于8万—12万年前在华南出现。对许昌人等化石的研究发现早期现代人出现过程中的演化多样性并与欧洲尼安德特人发生过基因交流，提出存在未知的古老隔离人群。这些研究证实中国古人类演化的连续性及与其他地区古人类之间的联系，否认来自非洲的早期现代人6万年前进入中国的观点，在一定程度上支持了中国古人类"连续进化附带杂交"的学说。在古人类健康与生存适应方面，发现中更新世晚期人类受到暴力损伤后长时间存活的证据，报道了东亚地区古人类最早的龋齿病例及更新世古人类罕见的先天遗传病例，为探究更新世古人类灭绝或被替代的原因提供了新证据。在《科学》（*Science*）、《自然》（*Nature*）、《美国科学院院报》（PNAS）等期刊上发表论著90余篇。

演化过程中的变化。

我第一次到周口店遗址是2001年，当时主要是了解一下周口店的背景，加深一下印象，感受北京猿人生存的地方。通过对北京猿人颅内模的研究，了解直立人阶段脑的形态特征的特点，通过对脑形态特征的研究分析，确定在进化过程中各个脑叶都有什么变化以及具体的演化过程。有关周口店直立人的脑演化的过程，我发表了一些文章，其中一篇文章——《周口店直立人5号颅内模研究》，发表在英国的皇家学会会刊 *Proceedings of the Royal Society B*。此外，我们又对周口店六个颅内模进行了综合的分析，相关文章发表在美国的 *Quaternary International*（《第四纪研究》）上。我们又在 *Chinese Science Bulletin*（《科学通报》）等一些杂志上相继发表了一些颅内模方面的文章，其中一篇文章对周口店直立人大脑的功能进行了分析，发现北京猿人的大脑具有左右不对称性，说明在50万年前的直立人阶段，人类大脑已经存有一侧优势的现象。相比其他五件周口店直立人颅内模，5号直立人的脑量相对较大，形态上也表现出进步的特征。我们通过分析发现，周口店直立人的语言区比较发达，说明当时他们已经有了语言的能力，但是还不会说话。

通过这些研究，我们可以推测周口店直立人脑的发育水平。研究表明他们脑的发育水平已经相当高了，这样对他们制作石器及其他行为方式提供了解剖结构上的基础。我的博士导师是吴新智院士和刘武研究员，此外也得到了国外的一些专家的指导，比方说像美国佛罗里达大学的谢盼慈(Schepartz)教授。对颅内模最早进行研究的是德国的解剖学家魏敦瑞，他对周口店3号颅内模进行了描述。当时在我国还没有人对古人类的脑进行过研究。1943年，魏敦瑞出了一本书，对周口店发现的人类化石进行了详细的描述。当时有个著名的解剖学家德日进，他复原过周口店的一些颅内模，由于受技术和研究方法的限制，只是用手工的方法复原了颅内模。2000年以后，先进的CT及三维激光扫描技术出现，我们才可以采用新的方法和手段，在不破坏化石标本的情况下，3D虚拟复原出颅内模，从而对其进行更细致的研究。

丢失的北京猿人头盖骨当时制作了非常好的模型，保留了原始化石标本的外表特征。另外，老先生们在20世纪40年代手工复原的颅内模标本，给后人留下了珍贵的研究材料。很感谢前人留下的珍贵标本和模型，在他们研究的基础上可以进行更深一步的数据挖掘。头盖骨模型和真实的古人类头盖骨化石，二者还是有很大区别的。不同于化石材料本身，模型只是头骨表面的一个特征，骨壁内部的解剖特征，它就没有了。另外，我们采取高分辨率的CT技术，这个技术应用到模型表面的特征还是可以的，像我研究的颅内模，因为颅内模本身就是个模型，所以对我来说没有什么影响。

另外，老先生们制作的周口店直立人模型是用石膏做原料的，收缩性很小，保存得也非常好，好多细致的特征都保存下来了。开展颅内模的研究，具体来说是我自己提出来的。来古脊椎所之前，我在大学当老师，从事过动物神经生理学的研究，具体就是对老鼠的脑进行研究。来到所里以后，我在标本馆实习时，就发现了好多颅内模标本，经过查找资料我发现，这些重要的颅内模标本就是人脑的模型，这还是我第一次接触到古人类的脑模型。在整理这些脑模型的过程中，发现了当时复原的周口店5件颅内模标本，就是之前提到的老先生制作的，非常好的模型。大脑表面的信息，包括脑的枕叶、额叶、顶叶，脑膜中动脉，还有静脉系统，都非常清楚，当时我非常感兴趣。读硕士研究生时，我的指导老师是刘武研究员，我提出想从事脑演化方面的研究。刘老师觉得难度挺大，说这个在我们国内还没有人研究过，如果你想试试，你就可以试试，鼓励学生有创新。刘武老师帮我联系了国外的一些从事脑演化研究的学者，提供一些参考资料给我。后来我就给一些国外从事这方面研究的学者写信，他们都比较鼓励我。

在我进入古脊椎所学习的过程中，对我影响最大的就是张银运老师，他现在已经退休了，我好多论文的思路都是他给我的。他也是从事周口店研究的早期学者之一，参加过周口店直立人5号头骨的挖掘工作。张银运老师每星期都会来所里，指导研究生做论文，在论文上遇到任何问题，他都会耐心细致地指导，对年轻人非常关心，也给了我很多帮助。我觉得老先生们都非常值得我们钦佩，他们都特别勤恳，工作热情高，令我们非常感动。现在的年轻人估计很难做到这一点了。裴文中老师主要从事石器的研究，他对周口店遗址的地层、石器的描述非常好，非常详细。所以我们在写文章的时候，对周口店遗址背景的介绍就起到了很大的作用。

颅内模相关成果对研究北京猿人的重要性

我是从几个方面来研究颅内模的。其中，最重要的一个方面是颅容量（脑量）的研究，周口店直立人的颅容量在900毫米—1100毫升之间，在人类进化过程中处于直立人演化的一个中间的位置，比现代人的脑量平均要小一些。第二个方面是研究脑表面形态特征的变化，我们在研究过程中主要分析额叶、顶叶、枕叶的形态特征及其相对比例关系的变化。周口店直立人的额叶比较扁平，其顶叶相对稍微长一些。周口店直立人脑的形态特征和现代人不同，现代人的顶叶呈圆隆状，而周口店直立人的顶叶侧扁，没有凸起来。周口店直立人的枕叶比较后凸，这是为什么？就说明他的视觉比较发达。一般的枕叶后凸，视觉都是非常发达的，像灵长类一样。我们现代人一般枕叶后凸度又减小了。我们通过对脑的研究，一个是分析一下在直立人阶段，脑的形态特征是什么；另一个就是对比一下在人类进化的过程中，随着智力的提高，脑的形态特征发生了怎样的变化。周口店的标本，因为被发现的个体数比较多，颅内模的复原也比较完整，已经成为世界上各国古人类学家研究脑进化的一个最重要的对比研究材料。

以往学者主要是侧重于对头骨外表形态特征的研究，虽然也有人对颅内模进行过关注，但主要是描述一下它的大体形态结构，比如额叶的语言区是否发达，脑量大概是多少。颅内模是脑表面的一个结构，和头骨复杂的特征相比，其包含的信息确实较少。古人类化石比较罕见，所以我们在对化石进行研究时，需要收集各方面的信息，需要对比大量的国外发现的化石标本，从整个人类进化的角度来进行研究，比方尼安德特人。欧洲或者非洲的一些标本。为了对比周口店这些颅内模，我去了南非、肯尼亚、西班牙、美国等一些国家收集对比数据，如美国自然历史博物馆，金山大学等等，观察对比保存在那里的古人类标本和模型。迄今为止，在非洲、中国、印度尼西亚及欧洲地区都发现了直立人标本，世界各地直立人的颅内模，其形态特征都有很多相似之处，但是也有不同的地方，显示出地区之间的差异。古人类学科是世界性的，需要对比全世界范围内的化石标本。我们在进行研究的时候，需要对比国外的一些标本，同时国外的古人类学者进行研究的时候，也要对比我们国家的标本，增进国际合作在古人类领域显得尤其重要。

很多人对颅内模方面的知识还不是很了解，在进行古人类讲座的时候，需要增加脑演化的相关内容，如人类进化过程中脑量是怎么变化的：南方古猿的脑量约400毫升左右，演化到能人后脑量达到700多毫升，到直立人阶段脑量增加到1000毫升左右，到早期智人阶段脑量上升到1200毫升，现代人的脑量平均1400毫升左右。另外，我还会介绍一下脑形状的变化。在人类进化过程中，脑的形状变短变高，凸度增高，脑的沟回增多，所以脑细胞也相应增多了，人类的智慧是不断地增加的。

在周口店的颅内模研究过程中，最难忘的就是要自己手工复原颅内模。记得2006年在进行和县直立人颅内模的研究过程中，文章投稿以后，编辑提出增加30例现代人颅内模的对比标本。但是标本馆没有，所以我就跟负责模型制作的赵忠义老师学习怎么制作颅内模。我自己摸索着复原了32个现代的颅内模。当时复原的时候，因为水平不高，所以弄得满身都是胶和石膏，印象非常深刻。

当时我复原现代人颅内模的时候，选择的是我们标本馆保存的华北人头骨，头骨是切开的，对初学者来讲相对容易些。制作的时候，先往头骨内侧面抹三层胶，再贴上一层纱布，增加强度。复原以后的颅内模，可以看出前囟点和人字点。前囟点前面是冠状缝，之后是矢状缝、人字缝，都能看得很清楚。在颅内模上我们可以看见脑膜中动脉——供给脑营养的一个血管系统，还有它的静脉系统。脑量的计算方法有多种：一种是颅内模排水法；第二种是利用3D激光扫描的方法（先扫描颅内模，再用3D复原软件直接计算出脑量）；第三种方法是公式法，通过对颅内模的测量，获取脑长、脑宽、脑高，还有额叶的高、枕叶的高、小脑的测量数据，利用公式计算出脑量。将脑量大小、脑形态特征的变化，与世界各地不同演化阶段颅内模的变异情况进行对比分析人类进化过程中脑的演化过程。此外，我们还要对比各脑叶在进化过程中有什么变化，比如额叶是不是发生了变化，顶叶还有枕叶发生哪些变化。我们还用几何形态分析的方法，来分析一下它形状的变化过程。另外，在研究过程中，我们还看一下它表面的沟回的变化。比方说语言区，现代人的比较发达，但是特别早的人类，例如南方古猿就不是很发达，没有语言的能力。语言的能力是从能人开始的。主要就是从这几个部分来进行研究，内容还是比较丰富的。

北京猿人的脑比较扁，脑高较现代人低，其形态特征同现代人有很大不同。额叶下面是语言功能区，"北京人"的语言区——额沟回发达，可能已经具备了语言的能力。我们可以对比一下，南方古猿的颅内膜，脑量非常小，只有400毫升左右；周口店3号的颅内模与之相比，脑量已经增加了。从脑的形态特征来看，周口店直立人的脑比现代人扁。现代人两侧的顶叶已经凸起来了，而周口店直立人还没有完全凸起来。现代人脑量最低值1000毫升左右，脑量大于1000毫升，基本上智力就不会出现太大的问题，周口店直立人的脑量已达到现代人脑量变化范围的最低值。周口店直立人的脑膜中动脉和现代人是有区别的，现代人的脑膜中动脉的前支是比较发达的，后支的分支比较少，也就是说，血液前面供应是比较多的；而周口店直立人是后支比较发达，而前支的分支比较少，所以血量的供应是后面比较多，所以他的视觉器官比较发达。到了晚上，周口店直立人的视力要比现代人好，看得更远一点，有利于躲避敌害。

未来对脑演化研究工作的期待

下一步我计划对周口店的头盖骨进行更深入一些的研究。我也期待未来周口店能发现更多的化石材料。很遗憾，我没有参加2009年开始的那次发掘。但是中间我去参观了一次，我看到工程量非常大，遗址的堆积层胶结很硬，可以想象发掘的困难很大。

我再去周口店的时候，感觉变化挺大。第一次去周口店的时候，还是老馆，没有建新的博物馆。当时我感觉周口店遗址是非常神圣的，建筑都是老式的陈列馆，非常朴实，各个地层都非常清楚。我参观过新馆，比较现代化，但是我们是从事古人类研究，还是喜欢那种古老的建筑。

其实，我们还有很多工作没有做。比方说对脑演化，我们还要进行更深一步的研究。周口店除了脑，还有头骨、牙齿，很多人类化石都没有进行深入研究。在20世纪40年代的时候，解剖学家魏敦瑞写过一本非常详细的书，他把周口店的人类化石描绘得非常好，这本书现在一直是古人类学的一本经典教材。可以说在以后的这些年中，还没有哪本书能超过魏敦瑞写的这本书。但是因为当时发现的人类化石很少，当时魏敦瑞所对比的人类化石也很有限。现在已经发现了更多的人类化石，所以有必要对当时他提出的一些假说，或者形态特征做进一步的验证。所以未来我们希望有一些研究生能够从事这方面的工作，用更多的对比数据来验证魏敦瑞的一些观点。

最近我们有一个研究人员邢松，对周口店的牙齿进行了深入的研究，他的博士论文就是关于周口店牙齿的。周口店的化石丢失了，但是真正的标本还有一些牙齿，他采用先进的方法对牙齿内部结构进行了研究。周口店古人类化石脑进化的研究，为我未来的工作奠定了一个研究的基础。因为我最早的研究是从周口店那个颅内模开始的，所以到现在我也一直在从事与脑进化相关的研究。我现在主要的工作是去安徽和湖南。我们研究湖南的牙齿化石的时候，要对比周口店的牙齿化石，它是一个最基础的数据。我们研究安徽或者河南等地区发现的头骨时，都要拿周口店发现的头骨的数据进行对比。我们最近在安徽发现了一个华龙洞遗址，其中有一个比较好的头骨。这个头骨的形态特征，比方说眼眶的形状，与周口店直立人进行一个详细的对比，结果发现它和周口店直立人有相似的地方，也有不同的地方。就是通过一个特质特征的研究，然后探索一下安徽华龙洞头骨和周口店头骨是否有亲缘关系，探索他们迁徙的路径，这样也可以追溯一下我们中国人起源的过程。现在研究还没有正式开始，最后的结论还没有确定下来。

通过对脑的研究可以探索一下我们现代人的祖先，他们的脑是什么样子的，是如何进化的，也是满足现代人的一个好奇心，了解一下我们的过去。

张双权

张双权，1972年5月出生，陕西铜川人，博士，中国科学院古脊椎动物与古人类研究所副研究员、硕士生导师、中国科学院大学岗位教授，周口店古人类学研究中心副主任，主要研究领域为脊椎动物埋藏学与旧石器时代动物考古学。

2011—2015年任周口店第1地点西剖面抢救性清理发掘领队；曾先后参与包括宁夏水洞沟、周口店第1地点、周口店田园洞、安徽淮南人字洞、北京房山黄山店、辽宁朝阳马山洞等近10处重要古人类旧石器时代遗址及第四纪古脊椎动物化石地点的发掘和研究工作；2006年至今先后主持国家自然科学基金面上项目及中国科学院战略性先导科技专项子课题等科研任务，并作为课题骨干参与了科技部重大基础专项、中国科学院知识创新工程重要方向项目、中国科学院前沿部署项目等科研课题。目前已在国际、国内学术刊物发表科研论文50余篇。

1935年发掘周口店第1地点（猿人洞）场景

周口店猿人洞的新发掘、新发现

张双权

人和动物之间的关系

我在西北大学本科阶段是地质学专业，研究生阶段则是研究古生物化石的，应该说与目前所从事的专业相关性还比较大。1997年硕士研究生毕业后我就进入古脊椎所工作。周口店是古脊椎所下面的一个管理处，对外当时叫博物馆，实际上它也是研究所的一个分支机构。在那儿做了几年的管理和科普工作，平时我一般在办公室，周末有时候也去博物馆讲解一下。如果有一些比较重要的客人或者专业性的团队，我偶尔也会带一下。到了博士阶段，就与周口店的工作关系更密切一些，完全是考古性的研究，探讨的是北京猿人时期或者远古时期、史前时期人和动物之间的关系，或者说是"人是怎么获取这些动物"的。动物作为人的一个邻居，当然也有可能是人的食物来源。食肉是早期人类非常重要的生活方式，那么肉是通过怎么样的方式得来的，是一个比较重要的研究课题。

在周口店的研究历史上，周口店遗址出土的大量动物化石，它的来源到底是怎样的，是否与北京猿人的狩猎行为相关？对于行业外的许多人来说，他们看到猿人洞中出现了大批动物化石，尤其是那些食草类的动物，比如说非常具有特色的肿骨大角鹿、葛氏斑鹿等等，那么许多人的第一感觉肯定是，这些都是北京猿人狩猎的结果。北京猿人通过狩猎活动获取猎物，然后在洞内对这些动物进行肢解，食用之后留下的骨骼残骸被保留到现在，最后变为化石。包括现在博物馆的宣传中，可能以前许多媒介也是这么说的。那么具体过程是不是这样呢？可能目前从国际范围来说，也不是铁板一块。因为学科都发展了，早期大家是很朴素的感觉，因为这些动物化石是和人类化石、早期人的工具一同出现的，是和早期人类用火的证据，比如说灰烬、烧石、烧骨等这些人类的其他文化遗迹在一起的。我们可以很自然地联想到，动物化石肯定是与人相关的，是人类生活的某一个侧面，或者是人类生活的一个窗口。

20世纪80年代之后，国际范围兴起的一批对早期人类遗址形成过程的研究，尤其是对动物骨骼进入遗址的过程这个问题的关注程度越来越高，结果就发现这个问题复杂得多。尤其是对洞穴这样的环境来说，早期的洞穴在某种程度上不光是人类的家，也可能是大型食肉动物的家。比如说猿人洞中出现的鬣狗，它是经常会占据洞穴的一类大型的食肉动物，它们也会猎捕大量的食草类动物，可能也会把它们的骨骼带进洞内。那么洞内的这些食草类动物的骨骼是不是与鬣狗有关，究竟是鬣狗的食物，还是人类的食物？甚至更严重一点地说，猿人洞中出现的人类化石是不是也有可能与鬣狗有关，这些都是西方学者当时争论比较多的。除此之外，20世纪80年代至今还有一些有关北京猿人遗址性质的非常广泛的争论，还有关于北京猿人用火的争议等，当然这些也都是好事。早期都是一些科学的基础事实或者基础材料的获取，随着学科的发展，如果有新的解读，有新的进展，当然是好的，死水一潭不利于学科的发展。如果所有的东西、结论都已经拍板定案了，从某一个角度来说，这个学科也就失去了它发展的动力和源泉。

我对周口店遗址研究的一些想法

我研究的也是与周口店遗址相关的一个方向，就是看猿人洞中出现的动物化石，是不是与人的活动有关。当然不光是猿人洞，也包括国内其他考古遗址中我能够接触到的某些重要的地点。这些化石地点，是人类生活的反映，还是自然造成的，这是一个基础问题，也是动物骨骼进入遗址的见证。假如确确实实是人类行为的残留，那么就要进一步研究它是人类通过怎样的方式来获取的，获取之后对这些动物又有怎样的一些加工过程，从中又反映出人类怎样的行为能力，或者说他们的一种社会化组织程度等好多方面的信息。

关于火塘的说法也是很有争议的。我觉得是不是火塘可能需要做一系列的工作来确认。实际上对早期遗址来说，尤其几十万年前的考古遗址来说，对火塘的鉴定难度非常之大。从主要现场发掘的场景来看，由一些石灰岩块累积成一个半圆形、圆形结构，有点类似于咱们现在在外面用石块砌成的一个小的用来圈火、挡火的东西。在洞穴的环境之内这样就能够让火在人类的控制之下进行利用，便于控制火的大小、燃烧的时间等等，不至于对周边的其他生存活动造成影响。这样的结构符合某种程度下对人类控制用火的一种直观的感觉。但是是不是有控制地用火，不能光取决于外观的结构，还要看它的组织学的结构，对土壤进行一些切片，看它的层级来源是不是原地的。另外，土壤中间是不是有人类用火的残留。比如说，树木烧过之后有草木灰，经年累月之后，可能会有硅质集合体。有些物质要通过理化分析来确认。当然直观来看，我们当时看到的这个火塘，有一些灰黑色的东西刚好就在这些石头垒成的半圆形之内，那么至少从表面上来看，是符合火塘的若干特征的。但是对周口店这样一个性质比较重要的点，对火塘的确认还是需要更严谨一些。

我们做了一些理化性的工作，某些结论应该说是支持它是火塘的。包括火塘周边的一些烧结物，变成红色的堆积。有一些理化分析表明，它可能都是经过高温实践的，甚至达到700℃的高温。在目前的考古研究中，许多学者都认为，700℃是只有在人工控制的条件下才能够达到的温度。此外，还有一些其他的元素分析等确认了这一点。但是，从我的观点来看，这个火塘目前比较欠缺的一点证据就是中间没有发现动物骨骼、动物化石。人类点这个火塘的目的是什么？当然不一定完全是为了烤肉吃，也有可能是为了照明，或者在洞口燃火防止野兽进入，那么火塘不出现动物骨骼似乎是正常的。但总是感觉缺少一点东西，或者说至少有一点美中不足吧。另外在对火塘进行微形态分析之前，我们还不能说它就是一个火塘。因为火塘首先强调的是原地的，而在土壤组织学工作没做之前，我们无法确认这些土是原地烧的还是在外面烧过带进来的。所以从目前来说，我自己也不敢下结论。

2002年博物馆划归北京市，也就是归房山区管辖。后来我参加了周口店的一些发掘工作，比如说田园洞，当时我也参与了野外工作和部分室内的工作，再之后才是猿人洞的西剖面发掘工作。大多数时间内，我是负责野外工作的。这个工作在调控和最后的组织方面是由当时我们研究所的副所长，我的博士生导师高星老师负责的，我配合高老师共同完成这项工作。后面几年的野外工作是我来负责的，从发掘的结果来看，不能说没有什么收获，但是肯定是没有达到，至少是没有达到公众的希望。大家所希望的是发现一些引起媒介和社会公众关注的猿人头盖骨化石。但是从我们的角度来看，我们做发掘或者叫清理性工作，应该说获取材料并不是第一目的，因为猿人洞的西剖面是古人类学，或者说第四纪地质学的一个非常典型的剖面，非常好的材料现存体，把它保存下来是有非常重要的价值的。这个剖面或者说堆积体，经过多年的风吹日晒，已经有非常大的隐患了。我们启动这个项目的最初目的，就是"保护性清理发掘"，所以说"保护"是主旨。当然在保护的过程中，由于我们要按照现代的考古发现的规范，精细程度或控制程度比之前的发掘应该会好一些。在这个过程中，有一些材料的产出，包括疑似火塘、红色烧结面等，更多的是出土了一些石制品、动物化石，合计起来也有一万多件。我们这次发掘出土的大多都是比较破碎的材料，很难发现完整的动物头骨、下颌骨，尤其是在我们关注的第4层。看似价值没有以前的材料大，实际上恰恰相反。对考古遗址或者说对古人类的活动地来说，如果经常发现完整的动物头骨和下颌骨，就要怀疑这个点是不是与人的活动相关。

在早期考古遗址中，如果动物化石与人类活动相关的话，通常情况下，尤其是在中国北方地区，骨骼都会被古人类砸碎，为什么？因为他们要获取其中的骨髓，当然也包括头骨里面的大脑等营养物质。目前在国际范围内，好多考古遗址都已广泛确认在与人类活动相关的遗址中，大多数情况下发现的骨骼都是破碎的，这是人类的活动密切的真正的反映。所以说我们这次的发现还是有一定的科学价值的。

另外对于石制品、动物化石，相比较以前，我们是有更好的地层控制的，避免了以往把某一个大的层统在一块的问题，也就避免了信息的混淆。这个可能不太好解释，但确确实实是这样。就是说做任何工作，越精细，那么你得到的信息可能就越准确。我们这次已经尽最大努力争取对遗址本身造成最小的破坏，对材料造成最低程度的破坏，能够对材料做到最大程度的获取，信息得到最完整的保留，这是我们的一个目的。

为什么要进行"抢救性清理发掘"

现在一提到周口店的发掘考古，大家老觉得高科技能解决很多问题。实际上我个人感觉，考古发掘本身更多的还是基础材料，同时人的理念也要有一些发展。具体的高科技的运用能够解决考古的多少问题，至少在野外发掘中，在猿人洞这样的环境中，是很难体现出来的。

我们当然会使用全站仪记录出土物的位置，或者我们所用的这些电脑，它也算是高科技吧。但实际上这些东西，在目前的考古规范下，已经是常规性的东西了，我并不认为它一定算是什么高科技。考古本身最终还是一个理念，就是说在不同阶段的发掘工作中，你关注的东西不一样了，你想的东西不一样了，那么在具体的发掘过程中，你要采取的手段和技术保障就不一样了，这是一个进步。到了室内研究之后，会有一些科技手段的介入，这是没问题的，也会解决很多的问题，会具体到材料层面。我们在野外还做一些三维扫描，这也许是大家觉得科技含量比较高的。

猿人洞是比较厚的堆积，历时也是数十万年。北京猿人的化石是出自于不同层位的，第8、9层是猿人化石出土比较集中的一个层位。除此之外还有其他的一些层位，比如我们所说的第10层，或者也有人称之为第11层，这个都无关紧要，还有我们看到的第3层、第4层都有动物化石。我们目前对西剖面的清理工作只是完成了第3层、第4层和第5层部分堆积。我们现在的工作比较集中的也是在第4层。在早年的发掘中，也是在同一层位中，当然是在洞穴的不同部位，曾经有过人类化石和大量的石制品，包括人类用火的一些遗迹、遗物、烧石、烧骨、灰烬等都是在这层出现的。第4层早年就是人类活动非常集中的一个区域，或者一个时间段，我们当时叫"上文化层"。

我们这次的发现，如果从对早期工作的研究或者说对早期工作的补充来说，第4层是一个比较好的例子。我们的发现证明了早期的一些结论应该都是经得住考验的。但确实早年发现的人类化石在这一层这次没有发现。为什么？一是我们发掘的面积较小，早年是上百平方米的，当然可能不止上百平方米，这次的发掘只有十几平方米。另外，还有洞穴的位置不同，它的状况是不一样的。但是从基本面貌我们可以看出，无论是早年的发掘还是现在新的发掘，这一时间段都是人类在周口店地区活动非常频繁的一个时期。早年有证据，我们现在也有证据，两个吻合度很高。我们也发现了大量石制品，都在同一层中，而且这一层中也有大量的灰烬，也有烧石、烧骨出现，尽管不是在我们所谓的疑似火塘中，但是在其他部位有。从这一点来说，我们对早期的工作某种程度上也提供了一个证据，但我觉得这次工作获得了更多的样品才是关键。在做好保护的前提下，使获得的材料和样品最大程度地发挥它的科学效力，能够提炼出一些早期无法提炼到的信息，这才是我们工作的真正价值所在。

现在发掘和整理的工作还在进行中，所以准确的结论不敢说，但是宏观的框架是有了。现有的证据完全支持早期学者所说的这一阶段，这个层是"上文化层"，是人类活动的密集期，或者说这个时期至少周口店地区是非常适合人类生活的。我相信他们利用了周边的自然资源，比如说大型动物，我只是说"利用"而不是"通过狩猎"。在某些骨骼上，我们发现了人类早期使用工具留下来的痕迹，我们把它叫"切割痕"。人类要吃肉，都会利用洞内发现的石制品等工具，把肉割下来。在割的过程中，有些石制品的刃还是很锐利的，偶尔工具就会碰触到骨骼表面，会在骨骼表面留下一些痕迹。某种程度上，或者在某些情况下，这些痕迹是会保留下来的。我们只是在初步的整理中就已经发现了几件标本表面有早期人类遗留下来的工具的痕迹，是人类吃肉的证据。就是说，北京猿人是吃肉的，确确实实证明了这一点。但是肉是怎么得来的，是他狩猎得来的，还是捡拾野外自然死亡的动物或其他食肉动物杀死的动物，在研究没有结束之前，还没有证据能说明。

现在进行的发掘整理工作可以说是对早期工作的补充，但也有一些不同的地方，不过并不否定早期的结论，而只是说由周口店猿人遗址形成过程的复杂性，或者说早期人类遗址形成过程中的多样性决定的。比如说在第3层南裂隙的发掘中，包括原来主堆积的发掘中，都发现有人类化石，而且有石制品。但是在我们发掘的第3层这个部位，就是西剖面这里，我们没有发现确切的石制品，也没有人类化石，却发现了动物化石，基本上都是完整的骨骼。完整的动物骨骼出现的话，很多情况下说明这些动物骨骼与人没有关系，是由于自然原因进入洞穴的。第3层的研究基本上结束了，我们的研究结果也证明了这一点：第3层在西剖面这个位置，是没有人类活动的。这个和早期就差别比较大了，但我们不是说早期就错了，因为早期的记录包括它的发掘，出来的东西客观在那儿放着，只能说洞穴的不同部位，它的发育历史是不同的，所以洞穴的形态是不一样的。可能当时这个洞穴在第3层堆积形成时，主堆积的部位，包括南裂隙这个部位，有一些天然的顶篷，形成了一些遮挡，便于人类在里面居住，或者短期的生存。但是根据我们研究发现，当时西剖面的洞顶已经完全塌了，甚至连一个延伸出来的岩棚都没有，凸出来的一块岩石都没有，就是一个敞开的状态，没法给人类提供良好的遮蔽场所。它就是一个自然的环境，我们把它解释为陷阱，天然的陷阱。在龙骨山附近活动的动物，因为各种自然因素，掉进了洞内，与人没有关系。所以说某种程度上，我认为这些是对早期工作的补充而不是否定，尽管它们两者是不同的。

其他方面的结论还不太好说，现在毕竟还没有研究完，提炼信息还没结束，目前不能过多地发挥。考古工作真的不是一蹴而就，几天就完成了。你想作家要写一个长篇，或者就做一些工作，还得几十年的积累，何况我们很多材料都需要修理一下。石制品还好，有些动物化石在猿人洞内，就相当于在骨头外面裹了一层水泥。最可怕的是，某些地方"水泥"就渗透到骨头里面去了。你说要把骨头提出来，难度有多大？所有的动物骨骼表面都或多或少有这些东西的残留，这些东西在骨骼表面就严重影响了我们对它的观察。到室内之后，会有一些所谓的现代科技手段的介入，至少我们在显微镜下或者体式镜下观察，还有在扫描电镜下的观察，都需要把表面这些不属于骨骼本身的附着部分清除掉。几万件标本，这个工作量是需要比较长的时间的。

我们现在的发掘叫作"抢救性清理发掘"，就是因为在发掘之前，猿人洞的土体堆积经过半个多世纪一直暴露在外，没有遮挡。猿人洞本身各个层的物理属性是不一样的，有些层是非常非常坚硬的，我们把它叫作钙板层；有些层却是非常非常松散的。经过长年的风吹日晒，加上水流，造成的影响不是一点两点的。发掘前的剖面，就是凹凸不平的、犬牙交错的状态。有些地方比较硬，抗风化能力强，岩石整个就出来了。总之，当时在现场看这个剖面，稳定性非常差，甚至不排除在一定程度下，或者某些时间段，剖面会有较大规模坍塌的可能。而且发掘开始的时候，在第3层顶部，我们曾经发现有大概二三十厘米宽的裂缝，整个从剖面上斜着就过去了，应该是从东南向西北方向延伸的一个大的裂缝。那么它最后造成的结果就是垮塌下去，对底下地层的冲击可能是比较大的，对剖面其他部位的安全，包括剖面里面的材料的保存，都会有影响。

我们定位的"抢救性清理发掘"，首先一点就是要清理掉剖面上存在的不稳定的因素。要把这个剖面切成一个相对安全的角度，把凹凸不平的状态改变了，把剖面表面的一些大的石块、孤立的石块清除掉，这是当时的一个初衷。这项工作已经得到了国家文物局的批准。另外我们在发掘工作中，具体的流程上，尽量避免对本体造成更大的破坏。比如说，早年的发掘利用了炸药，尤其早年的炸药爆破性比较大。我们这次发掘，因为某些层面确实非常致密结实，就跟水泥板一样，仅靠传统的考古工具，如刷子、小锤子、小镊子这些肯定是完成不了的。我们就用了电镐，这个电镐是德国品牌，它在使用寿命、力度的控制以及速度的控制上都很好，而且我们只是在堆积非常致密的地方小范围地使用，大部分情况下还是使用传统工具。何况我们做的面积比较小，影响并不大，我们已经尽了最大的可能来减少对遗址本身的破坏。我知道有些人可能认为，这个东西没必要做，不一定要进行抢救性发掘，就让它在原地保留自然状态。他们觉得不可能在一天两天内倒下去，但实际上如果他们到现场去看的话，就会知道这项工作已经是迫在眉睫了。我们当时也有照片，在发布会上也展示了，大裂缝外面的堆积体就有几十个立方，大裂缝下面又有突出来的堆积，上面垮下来对下面的冲击有多大，谁也不好说。我觉得这个工作还是有必要的，对一个剖面的展示来说，做一下新的发掘也是有价值的。

新发掘的剖面，把一些新鲜的、原始的地层暴露出来了，尤其是第4层刚刚发掘完的时候，哪儿是灰烬，哪儿是钙板，哪儿是人类生活密集地带，哪儿是文化的空白区，一看非常清晰，色彩看起来比较亮眼，普通观众也能够看出来，对专家来说更是如此。许多考古的、研究地质环境的人，到野外对地层进行判断，判断它是否与人相关，判断它的地质成因过程，实际上都是要根据新鲜的暴露出来的剖面来做出。

考古本身是一个学科，或者是某种知识经验的传承。老先生们在某一个学科内形成一个规范，或者说是中西融合之后形成的国际通用的一套准则，那么我们只是沿着这个道路继续走。也许我们做的方向和方法与老先生们的相比差别比较大，但都是在规范体系中一路走下来的，这里面都有老先生工作的痕迹。具体来说，在我这个方向，实际上在裴文中先生早年的发掘中，已经注意到了猿人洞动物化石的来源，他已经认为猿人洞可能不单纯是人类生活的地方，其中可能有食肉动物大量的活动。也就是说猿人洞中这些食草类动物可能不完全是人类的食物，裴先生已经意识到了。只不过当时大量的生态研究，或者说是实验研究还没有。也就是现在我们具备的许多研究的素材，或者对比的素材当时是没有的，所以这个工作没有进行下去。因为裴老研究的学科比较多，他会优先解决当时比较成熟的学科。应该说我们任何一个方向，都有他的研究思路在里面。20世纪60年代末国际范围内做这个工作的只有一两个学者，这个活动真正开展起来是在80年代。但是在二十世纪三四十年代，裴老已经有这方面的科学敏感性，或者说有科学的一种先见，这是相当了不起的。

对周口店未来工作的建议

博物馆想做事，而且想做的事肯定非常多。我觉得周口店有做事的决心，也做成了一些事，他们经常做一些海外的展览，做一些素材的收集，这都是很好的工作，但这个工作实际上都需要专业的研究人员来介入。如果能进一两个专业人员，我觉得是好的，对博物馆的发展也是有利的。但是，从我个人的角度来说，真正的有研究背景的人进入后要做的，最好定位于科普，而不是做研究，包括所有对外的宣传材料，让它更加专业化一些。

周口店做研究工作的人很多，实际上除了我们，还有一些做体质人类学的。他们在野外发掘人类的头骨、人类的化石和牙齿之类的，用现代的科技手段，重新进行测量，进行国际化的对比，然后探讨北京猿人体质演化方面的问题。我们所刘老师、吴秀杰老师，还有邢松这几个年轻人都在做，做得还都是非常不错的。

从咱们国家目前的管理规范来说，不是鼓励发掘的，尤其在周口店这样的一个全国重点工作保护单位，又是世界文化遗产，不是说你觉得有重要的科研项目就可以随便发掘的，而是限制发掘的。这个我能理解，就像咱们的秦始皇陵一样，现在如果做不到，没有迫切的需要，不发掘也是对的。

21世纪初到现在这十多年，发掘工作一直有，应该说我们这些人运气还可以，有发掘、参与周口店野外工作的机会。像同老师是在21世纪初的时候，发掘了田园洞。那个田园洞目前来看科学价值很大，科学信息很丰富，有许多发现还都是非常重要的。我们对周边地点包括西剖面的发掘，也是这些年可能能够进行的工作，以后有没有这样的机会还不好说。

蔡炳溪

　　蔡炳溪，1955年出生，1971年9月—1977年2月在周口店遗址博物馆任讲解员。

　　1977年3月—1980年2月在南京大学地质系学习。1980年3月在中科院古脊椎动物与古人类研究所实习。1981年5月在周口店遗址博物馆任实习研究员。

　　1985年11月任周口店遗址管理处副主任。1986年2月聘任为助理研究员。1994年11月任管理处第一副主任，主持工作。1996年11月任常务副主任（正处级）。1997年10月聘为副研究馆员。2000年10月任周口店遗址博物馆馆长。

　　2002年12月调回古脊椎动物与古人类研究所，历任所物业主管、安保主管、副处长。2015年10月退休。

1921年试掘周口店第1地点（猿人洞）场景

我人生一大半的时间都在周口店

蔡炳溪

我是周口店的一名讲解员

1971年，在建周口店遗址新馆时，研究所正好要搞展览，就从我们学校招了10个讲解员，我就是这样被选到科学院的研究所来工作的。我们参加工作以后到研究所有一个岗前培训。1971年的时候"文革"最乱的时期已经过去了，所以我们是非常幸运的，从我们的老所长杨钟健一直到裴文中、贾兰坡、吴汝康这几个院士都给我们讲过课。当然给我们这些刚刚毕业的学生讲这些，老先生们都是深入浅出地讲。然后，还有一些年轻的，包括当时刚进所的实习研究员他们带着我们，包括周国兴都给我们讲过课。我学外语也是从这里开始的，从A、B、C开始，上学的时候没有学过外语。从1972年年初北京广播电台第一次播基础英语开始，正好大家有一个收音机，我们边工作边听广播学习。因为前几年很乱，后来大家才开始学习业务，学习科学知识。我们10个人都在学习，但能够坚持下来把整个基础英语学完了的，实际上可能就高克勤和我。我们从一开始到最后坚持每天至少听一次吧，然后也背单词。从1971年一直到1976年，我在这里做了五年的讲解员。1976年我到干校去了一年，正好9月份的时候南京大学招生，我和另外一个同学王友琴被所里送去学习，等于是最后一批的工农兵学员。

1972年尼克松访华以后，中国的大门就开始对外开放了，那个时期外宾就比较多了，大概统计了一下，来房山区的90%以上的外宾都是周口店接待的。我印象比较深的是我接待的宾努亲王，就是柬埔寨的副首相，西哈努克亲王是首相。我全程接待并陪同他，然后他在我们周口店吃的午餐。那五年是周口店接待的观众数量比较多的一个时期，为什么呢？因为当时毛主席有一个叫作学习哲学、学习无产阶级专政的理论，我们周口店的陈列正好是宣传辩证唯物主义、历史唯物主义，和当时的政治活动结合得比较好，所以很多观众来这里参观，包括工人、农民，还有军人。我记得那个时候我们每天要接待十几二十次，一批一批的观众进来，然后我们就是照本宣科，讲周口店"北京人"的情况。

那个时期，从观众角度来讲，尤其是普通的工人和农民，他们对人类的起源和人类的发展过程的东西了解得比较少，他们到这儿来愿意听讲解，也愿意了解整个人类的起源和人类发展的过程。当时我们的陈列实际是一个生物史的陈列，从生命的起源然后到整个生命的演化，从鱼、两栖动物、爬行动物发展到哺乳动物再到人类的过程。所以观众感兴趣的点也不同，比如有的喜欢生物进化这一块，鱼怎么上的陆地，两栖动物怎么变爬行，然后哺乳动物怎么出现，最后古猿到人类的出现，侧重点不一样，所以他们问的问题也不是完全一样的。那个时期有工农兵学员，也有很多大学生来周口店参观，尤其是学历史的、学地质的，他们也希望来这里学习补充课堂里学不到的知识。我们接待外宾讲解时有时候也会用到简单的英语单词和对话，说实在的，我的语言天赋并不是很好，读和看书包括笔记这些方面能力可能还可以，但是我的口语差一些。一些专有名词，外宾不懂的，我们就给他们提醒一下。

我最早到周口店是在1961年前后，因为我父亲到附近的一个煤矿工作，1966年我们家就搬到这个地方，当时我才11岁。那个时期周口店叫中国猿人陈列室，我的印象不深。我们上中学的时候，有时到这里来玩，当时的环境应该说还是很不错的。我记得最早上山的时候，进了停车场以后是台阶，上台阶以后再进去，两边都是树，路不是直的，是弯的，斜着上去就到了接待室，接待室的前边有一个水池，然后再拐弯才能再上台阶到陈列馆。所以当时我记得我们老乡说过"曲径通幽处"，就是这个感觉，一步一个景，你不走到跟前就看不到其他地方。但是我参加工作的时候就把那个路给打开了，台阶变成了搓板路，一下就看到顶了，反而没有那种意境。当时遗址的保护情况还是不错的，因为从中华人民共和国成立以后，除了种树，整个遗址就基本上没有怎么动。附近的一些水泥厂、采石场、石灰厂的规模都很小，基本上没有什么大的影响。后来袁振新先生还打过报告，批了之后才把这些厂子关闭了。

从讲解员到管理者

我从南京大学地质系的古生物学专业毕业之后，又回到所里。我们原来的老所长要求新毕业的学生在所标本馆、图书馆都要进行实习，实习一段时间以后再分到各个单位工作。我又回到周口店是1981年的5月。从1978年开始周口店为了1979年"北京人"发现50周年的纪念做了一个综合研究。综合研究里面有一部分就是周口店遗址的发掘，实际上是在我上学期间就开始发掘，到了1979年做出了一些工作。我回来以后首先协助袁振新先生在周口店继续"北京人"遗址东部的发掘工作。因为第四纪地质尤其是洞穴的发掘，和我在学校里面学到的那些还不完全一样，所以我跟袁先生在这里又进行了差不多一两年的野外发掘。博物馆开放时我还负责一些重要的外宾、领导人的接待工作和一些针对比较专业的参观者的讲解工作，然后对当时周口店的讲解员还要做一些辅导工作。

在遗址东部发掘时发现了灰烬，还找到了灵长类的一个小头骨（后来修出来的），找到一些类似石器的石制品，但没有找到人类的化石。1982年结束的时候就把东部的堆积给暴露出来了。发现东西倒不是说很重要，我们当时主要的目的是把东部打开。到了1985年年底，所里任命我担任这里的副主任，作为袁主任的副手。1994年以后我担任常务副主任，这时袁主任就回到所里，我们这里就没有主任了，所以我开始主持工作。2000年所里搞聘任制的时候，我当了馆长。我在周口店实际上工作了三十几年。我在1985年之前作为业务副手，主要在袁主任的领导下进行周口店当时的发掘工作，还有就是整个周口店的接待工作，而且那个时期正好赶上我们国家的改革开放，所以我所做的工作主要还是旅游方面，后来才做了博物馆方面的工作。真正在博物馆工作实际上是从80年代以后才开展起来。

我印象比较深的是我提出来的我们这个博物馆的宗旨，

总结出来就是：第一点是遗址的保护，因为1987年周口店就被列为世界文化遗产了，所以它的保护应该是我们首要的工作，把遗址原貌保持好，减少它的风化，这是当时一个很重要的工作。把周口店出土的丰富的古人类化石，包括石器、大量的动物化石、文化遗物等向广大人民群众宣传，让他们了解我们人类的历史，这是第二方面的工作。第三点是促进我们研究所和国际上的交流。

1987年周口店被联合国教科文组织评选为世界文化遗产，第一批包括故宫、敦煌莫高窟、兵马俑、周口店、泰山和长城。在这个过程中世界遗产委员会组织的专家，包括国内外的很多专家都来周口店考察，来认证这个地方。当时所里面把我们那些老的院士全都请来了，为他们解说。

1994年我开始主持博物馆的工作，世界文化遗产的牌子给周口店的推广起了很大的作用。那个时期国家也是发生了天翻地覆的变化，尤其在经济方面。我和袁先生一起为了保护遗址，向北京市政府写了一封信，甚至一直给到当时的总书记。为了遗址的保护而搬迁水泥厂，这是一个很费力的工作。因为当地老百姓的生活大多要靠这个企业，所以来自各方的压力也很大。但不管怎样水泥厂是有污染的，山上很多植被到夏天的时候叶子上都是一层灰，污染很厉害，这个我确实是切身感受到的。开始老百姓是非常反对我们关水泥厂的，但是到了90年代老百姓也感觉到污染严重了，因为院子里洗了衣服都不敢晒，晒了就会落一层灰，所以到最后老百姓自己也要求关闭水泥厂。

周口店作为一个遗址来说，保持原貌应该是最好的。建国以后我们研究所建立工作站开始逐步盖了办公用房，当时是贾兰坡贾先生一直任工作站的站长。后来1953年由中科院出资，建了一个300平方米的陈列馆，当时叫陈列室，开始对外开放，接待观众，而且当时观众是很多的。因为那个时候刚解放，老百姓对这个也非常感兴趣，好多人到这儿来看，了解些简单的知识。然后在"文革"期间停了几年，后来建了新馆，叫北京猿人展览馆，为了博物馆的工作需要又建了一些办公用房。但是我们的老所长杨老建议在遗址周边修一条小的柏油路，把整个遗址围起来，保护遗址。贾兰坡院士生前也说过把周口店变成50万年前的样子，让人一进去就仿佛回到了那个时期。当时我们研究所地方很大，但在基本建设方面我们几乎没有做什么，1998年、1999年院里专门拨下来钱，让我们对接待室进行翻修和加固。在陈列方面我们也做了几次改陈，最后一次是在2001年，增加了一些新的内容，展示了一些新的成果。遗址外貌基本上保持原来的样子，但是当时我的想法是应该把博物馆迁出来，把遗址恢复到原始面貌。

值得一提的还有1970年的陈列。当时正是"文革"期间，研究所的研究人员也在搞政治运动，这些科研人员搞了几年以后都已经很疲惫了，每天要写大字报。因为我们这门学科和辩证唯物论有关联，都是很好的教材，研究所就提出在这儿办一个从鱼到猿，从猿到人的生物史的陈列，然后跟我们学校借讲解员，我们学校当时是6个班（当时叫排），以六排为主，然后其他班的每班抽两个学生去讲解。去了以后给我们培训，发讲解词，背下来就行了。我和高克勤那时就到周口店来讲解，讲了一周时间，然后就回学校了。讲解那几天郭沫若院长来了，军代表也来了很多。

为了让遗址博物馆有更好的发展空间，2002年跟北京市政府达成共识共建，房山区政府和我们研究所一起来洽谈具体的事情，主要是登记标本哪些转到地方，哪些收回所里，还有就是我们职工去留的问题。所里面当时的党委书记把我和一个硕士生留在所里面，剩下的13个人留在地方政府。

交接过程中很多业务的开展地方政府不太清楚，我们所还继续帮助他们。比如博物馆的展览，陈列这些标本，因为陈列我们也是刚刚做完一年，所以把这些东西都登记后全盘交给当时的房山区文化委员会，由一个副局长过来交接的。正常的工作该怎么做还是怎么做，每天正常开馆，接待观众。当时我们还是有几个职工在这儿，后来又补充进新的同事和我们一起把工作慢慢理顺，最后都磨合好了。

当时周口店没有自己的标本库，标本都是属于研究所的，博物馆陈列需要什么标本，双方确认后登记即可，现在使用权交给房山区，交给咱们新的博物馆就行了。因为我原来就在这里工作，跟地方干部比较熟悉，包括后来的馆长杨海峰，我们都很熟的，有什么问题大家说一说就基本解决了。

留在地方的十几个职工，原来是中科院的人员，突然让他们把编制落回到地方，他们从心里面是有落差的，但他们照常工作，坚守岗位。所以说留在这里的职工保证了博物馆的正常运行，也才有了今天的发展。

我对老先生们的印象

应该说我最早接触这些老先生就是参加工作的时候，我记得非常清楚，从我们入所，杨钟健所长就给我们详细介绍了研究所。后来包括裴老、贾老都给我们讲课，裴老发掘了第一个头盖骨，贾老专注旧石器的研究。杨老和裴老一个是1979年去世的，一个是1981年去世的。我当讲解员时，一有大的活动，我们所长都会到这里，我们这些十几岁的小孩就跟在后面，聆听教诲。我最后一次接触杨老是在上大学期间，应该是1978年或1979年，我记不太清楚了。杨老从庐山下来住在南京，我们从学校去看他，杨老就问我和王友琴在这里学什么，我们说学古生物地层。他就说你学这个干嘛到南京来学呀，在古脊所全学了。这是我们和杨老最后一次见面。

我们接触比较多的是贾老。贾老对周口店的感情可能更深，包括贾老的儿子跟我关系也非常好。贾老自己说他们家的传统教育就是每年来一次周口店，有的时候都不止一次，带上子女甚至孙子辈。贾老很平易近人，对我们这些小辈非常关心，对周口店的保护贾老也倾注了很多的心血。

中华人民共和国成立以后贾老是周口店工作站的第一任站长，所以他对周口店的感情非常深，从保护工作到陈列，再到科学研究方面他都很关注。贾老每次来我都陪同他，每次到周口店遗址他都会给我讲出一些新的东西来，讲他发掘时候的点滴事情，当时他已经是八九十岁的高龄了，但是思维仍非常敏捷。记得非常清楚有一次，他专门嘱咐我说一定要把周口店看好。意思就是说这是他的家，让我一定给他看好家，一定要把这个遗址保护好，而且应该让它越办越好。

贾老1998年发起了"北京人"大寻找，很多作家、记者、媒体朋友到这儿来了解当时的一些情况，他们要实地来看才会更深地理解贾老讲的这些情况。所以当时我的主要工作还是为这些来采访的同志介绍周口店的情况，包括我所知道的以前的情况和现在的情况，为周口店当时的寻找活动提供一些素材。

贾老联系那些院士发起寻找"北京人"活动，就是想在20世纪末能够找到一些线索。这也是老先生多年的一个心愿。

周口店对我人生的影响

我是1955年出生的，"文革"期间我正好上小学。我们上学的时候没有自己的选择权，不像现在的年轻人毕业以后可以由你自己选择。你自己上学包括参加工作都没有选择，可能相对那些上山下乡的人来说我算幸运的。

周口店算是我的另一个家，心里面一直割舍不下，后来我回到研究所，很长时间都不适应那里的工作。我最初的想法是我在周口店退休，但后来没有实现。我平常非常关注周口店一点一滴的发展，关注电视上每个有关它的新闻，我希望周口店能够更好地发展，为我们国家的科研事业、博物馆事业和旅游事业都起到它应该起到的作用。说实在的，我百年以后不能留在周口店是我的一个遗憾。因为它确实影响了我的一生，决定了我的一生，我这几十年的工作都投入到这里来了。

2002年院市共建之后，周口店的发展比原来要好很多，地方扩大了，保护区的面积也大了。现在遗址也已经逐步恢复到原始的状态，应该说是很好的。真正要做好这个工作下一步应该就是把我们的科学研究和遗址的发展更紧密地结合起来。

另外，现在北京市的所有郊区县大概都有博物馆了，房山区只有我们周口店遗址的博物馆。因为房山区的历史从战国一直到元明清是不间断的，而且塔在北京市是最多的，地上的文物和地下的文物都非常丰富。博物馆也可以把房山区的一些不同时代的文物做临时展览，不仅可以丰富周口店遗址博物馆的内容，还可以增加我们这个博物馆的活力，让来参观的观众除了了解周口店之外，还可以了解整个房山区的历史。作为老同志提出这个不成熟的想法，这需要领导来拍板。

周口店现在的陈列我看过，脉络形式基本上差不多，就是陈列形式的变化多一些。遗址博物馆的基本陈列还是应该立足在遗址本身，将来有条件的话可以引进一些更形象更生动的比如声光电这方面的技术。以前我的一些设想，现在新馆很多都实现了，但是在这方面还可以做得更好。

王志苗

　　王志苗，出生于1954年10月，1971年9月—1979年9月在周口店遗址博物馆任讲解员。1979年10月任遗址博物馆讲解组组长。1983年3月任遗址博物馆社教部主任。1986年2月聘为文博助理馆员。1989年5月聘为文博馆员。

　　2002年市院共建后，周口店遗址博物馆移交房山区管理，继续任博物馆社教陈列部主任。2005年遗址博物馆成立"寻找北京人"办公室，任馆员，开展寻找丢失的"北京人"化石的工作。

　　2009年10月退休。

1936年11月26日发掘出L3号"北京人"头盖骨后全体技术人员合影

我的一生都在周口店工作

王志苗

从周口店中学到周口店遗址

1971年我们从周口店中学毕业就分到了中国科学院古脊椎动物与古人类研究所北京猿人遗址管理处，那时候还叫工作站。我们来了以后就先到所里集中培训了一段时间，当时研究所还在德胜门的祁家豁子。裴老、黄万波、尤玉柱先生等所里的很多老先生都给我们授课。裴老先讲到了北京猿人，听起来这个词不陌生，因为我是在周口店长大的，经常到猿人遗址去玩儿，可是真正理解起来就非常难。他还给我们讲人类的历史，从50万年前开始讲，然后讲到了山顶洞，还讲早期的。那时我们学英语就死记硬背，不过后来在工作当中还是有用的。

我们集中培训了3个月，后来就回到了周口店边参加整改工作，边学习讲解词，在这当中还有老师不断给我们上课。我们还会参加不同的学习班，所里对我们这方面的培养也是挺重视的，像地质学、古生物学，我们都是轮着去听课，因为当时有观众，我们还得讲解。听课回来得消化一下，有一些东西可能当时对讲解工作用不上，但是对以后的工作会有帮助的。

原来展厅叫作中国猿人陈列室，后来在遗址建了博物馆，我们就在那里面重新布置内容，比如说做布景箱，我们一边干活，一边互相监督背讲解词，所以那时候挺有意思的。我们当时的讲解词，第一是讲人类的孕育，从地球有50亿年的历史开始讲，从单细胞、多细胞，讲到了两栖类、爬行类、哺乳类，后来讲到人类，一步一步地讲。

1972年开始，预展了一段时间以后，我们这些同学基本上就都能讲得很熟练了。那时参观的人挺多，有时一天就来两千人，我们讲得口干舌燥。那时候就是单纯地背讲解词，然后根据观众的类型讲，恨不得把我所知道的东西都灌输给观众。观众最感兴趣的就是北京猿人（那时候也叫中国猿人），周口店还有一些什么发现，他们使用什么样的工具等。也有人问丢失的头盖骨到底到哪里了，对一些敏感的观众，我们可能不讲，但是对我们的国人，我们一般都把这段历史告诉他。我们就讲，这个叫"北京人"化石，当时是在几个美国人手中被弄丢的，下落不明。当时也有人就问，你们怎么没找啊？我们说找了，没找到，当时我们只能这样回答的。

70年代后期，有一位外国客人来参观，当时我也不知道他是谁，我就给他介绍周口店的重大意义，什么国宝单位啊，"北京人"在人类历史发展中的重要地位啊，"北京人"的行为特征和体质特征啊，还有他们在恶劣的自然环境中如何生存下去，等等。后来他就给我来了一封信，从他的信中我知道他是英国大使馆的费恩先生。他说周口店是中国人的遗产，也是全人类的遗产之一。1987年周口店被联合国教科文组织列入世界文化遗产名录以后，不光我们重视，国外的好多同行也很重视这个地方。

当时很多观众是学生，因为他们考大学的时候，历史部分有四道小题是关于周口店的，所以大部分学生在高考前，会抽出点时间来周口店看一看。学生和普通的游客问的问题也不一样。比如小学生，他们就想看看周口店是什么，我就告诉他们，周口店有北京猿人化石发现，有山顶洞人的化石发现，还有多少个地点，带他们去看一下，他们就看着玩。但面对大学生，你要是那么笼统地给他讲就不行，必须要突出50万年前的人在人类发展历史的长河当中，处于什么样的位置；当时人的行为特征是什么，体质特征是什么；他们与我们现代人相比区别是什么。再到后来1994年又做过一次整改，所里研究留下的边边角角的小东西，我们就放在一张桌子上，让孩子们看一看，动手摸一摸，感受一下石头和化石的区别，孩子们对这些很感兴趣。

我们那时候基本上是周一休息，周二政治学习。但是周一休息的时候，我们也都得学习。因为那时候大家的知识都掌握得不够，观众提的问题又是五花八门，不学不行，我们就利用周一的休息时间去听课或者跑跑周边的地形，看看什么石灰岩、花岗岩之类的。周三到周日我们正常接待观众。因为我们的家都在周口店附近，所以我们有时候回家，有时候就在遗址住。

到了1982年我生孩子以后，开始作社教部主任，但是我还继续从事讲解工作，因为那时候讲解员少了，还要参加整改工作，工作量还是挺大的。到2002年周口店市院共建以后，我才不做讲解工作了，我们那批同学陆陆续续就离开了。因为当时人们都觉得博物馆的工作既寂寞又清贫，所以有的同学到工厂去了，有的念书走了，干什么的都有，都出去了。现在就是高克勤还从事这方面的工作，在北大教书，他在我们这里面是最有才华的一个。

因为我们所是做研究工作的，基本上就没有讲解词，要想把研究成果变成口里能讲出的东西，就要把它研究透，实在不明白的就去请教老师，搞清楚了再回来给观众讲。不光是我有不明白的问题，其他的同事们也有不明白的，大家就互相交流，这样能解决很多问题。讲解员更替得特别快，有一段时间有些学生在没有参加工作之前，也会来这儿参加一些讲解工作。讲解员更替的时候，我在前边讲，他在后边边听边记，慢慢也就能讲了。到了后期，我们把图版上的内容都消化了，也就形成了固定的讲解词，新来的讲解员就照着讲。博物馆事业应该是深入浅出，常讲常新，可是这说起来容易，做起来特别难。深入浅出的前提是要对讲解的东西了解透彻，其次还要不断深入，才会常讲常新。

到了后期我还培训新的讲解员。培训他们的时候就要求他们首先要有良好的仪态，站要有个站相，眼睛平视，面带微笑，不能绷着脸给观众，也不能死盯着一个观众讲，更不能盯着一个角落讲。新讲解员胆小，别看词他都会了，可一站在那儿就心慌。我就得告诉他，一回生，两回熟，慢慢他就会讲了。

和周口店有关的那些人和事

我刚参加工作的时候，周口店正在整改，还没开馆呢，预展时有郭老、竺可桢副院长，好像还有杨老在。原来的老馆，路是在一个坡上，那坡上刚弄完水泥，车又不能压，怎么办？后来我们领导就说，把那儿铺上草垫子，再浇上水，我们那时候也年轻，就用推车把这几个老先生从下边推到上边去。1955年的时候，朱德同志也来参观过，我们还有照片。

我们那时候给很多领导人和名人都讲解过，像小布什、杨振宁都来过，经常是刚开始讲的时候不知道他是谁，等他走了陪同的人员告诉我们，刚才是给谁谁谁在讲解。

我们还去过杨钟健先生家，我们跟自然博物馆的张宝堃、韩兆宽一起去看杨老。杨老家在地安门。杨老特别健谈，他教导我们科学要实事求是。杨老当时还说了一句话，"鸡鸣好，好鸡鸣"。我们都不懂其中的意思，后来杨老的儿媳妇任葆薏到所里来，我们就问她杨老说的"鸡鸣好，好鸡鸣"是什么意思。她说，杨老是属鸡的，他这一辈子就跟鸡一样，要不断地重申自己的观点。现在回想起来杨老那时候跟我们讲的这话也挺有意思的。

贾老给我们留下的印象也特别深。1978年我们参加整改的时候住在所里，那时候贾老家住北郊的图书馆。我们晚上出去看电影，回来后发现门锁上了，我们进不去就叫门，叫好半天，才把贾老从他的房间里叫出来，都11点多了。贾老说你们干什么去了？我们说看电影去了。最后是贾老给我们开的门。我们经常去贾老家，大家都叫他贾爷爷。贾老说，我家的资料随便看，随便找，你用完了给我放回原地就完了。他的儿子贾彧彰跟我们关系也非常好。我在贾老家看到一张照片，贾老说是他早期在周口店时候的照片。我说，贾老你那么年轻啊！贾老说，现在老吗？我说，不老，不老。贾老有一张照片，是他最后一次来周口店，要找一棵银杏树，他说他年轻的时候就见过那棵银杏树，现在还想去看一下，我们就带他在那儿留一张影。照完那张照片，2001年贾老就去世了。

在综合研究的时候，所里的科技处长王世阶跟我说，要交给我一个任务，要我保证完成好。我说，你说说，看我能不能完成。他说，你带着裴老去泥河湾吧。我说，裴老有病，在路上可怎么办呀？他说，没事，我把你送上火车，你到宣化下火车，咱们所里好多人在那儿接你，开车送你们去泥河湾。他说，从北京到宣化这段没有人去，人家都坐汽车去会晚几天。你是搞综合研究的人，你得先走。我说，行。他说，你可得做好思想准备，裴老有病。我说，是啊，裴老有糖尿病等好多病呢，他说，没事儿，咱先上裴老家吧。我那时候胆儿特大，就跟着王世阶到裴老家了。裴太太说的一句话我印象挺深的，她跟裴老说，你呀，就坐火车去吧，别坐汽车，坐火车可以看风景，走一路能看一路，你要坐汽车一下就闪过去了，什么都看不见。现在我年龄也偏大点了，出去也坐火车，走一路观一路风景是挺有意思的。当时一起去的也有贾老，贾老那时候算年轻的。我把裴老的行李、贾老的行李都背着。到了宣化以后，火车上人特别多，我们根本就下不来，咱们所里好多师傅，还有好多科研人员就跟保护首长似的，挤在车厢的两边，把裴老从上边往下给挤下来的。虽说北京到宣化时间没多长，可是我感觉这段时间可太长了。到了泥河湾我们就每天陪着裴老。

还有一件事我记得比较深，不知道现在还有没有那种布景箱，反映山顶洞人时期的生活状况的。我们刚参加工作的时候，要一边背词，一边做模型。我和张丽芬两个一起做模型，做到小松树时遇到麻烦。模型师傅说，咱们弄一点锯末，弄上点清漆，拿个扫帚往上面一蘸，再往锯末里头一滚，就是一棵小松树了。结果这锯末可难找了，一个同学说他们村一个工厂有锯末。我和张丽芬跑到四公里以外的工厂终于弄了一麻袋锯末回来。那个浙江美院的美工老师说他要做雕塑，让我做他的模特儿，山顶洞人缝的是兽皮，我们也没有，就给我拿一件大褂。我就这样一只手拿着一件大褂，另一只手拿一根针，跟着师傅干了一天，连中午饭也忘吃了。虽然累，但那时候觉得工作特有意思。

2002年市院共建周口店后，我就到了地方上。11月30日，当时的文委副主任邢景旺跟我说科学院的人都走了，就剩我一个了，让我值夜班。晚上在遗址监测办公室的小房间里面，刚睡着，就感觉头顶上有东西轻轻地挠。吓得我头皮发颤，嗖一下坐起来，一开灯看到一只大老鼠。我被吓得一夜没睡，坐着到天亮！邢主任交给我的任务是真难完成。

现在周口店基本上没有怎么变，只不过公路加宽了，植被越来越好。特别是我们单位，年年种树，我们参加工作的时候，年年都绿化。我这个手指头就是在山上猿人洞门口绿化的时候砸伤的。

我们对"北京人"的寻找

自我接手社教部主任的工作以后，我就把这些化石注册登记了。因为我在刚做综合研究的时候，就在北郊祁家豁子的标本馆整理过化石。我就想怎样多补充一点周口店的化石材料，让观众多认识一些。我把那些化石分门别类，一个一个地做出来，记录在上面。有一次与所里交接化石就有一个化石记录错了，他们还不信，我拿出我做的记录，他们也无话可说了。市院共建以后，我们的确是忙起来了，工作量加大了，那时我还在社教，也兼着陈列这部分工作，我们发现了第27地点，就是田园洞，还要做展览，还要去找资料。我们跟搞开发的主任，一晚一晚的都不睡觉，就在那办展览。第二天该开馆了，我们的展览哪怕有一点小问题都要把它整理改正过来，所以那时候效率是很高的。

2005年，遗址成立了"寻找"办公室以后，我就开始做寻找"北京人"的工作。当时我们的线索很多，全国各地哪儿都有打来电话的。当时有一条信息我们觉得价值挺大的，都希望它是真的。就是天津的医学院，因为以前那是个美国兵营，"北京人"头盖骨在那里中转过。天津的一个人写了一封信，而且他还多次打电话，让我们到那儿去找。等我们去找时，人家说放头盖骨的那个地方，早就盖了新的实验楼。当时我们抱了很大希望，我们想着地下室里会不会有，结果也没有，就把这条线索给否了。

后来河北白洋淀又有人提供线索。于是我们与中国科学院地质与地球物理研究所联合起来又去了白洋淀，在麦田里面进行了两次搜寻工作。就像给人做CT一样，我们给大地做了CT。把一米一个方的格用线拉上，用仪器来测。结果勘探了好长时间，最后也是没有希望，我们就回来了。

周口店对我影响很大，刚到周口店的时候，我就是一个什么事都不懂的小孩，在周口店不断学习，也不断成长。现在我退休了，我觉得我们遗址会越做越好。首先从我们的管理上看，在国家的资助下原来我们有周口店的老馆——1971年建的"回"字形馆，现在又建了新馆。国家越重视博物馆的建设，资助力度也会越大。咱这新馆变化也挺大，我们增加了大量的化石，这就是直观的东西。其次我们的讲解员比以前多了，而且比以前漂亮了，服装也挺美的，比我们那时的白上衣、灰裤子强多了。我们那时候做讲解员，一边讲解一边收票，还兼职做了导游工作，现在讲解员的工作环境好多了。不过我们那时候的工作环境虽然不好，但是跟整个当时社会环境来比就算不错了。

高克勤

　　高克勤，1975—1978年长春地质学院地质系学习，获学士学位；1978—1981年就读于中国科学院研究生院，获古生物学硕士学位；1985—1992年就读于加拿大阿尔伯达大学地质系与动物系，获得地质学与动物学博士学位。

　　1981—1985年中国科学院古脊椎动物与古人类研究所助理研究员。1993—1995年加拿大阿尔伯达大学生物学系博士后兼学期讲师（Session Instructor）。1995—1998年美国自然历史博物馆古脊椎动物学系博士后（Frick Research Fellow）。1998—2002年美国自然历史博物馆古生物与脊椎动物学部研究员（Research Scientist）。2002年5月至今，北京大学地质科学系"长江学者"特聘教授。主要从事古脊椎动物学研究。

1936年11月，发掘现场工人

1937年发掘工人从周口店第1地点（猿人洞）向外运土

周口店是养育我成长的家园

高克勤

我是如何来到周口店的

我在周口店中学读书时上到第三年考试的时候，还没考完，就通知我们各个班里抽调一些人到学校里去开个会。古脊椎所去了几个人，其中三个人记得是李全刚、沈文龙和文本初。大家念了一段毛主席语录，念完之后聊了聊。我们也不知道为什么、干什么，回来以后才听说是周口店龙骨山为招工做面试。我们参加面试的一共是10个人，我们一班是去的最多的，两个男的，一个女的。

刚到周口店参加工作时，我觉得跟自己的理想差得有点远。10个人中没有喜好体育运动的伙伴。我小时候喜欢运动，篮球、乒乓球什么的我都喜欢。我当时的愿望是去作邮递员，因为我们前面的一批同学去了邮政局，我觉得挺酷的。骑一个墨绿的自行车，后面带着两个墨绿色的袋子，装着报纸、信件什么的，挺帅的。

到古脊椎所培训了三个月以后，大家慢慢熟悉一点了，逐渐有了一些交流。回到周口店以后便开始忙着做展览，各种各样的活儿都做。裱糊、木匠木工所有这些活儿都做，还有恐龙的装架，骨骼的修理装架这些也做，在这一过程中学了一点东西，觉得工作起来还挺不错的。周口店这个地方环境不错，也比较安静，主要是中科院古脊椎动物研究所一批人到那儿去轮流蹲点，从他们身上学到不少东西。

我们进了古脊椎所以后，印象比较深的就是老工作人员。我记得刘后一，现在他已经去世了。中科院有个编译局，杨钟健做过编译局的局长，刘后一是编译局重要的工作人员，编译过好多国外的科技文献。他是很有文采的人，我们的欢迎仪式上，全所一百多人在那里，他就念诗："你们是八九点钟的太阳，朝气蓬勃；你们是刚下水的船，准备去迎接大风大浪。"还有对耿业印象很深，她是延安的老干部，她老公是电影《白毛女》中饰演穆仁智的演员，我们中午吃面条时，她就在那儿帮我们一碗一碗地端面条，我觉得很热情。

后来我们就开始了三个月的集训。贾兰坡贾老，还有袁振新都给我们上过课，培训一些最基本的知识。最好的是我们的英文老师，她叫吴文玉，字写得特别好。我们当时学英文，她给我们每个人的本上都写上样本，大写、小写各写一排，让大家回去练。古脊椎所里她是英语发音最标准的人，她给我们上的课，当时觉得受益匪浅。

回到周口店以后我们就参加了展览馆的布展、讨论等活动。贾兰坡、吴汝康这些人都会参加讨论，怎么展览，展览什么内容，如何设计，都是讨论的内容。完了以后就开始实际操作，所有的字都是有机玻璃贴面，锯下来一点一点磨平，一个字一个字地排上去。裱糊的师傅都是山西大同过来的，木匠有不少，做这些活儿大概用了三五个月的时间。

我们所里这些人很不习惯的就是当时社会上时兴叫师傅，不管什么人路上见面都是师傅，男的女的都是师傅。但这些科研人员喊名字是不合适的，叫他们师傅呢，他们心里有点接受不了。一开始他们就说干脆叫我老张、老李吧。我们当时十六七岁，这么叫人家是不合适的，所以还是叫师傅，慢慢他们也听惯了。现在我回到古脊椎所，有些老人还叫我高师傅逗着玩。所里这些人慢慢熟悉了，去周口店蹲点的人最长的待过三个月，一般就是一两个星期或者是一个月左右就开始轮换。当时作为任务派到周口店去驻守，每个研究室都会有人轮班到那里。

我在周口店工作的那些日子

当时周口店人员设置很简单，一个讲解组10个人，清洁工都没有，所以我们的活儿就是来了以后打扫卫生，把展柜擦干净，灯都打开，准备迎接参观的人。当时零散的参观者比较少，一般都是单位组织的，因为当时正是学习马列主义、辩证唯物主义和历史唯物主义的重要时期。中央党校的学习班，一班一班地来，一天来好几千人，馆里老是满满的。因此讲解的任务很重，展览的三个部分，一个讲解员讲下来要四五十分钟。后来大家就包干，一人负责一个部分，这样大家稍微轻松一点。

先参观博物馆里面的，然后就到第1地点，所谓的猿人洞。下去大概十分钟至半个小时，就上来回到山顶洞，其他的地方就没有了。

　　当时国内的人来的比较多，很多老先生也来过。朱德来参观过，他有睡午觉的习惯，中午在外宾接待室睡一觉，然后下午就带他转一转。郭沫若对周口店也很关注，当时虽然离开科学院了，但他还是来过两次。他第一次来我们不在，第二次来的时候在，还给我们留下了一幅字画。

　　因为当时年岁比较小，也就十六七岁，对接待的一些重要来宾，只知道个大概。他们一来就闭馆了，然后警卫开始在山上布防。我们出来进去都要出示工作证，有一道一道的检查。当时我们面对这些领导时，也没有太紧张，因为接触的人多了，慢慢就习惯这种工作了，我们的责任就是把这儿介绍好，不管他是谁。当然也有很多外国人，主要是亚非拉的朋友，还有朝鲜的。当时不是作为政治任务，没那么大压力，还是比较正常的。讲解时，按照不同人的不同要求给他讲解即可。亚非拉的朋友来了，他可能关心的是周口店是哪一年发现的，这儿为什么重要，跟非洲的人类化石的发现有什么关系。国内的观众来就想知道更详细一点，毕竟这是我们自己的历史。他们也关注周口店头盖骨去哪里了，我们问过研究所里的科研人员，他们也给我们讲过这一段历史。当然这个谜现在还没破解。

　　我们在讲解的时候也没有固定的文字讲解稿，完全是自己学习。比如说第一部分生命起源，几个主要的步骤，什么是草履虫，专业人员给我们讲了以后，至于我们怎么给观众讲，得靠自己琢磨了，没有现成的东西。当时讲到生命起源，涉及中国一个重要的科研成果，就是人工合成胰岛素。我们也不知道什么是胰岛素，就向科研人员请教它的功能是什么，是哪一年由什么单位什么科研人员合成的。了解了以后，我们再根据自己的理解给观众讲。

天长日久，我们把自己知道的这些慢慢积累起来，去做一点笔记。观众问的最多的，这些化石是真的还是假的，怎么发现化石的。于是我们就有一个愿望，想去野外看看化石是怎么发现的，怎么挖掘的。我们就跟当时从军队上下来的一个叫张力彬的干部聊这个事。晚上他把我们十几个人组织起来开个会，问大家有什么想法，有什么要说的。我们说最大的问题就是我们不知道化石是怎么发现的，怎么挖出来的，这也是我们现在遇到的观众问的最多的问题。但是当时别说去周口店了，就是跟个野外考察队看一下都是不允许的。我们就跟他争来争去，结果他心脏病都犯了。我们据理力争，说到最后他没话说了，很快就回到所里把这个事情安排下来了。从那开始古脊椎所的野外队外出都会安排我们讲解组的一个讲解员跟着一起去。我第一次外出是去广东南雄，跟着一个十几人的野外考察队跑了三个月。

在周口店蹲点最长的政工干部就是崔憨德，他好像是前几年去世的。他很好学，当时给我们讲好多事。比如说1800年到底是19世纪还是18世纪，各个国家的国旗、国名。他问我们英国的全名是什么，我们当然都不知道。他就告诉我们是"大不列颠及北爱尔兰联合王国"。总之我们从他那儿也学到不少东西。因为那个地方小，我们十个人再加上所里留守在那儿蹲点的人，再加上什么烧水的、做饭的，都算起来也就是二三十人。

那个时候是供给制，冬天就是萝卜、大白菜，没别的东西。现在自由市场什么东西都有，当时就比较困难。只有过年的时候，所里照顾我们才拉两扇猪去，大家分，一个人10斤或15斤，能吃一顿好的东西。平常都是采购员到周口店下面的菜站去买点菜回来，我还跟过几天。当时是刘振扬在山上作主管，他说，我们山上就需要一个比较全面的、什么事都能做的人。刘振扬是水电工，砖瓦这些事情都是他管。当时说需要一个展览上、业务上比较过硬的、对周口店历史了解比较多的人，在这儿长期留守。过去有一个习乐斋老先生，他的墓在展览馆后面，他是最早在那儿长期留守的。因为当时不对外开放，对外开放以后，他们说看好我，说我应该向这方面发展。但是第一个事，就得先干一段时间采买，于是我就骑着自行车去下面买菜。好的时候就给我三五块钱，有的时候自己要花钱买，买完了拿个纸条报销。这种工作我干了一两个礼拜。当时大家都是什么都干，那些树都是我们自己栽的。那会儿一般上午是政治学习，下午就是种树，包括淘厕所，甚至还要打扫山上一个一个的阶梯。当时没有清洁工，大家三五个人一组，就开始清理垃圾。后来人多了，周口店的家属开始应征做这些事，管卫生什么的才开始慢慢走入正轨了。

当时每周休息一个星期天，但是大家基本都不回家。都是在山上吃，在山上住，下面有宿舍。老的展览馆是女宿舍，男生就我们四个，所以就住在老食堂那个地方。我们住的屋子只有一个小窗口，就是过去卖饭的窗口，窗口开开给饭票就可以买饭，有时候晚了在床上就可以买到饭，端过来就吃。再过去就是一个水房，大锅炉烧水的，主要供水给山上的工作人员。每天烧两次，早晨烧一次，下午烧一次，晚上基本就没有了。

那个年代中国古脊椎动物研究有一个较大的突破就是华南红层的发现，原来说中国没有古新世化石，红层里面没化石。50年代开始发现红层，但没有人对此做过正式的研究。我第一次出野外到广东南雄，有大批的化石在那儿发现，包括古新世的哺乳动物，还有白垩纪的恐龙蛋。我们那年是在华南第一次发现了比较完整的恐龙骨架。我和王存义老先生一起出野外。老先生当时61岁，我是19岁。我们一老一少住在一个房间里，主要考虑让我跟他多学习一点，生活上让我多照顾他一点，其实他身体很好，根本不需要我照顾。

王老先生打呼噜打得厉害，所以我基本睡不着觉。大家就给我出主意，说他8点钟准时睡觉，让我要不然就早睡，先睡着了，他打呼噜也就算了。要不然就特别晚地睡，等到他睡过那劲了，呼噜过了我再睡。当时年轻，七八点钟让我睡我也睡不着，熬夜也熬不了，所以他打呼噜我就敲敲床。当时大家出野外很艰苦，中午就是喝点水，吃点饼干什么的就完了。下来走的时候，老先生告诉我什么情况下可能会有化石，什么地方没有化石。他说你看这儿好看吧，干干净净、整整齐齐的，真好，就是什么东西都没有；你看那儿乱七八糟的，看着又不舒服，这儿一个小山包，那儿一个沟，有沟又有坎的，这个地方就得注意了。

我们从坡上下来，下面是一片稻田，稻田那边就是路，几个队聚合在一块儿，马上就准备收队了。老先生在前面走，我在后面跟着。他走得慢，下坡走得更慢，我就走他前面去了。刚走过去他就把我叫回来，他指给我看，我一看石板上有一块白白的骨头暴露出来了，然后把那些人全叫来之后在那儿整整挖了两个月。

韶关的电视台每天上那儿去录像，挖到哪一步了，好像最后是一个两三吨重的大化石，13个人抬都抬不动。那是华南第一次发现比较完整的恐龙化石，之前那个地方发现比较多的是恐龙蛋，没有发现过恐龙。一般认为有恐龙蛋的地方没恐龙，有恐龙的地方没恐龙蛋。

当时能够到周口店工作对我们而言最有意义的就是对自然科学有了认识，我以前想做服务性的工作，不喜欢坐下来，蹲办公室，喜欢出野外。到了周口店以后慢慢讲解这些东西、学习这些东西才觉得有意思了。我自己到山上去，猿人洞的上面有一个碎石层，我就到那儿去看看、敲敲。他们都能发现石器，我为什么不能发现石器呢？当时就有一个好奇心，实际上不是那么简单的事。特别是第一次出野外到了南雄，三个多月不到四个月的时间在那儿每天出去跑，当然很累，但是找到第一件化石的时候特别兴奋。

周口店是我学习的开端

当时我们进去的时候，杨钟健杨老就说，想在古脊椎所工作的话，至少要会一两门外语，不然就没办法在这儿混。还对我们说要懂点解剖、生物学的东西，要懂点地质，这是最基本的要求。我们说化石这东西都是地质东西，凭啥学生物啊，非常不解。当初我们的眼界跟他的眼界是没法比的，但最后这些道理我们都明白了。现在我给学生上课也强调生物演化是生命科学，化石保存在地质年代久远的地层里面，涉及地质学，所以生物科学和地质科学这两方面都涉及了。但是过去都认为化石证明唯物主义，证明客观，证明了不可逆。

当时我们在周口店学英文是没有老师的，三个月培训的时候有老师，到周口店应该是1971年末，中央人民广播电台二套节目就开始播英语讲座。我骑着自行车到房山的新华书店买了10本英语课本回来发给大家，一人一本，但光有课本不行啊，还得买收音机。收音机不像现在十块钱八块钱就买一台，那时候一台收音机要五六十块钱，我们两个月的工资才能买一台收音机。后来跟山上商量，把山上一个老的牡丹牌收音机修理一下，然后打开就可以听。每天早晨起来到时间就听广播，半个小时的广播大家拿着书本一起学。听了半年多以后，再听那些翻译讲解的时候就开始知道些语句了。英语翻译讲的时候他们也不知道什么是恐龙，什么是化石，那些来的翻译都是工厂的，工厂技术方面的他们熟悉，但非常专业的东西例如历史唯物主义、草履虫，包括我们说的十二指肠、人工合成的胰岛素是什么，他们不知道。这些东西就得我们自己慢慢去找，跟所里去的蹲点人员学。后来我记得好像是孙艾玲，她的英文很好，她就给我们弄了一个跟展览馆有关的英文词汇表，比如说化石、恐龙、恐龙蛋、胰岛素这些东西，当时油印了几页发给大家。

当时地科院有十几个人到周口店实习，他们是英文翻译，是我们地质系统里涉及中外沟通比较多的人。这些东西他们翻译的比较多，能够接触到国内外的比较新的科学理念，经常发一些翻译手册之类的。我们慢慢接触上面好多词汇，慢慢就对英文这东西感兴趣了。后来所里给周口店派来了专职的科技人员常驻，他带我们去山上看地质、开英文课，就是他那个英文广东话口音太重了。

我觉得古脊椎所的人，跟我们接触的社会上的人完全不一样，有些人是比较有个性的。林一朴是最特殊的人，他的故事最多，我们接触的也比较多。在培训的三个月里，我们住他的隔壁，是一个大房子，用三合板隔起来的。大家晚上睡觉都早，开始我就开一个灯，为了省电，宿舍里也不需要什么灯光。我们当时有军代表进驻的，有一个团政委，忘了他姓什么了。他到我们那儿去，说你们这么年轻，多学习一点，你们现在学有机会，我们打仗的时候哪有这样的机会，成天行军打仗，想写字根本没机会。我说，这怎么学啊，这么点亮，我们天天学几个小时很快我们的眼睛就完了。后来没办法了，我们找到吴侬，过去作过中南海警卫处的处长，他身高马大的，声音非常洪亮。他直接找到电工说，那几个小家伙晚上怎么看东西，让他们这么学习把眼睛搞坏了，你为什么不给换灯泡？然后电工下来就说，你们几个小师傅，这么点事找我就行了，你们还去找吴侬。后来就给我们换了灯泡，大家学英文就方便多了。

晚上有灯了我们就比较闹，四个人说说笑笑的。林一朴自己在隔壁一个人，慢慢就接触多了。有时候古脊椎所发梨，一个人一抽屉梨，他吃不了，就把梨拿来给我们吃。他是做人体解剖学的，当时鼓励我们多学点本事。

我是到所里比较多的，因为研究所在祁家豁子那儿，图书馆也在那儿，我经常是差不多一个月要去一次。去图书馆借书拿回去看，借杨老的《演化的实证与过程》《生命起源》等书。但《生命起源》当时根本看不懂，也就是翻一翻。

1975年我是作为工农兵学员保送的，我们所里有两个名额，一个去北大，一个去长春。当时人家来古脊椎所招生，那时候不叫人事处，管人事的人把档案拿出来给来招生的人，也没有跟我们见面就定了。后来大学的录取通知书是送到单位的。研究所通知我们两个人，我们就一个去了北大，一个去了长春。当时北大离家近点，但是我想走远一点。长春没去过，一点印象都没有。去了以后发现是跟北京大不一样，树比较多，冬天雪多，整个城市都是树，包括斯大林大街都是林荫大道，挺好的。当时更没有空气污染问题，就是吃得太差了。

我在那上了三年学，到了"文革"后期就开始"科学的春天"

了。郭沫若写的那篇《科学的春天》一发表，全国形势就不一样了。1978年第一次招考研究生，当时我准备回到古脊椎所的，但是回古脊椎所还是回周口店呢，那就得听从所里安排了。我们学校的老师是非常鼓励我考研究生的，因为我在学校里英语比较好，能自己写一点东西。我们班同学也特别鼓励我。当时我们一分钱没有，只发给我们15块钱的餐券。那个时候买东西特别不方便，买个牙膏买个本都舍不得，好几个同学给我送信纸让我复习考试用。考区在长春，早晨8点半考试，我老早去了，第一次看到在考区有鸡蛋卖，还有好几种点心卖，市场上不可能有的。考了两次，一次外语课，一次专业课，然后就开始等通知。

毕业分配把我分配到地质所了，在地质所跟张文佑先生。因为我在长春地院的时候学过遥感，就是航空照片解译，遥感的两次考试我都得了一百分。不知道怎么回事，我对那个也感兴趣，而且会有被送到澳大利亚参加一两年培训的可能。

到地质所后没房子住，我就暂时住在张文佑先生的办公室里。后来，我们研究室的主任问我，听说你考了研究生？我说考了，但是不知结果怎么样。他说如果古脊椎所录取你，你怎么办？我说我服从组织安排。他说研究生录取是不能转的，如果你要上研究生，你就只能回古脊椎所去上研究生。我说那就回去吧，于是1978年又回古脊椎所了，古脊椎所第一批研究生招了10个人。

最初的时候周口店是很重要的地方，因为发现了"北京人"化石，全世界都知道"北京人"。后来发现了"蓝田人"，慢慢的人类化石逐渐多了一点，"巫山人"这些东西都开始有了。但是"北京人"作为最早的发现，确实有它的历史意义，在人类进化史上是一个里程碑。但是后来在东非发现了那么多更早的，现在发现到六七百万年了，于是大家关于人类演化的焦点都聚焦到非洲去了，周口店这个地方受的关注就比较少了。但作为直立人阶段，它还是一个重要的化石记录。我们当初曾经有一个设想，把这儿盖成一个封闭的，像我们体育馆似的，下大雨时就盖起来，然后晴天了大家参观的时候就打开。山神庙还应该留着，因为魏敦瑞、杨钟健他们那些人早年就住在那儿，周口店的发掘史就是从那儿开始的。

张丽芬

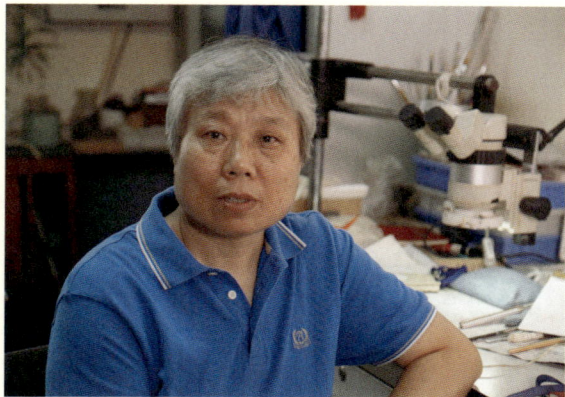

　　张丽芬，1954年7月出生，河北顺平人。原任中国科学院古脊椎动物与古人类研究所高级实验师。

　　1971年9月参加工作，在中科院古脊椎动物与古人类研究所学习培训。1972年起，在周口店北京猿人遗址管理处从事讲解工作。1974年，在河南确山"五七"干校劳动锻炼。1978年10月起，在中科院古脊椎动物与古人类研究所标本馆模型室从事古生物化石模型制作工作。1986年12月起，任中科院古脊椎动物与古人类研究所助理实验师，其间：1990年3月—1991年2月，赴加拿大阿尔伯特梯雷尔博物馆参加中加合作项目。1992年11月起，任中科院古脊椎动物与古人类研究所实验师。2001年3月起，任中科院古脊椎动物与古人类研究所高级实验师。2009年3月退休。退休后仍从事化石修理和古生物化石的模型复制等工作。

1937年最后一次发掘周口店

我在这里度过人生最美好的时光

张丽芬

我从校门走入社会

我们在周口店中学读书的时候，周口店龙骨山准备展览，需要一些讲解员。告诉我们的时候很突然，叫我们几个人过去，读一读讲解词，然后就把我们招到山上去了。我们是1971年9月份来所的，当时从学校招了10个人，有6个女生，4个男生。去的时候所里特别重视，我们一进所觉得很热闹，还开欢迎会，在欢迎会上还有所里领导和科研人员讲话。所里对我们这些刚刚来的年轻人寄予很大希望，把我们比作刚刚下水的船，今后要我们经得起风浪的考验。当时因为我在学校是班长，所以过来的时候也就负责我们这几个人，相当于小班长。然后我代表这些人讲了话，主要就是针对所领导和科研人员的讲话表个态吧，要向这些老师们学习，以后要尽量地做好工作。反正当时讲的什么内容我也不记得了。因为我们是刚刚从校门走入社会，等于是一张白纸。

之后我们在所里集训了三个月。集训的三个月中，周口店要搞整改会讨论一些小样，主要是和人类室的这些老先生们在一块儿讨论，我们也参加了。当时感觉很多词都没听过，更不知道怎么回事，所以后来也给我们上一些业务课。上课会讨论小样，下课我们也挖防空洞和参加一些植树活动。所里还给我们组织一些学习，像在山上搞讲解期间，利用休息时间，把我们带出来去参观其他的博物馆。比如说带我们去自然博物馆，然后去周边那些可以去的地方看一看，增加一些感性认识，更有利于讲解工作。

我记得因为讲解员的学习问题，我曾经也给所里写过报告，强调这个工作的重要性。因为要给观众讲解，自己必须要有一定的知识量，所以除了感性的认识，还要增加实质性的业务方面的知识。我希望所里能够派一些研究人员给我们讲课，侧重于周口店的发掘历史，还有一些动物化石的年代等问题，还有地质方面的知识。后来所里基本上同意我们这个报告，然后就在不同时间段，派科研人员下来给我们讲课。

我们当时也跟着去进行过一些地质实习。当时北大的吕遵谔教授常带着学生到周口店实习，有机会我们就跟他们一起去，看一些化石地点，参加一些地质实习和地质旅行。我记得好像在一个水泥厂还实习过。还有比如跟周口店有关的，什么14地点了，冰川擦痕了，第四纪留下来的那些遗迹，我们都去过。后来所里派黄慰文老师组织这些讲解员学习，除了业务知识，有时所里的研究人员还教我们一些英语单词，比如山上那些动物的名词。总之，所里对我们很重视，给予我们很大的支持。

几位老先生给我留下的深刻印象

那时我们对吴新智先生的印象比较深刻，因为他讲课的次数多一些；还有就是邱占祥先生，他讲哺乳动物进化；齐陶教我们一些有关哺乳动物的英语单词；还有尤玉柱讲地质，还带着我们去搞地质旅行。当时吴汝康也参加讨论一些小样。裴文中和贾兰坡等几位老前辈，对我们都挺关心的。裴老有时候去周口店，他总是叼着个烟卷听别人说，说得对的地方他就不言语，说得不对的地方他就哼一声，哼完了以后就给纠正一下。贾老比较亲切，也比较慈祥。裴老和杨老他们都是喝过洋墨水的，但贾老不是，所以叫他"土专家"。因为我们那会儿跟贾老一起住筒子楼，没事就跟贾老一块儿交流，后来也有工作上的联系。我给贾老做过好多东西，做过石器和细石器，他最初到香港大学去讲学，我给他做过宁夏的，还有水洞沟的细石器，他拿过去给人家讲学用。我们刚去所里的时候，杨老是所长。杨老给我印象最深刻的是他特别喜欢小孩，我们在他们眼里是孙辈的，所以他特别喜欢我们，爱跟我们开开玩笑，跟我们说说话。有一次他在接待室看到我们，就跟我们讲，你们这些娃娃，以后要好好学习，一寸光阴一寸金，寸金难买寸光阴，失去寸金有可寻，失去光阴无可寻。我就对他说的这四句话印象特别深。杨老希望我们要抓紧时间学习，好好讲解。有时杨老也跟我们开玩笑，还打赌，赌输了还给我们买糖吃。杨老这人特别好，因为他也是九三学社的前辈，我们每年都去给他扫扫墓。不光是杨老，在山上安葬的还有裴老、周明镇、吴汝康、尹赞勋和贾老。我们九三学社第六支社每年清明前都去给这六位老前辈扫墓，差不多有十年了。

真正投身周口店工作的那些日子

　　培训三个月之后，我们就回到周口店，跟大家在一起投入了整改的准备工作。这些准备工作包括做布景箱、搜字、弄铺板等等琐碎的事情。我们10个人，根据个人的情况分到各个小组里面去。当时我被分配做布景箱，就是做树叶、小房子，还有树。做布景箱这个活儿比较脏，有的女生不乐意做，因为和石膏烧手。我当时是负责人，其他人不愿意去，就只有我上了，我就跟着师傅一起，给他和和石膏，作作助手。原来最早的北京猿人和山顶洞人的布景箱，所有的石膏基本都是我帮着师傅和的，然后师傅做。所以从那之后我就跟这个行业有了一点点渊源。后来师傅从所里带一些小的石器标本来山上教我做一做。那会儿我也比较喜欢这个，就跟他学。当时没有别的想法，就觉得博物馆需要多方面的人才，既要有讲解的，也需要有一些技术上的保证，比如说标本坏了，模型坏了，就得修复。所以我就利用业余时间学一学，有需要的时候，我就可以上去把它修补过来。

　　整改工作做完大概是在5月份，1972年的5月份开始试展。试展之前将吴新智写的讲解词分给我们。我们10个人5个房间，正好分五个部分，我和蔡炳溪两个分的第一部分。5月份的时候我们就真正上岗讲解。我们中午吃饭的时候就轮着，一个人一个小时。后来我偶尔去看看现在的讲解员，无论是个人的文化素质，还是设备，都非常好，我挺羡慕现在职业化的讲解的。

刚开始那会儿也不知道自己讲解的内容是什么，只是背台词，背下来之后给观众讲。10月份试展结束，正式开展。当时参观的人就挺多的，应接不暇，一天讲得口干舌燥，有的时候要讲十几遍。在那段时间接待了不少的观众，好像学生比较多，有部队的，还有厂矿的，还有一些零散的观众，全都是慕名而来。经常是这拨观众转入下一个展室，再进来一拨，就这么轮着走。那会儿我们也觉得特别辛苦，后来所里的领导，包括山上领导，对我们也挺关心的，给大家买点菊花、胖大海，大家就不停地在喝水。

那会儿也比较简单，大家都没有经验，办展览都是全所总动员，所里如果人手不够的话，就从周围的其他省市调一些技术人员过来。比如说当时的那个木工，还有做裱图版和展柜的人，就是从山西大同请过来的老师傅。还有陕西考古所左崇新师傅，他是专门捏泥塑的。还有从杭州请来的专门搞雕塑动物的老师，当时我们一起来的赵忠义就跟他们去学着捏动物了，后来他也改行了，去搞复原雕塑模型了。当时筹展情形不像现在，从设计到影像都是全套的。真是羡慕现在的方式，我们那会儿太简陋了，还要节约，没有那么多钱去花在这上头。

正式开展后，我们也就能接待一些外宾了。那年我觉得接待的观众可以说是数以万计，外宾也得有千人左右。当时这些外宾都是上面开了介绍信，然后打电话到所里，尽量安排好去接待他们。刚开始接待的时候我们都有点紧张，后来慢慢就不那么紧张了。

当时在周口店工作的时候，生活比较艰苦，由于离家近，一开始我们基本吃住都回家。后来因为工作需要，要求我们都要搬到山上去住，因为晚上有时候也要组织一些学习。一开始我们住在食堂旁边的一个房间。后来我们就住在老三馆，就是以前拆掉的那个馆。男生住在下面，我们女生就住上面去了，上面相对比较安全。吃饭的问题基本是在山上，但有时也回家去。

心中永远放不下的，还是周口店

工作期间也有很多有趣的事情，有个关于安全的事特别有意思。当时所里比较重视的，一个是安全保卫，一个是卫生，还有就是保证馆里面的讲解。李荫芝当时是山上的负责人，党支部书记。在他的脑海里始终就是这三件事，所以他总是给我们灌输这个。有一年夏天，宿舍里比较热，有两个女生就跑到山顶洞上面乘凉去了。结果乘凉的时候，她们发现山神庙底下灯亮着，是我们的党支部书记李荫芝在办公室跟人聊天。这两个女生就想试试他们的警惕性，于是从山顶洞上面滚下两块石头，正好滚到山神庙的墙那儿。这老李特别警惕，一听见有声音赶紧出来看看，看一看没有啥动静。这两个女生又扔下来两块石头，继续在上面乘凉，下面的人可就紧张起来了，马上给派出所打电话，又给部队打电话。部队可能派了一个班还是一个排来巡山，结果那天弄得特别紧张，说有人来搞破坏了。刚巧那天我回家，第二天早晨，老李一看到我就给我讲这个事情。后来我把老李讲的事说给她们听。结果我一说，这俩女生拍着巴掌哈哈大笑说，把他们给吓着了。我说你们俩可犯了大错误了，赶快去找老李承认错误吧。她俩一开始不敢去，后来还是去了，把老李气坏了，让她俩写检查。

我们当初的10个人通过在这里学习，现在发展得都不错。每个人都想着深造学习，提高自己。当然我们10个人当中有学习好的，像高克勤，1974年高克勤就是第一批被选上去长春地质学院上大学的，然后又考研究生、博士生，最后出国了。回来之后作为访问学者，在北大任教。

1978年我就离开山上改行了，到所里的标本馆模型室做模型工作。这与我之前做布景箱的经历有一定关系。我现在做的模型跟展览的模型不太一样，我做的模型都是给研究人员作为标本对比用，还有的是用来对外交换用。现在是交换得比较多，因为标本只有一件，尤其是地方上去挖出一件比较珍贵的标本我们只有研究权，没有标本的保管权，所以要做一件模型留下来。但是在做的过程当中，就得要特别的注意，给研究人员用的标本一点儿都不能马虎，必须沉下来学习技术。

丢失的那些头盖骨都有模型，这些模型最早是胡承志老先生做的。胡老先生给予我们的指导确实不错。我曾经接待过步达生的女儿步美林。我印象当中她人很不错，个子高高的。她大概是1977年6月份来周口店，她参观时也提了一些问题，主要就是有关北京猿人头盖骨遗失的问题。大家都很关心这个问题，她也特别关心。步达生1921年到中国来的，1929年到周口店。她讲她的父亲1934年在北京去世了。

我们上次去，发现接待外宾的老接待室，现在改成监控室了。那是50年代盖的老房子，我们以前接待外宾都在那里。鱼化石因为发现得很多，就没有做过模型。原来我们馆里第一部分一进门靠右手边就是大鱼壁化石，那是真的化石。来参观的人除了关心头盖骨的去处，就是关心化石是不是真的了。周口店的大部分都是真化石，就是即便有一部分补配上去的，基本上也都是正形。正形就是标本，副形就是模型。

20世纪70年代在周口店开始工作的时候，环境跟现在是不一样的。就说周口店前面那条河吧，以前就叫周口河。一到夏天下雨，河面就变宽了。冬天时水也挺清亮的。我记得小时候，水里的鱼特别多，水特别清亮。我们有时候到河边去洗洗衣服，去玩一玩。后来东方红炼油厂搬过来之后，河水就污染了，鱼也没有了。

当时周口店大概有20多人在里面工作。早期有老的陈列馆，就在现在新馆的前面，后来拆掉了。当时主要是以研究为主，没有对外开放。后来大家都想了解，要搞一些科普和宣传才改成了展览馆。

我现在做的小哺乳动物化石的模型比较多。我跟谢师傅两人是属于高等室老第三纪的，做老第三纪的东西比较多。另外，我也做一些人类化石，现在人类化石发现得特别少，最近在山西发现的，拿回来让我帮着做一做。一般做这些都不是展览用的，而是用来交换回去的。因为我们研究完了以后，他们也要陈列。陈列以后，他们就把真的标本收起来，真的标本不往外拿。

去年去新的博物馆参观后，我感觉虽然当年国家投入那么多办展览馆，把化石放在展柜里让大家看，但是要和现在比起来的话，以前我们的"老祖宗"北京猿人好像相比之下有点委屈，现在新馆更大了，设备更好了。但是对这个山上老遗址的改造，我个人感觉不舒服，也许是我们对过去有很深的感情，我就觉得地儿太窄了，把原来的那些地都种上东西了，该开阔的地方还是应该让它开阔一点。当然现在人为地修出一条路，沿着路绕周口店走一圈，也还不错。周口店遗址，是人类文明起源的重要环节，我们应该好好珍惜它。

付华林

　　付华林，高级实验师。1945年出生于北京市房山区十渡镇，1964年参加工作，曾任周口店北京猿人展览馆讲解员。1978年调到古脊椎所，从事模型制作、化石修理工作，期间曾荣获所"先进工作者"称号。1990年7月至1991年3月赴加拿大参加"中加合作项目"，主要从事模型翻制工作，得到加方好评。2005年退休。

1929年把周口店遗址出土的化石运往北京

我与龙骨山

付华林

龙骨山就是我们的家

我来自房山中学，是从房山劳动局招来的。1964年4月2日，我进入周口店龙骨山猿人馆，做讲解工作，一直到1978年10月，在此工作了14年，期间有一年去了湖北潜江"五七"干校劳动。我父亲是一名1938年参加革命的老干部，他非常支持我到龙骨山工作。他说那是教育人的阵地，还教育我不要动山上的一草一木、一针一线。1978年10月，我离开周口店猿人展览馆调到中国科学院古脊椎动物与古人类研究所模型室工作，直至2005年退休。

旧展馆和接待室是1953年建立的，"北京猿人展览馆"是郭沫若题的词。早期我在龙骨山时，连我在内工作人员只有8人。刘振扬（老刘）是龙骨山的负责人；王开荣师傅（老王）是搞绿化工作的；高淑伟是讲解员，比我早来几个月；王起荣（王大姐）也是讲解员，我去后一个月她就调回所里来了；刘义山（刘大爷）因为个儿高，困难时期吃不饱，老饿，腰越来越往下哈，我看到他的时候，已挂棍弯腰90度了。我听说高淑伟去了后，他就不再进展馆讲解了，退休了。但是北大教授吕遵谔带学生地质实习的时候，都要找刘义山现场讲解，因为怕学生提出一些专业性问题，我们解答不了。当时我们没有讲解词，也没有业务书籍参照，只是照标签说，遇到观众提出问题记下来，所里的研究人员来了赶紧问，就这样慢慢积累。刘大爷是龙骨山第一代讲解员，知道的比我们多，所以一有机会，我就去听他给学生解答问题。为了多学点这方面知识，吕遵谔教授带学生野外跑地层、跑地点、看冰川划痕时，我就也找机会去参加。所里也来人在山神庙讲过地质、古生物课，也办过这方面的学习班，我都参加，还做些记录，就这样在业务上有了较大提高。

那时我刚参加工作，18岁，很单纯无知，没有"工作"的概念，我们早8点打扫馆外卫生，9点开馆门，下午4点闭馆搞馆内卫生，其他杂活儿闭馆的时间干。我还干过上花房顶往上提泥的活儿。我刚参加工作时105斤，每顿吃3个馒头，觉得很有劲儿。花房的王师傅，看上去像黑铁塔一样强壮有力。秋天我们就跟王师傅他们用杠子抬橡皮树、棕榈树、夹竹桃等大木花桶进花房，春天抬出花房摆放在各景点。有人来的时候做讲解，没人的时候在龙骨山做维护工作，每天这样重复地做，觉得也很习惯。

那时刘振扬是龙骨山的主要负责人，现在他已经去世了，正如追悼会上对他的评价一样，勤勤恳恳、踏踏实实、不求名、不图利。他一生为了龙骨山，刷厕所，钻烟筒，掏烟灰，盯着往山上蓄水池浇水，修上山的路、修台阶，安全保卫、水暖、电工什么都干，整个一个勤杂工。有一个关于刘振扬逗乐儿的事儿。有一次，展馆暖气不热，因为是大烟筒东西太多被堵住了。于是，刘振扬钻进去打扫，脖子上还围个毛巾，等他爬出来后就像一个非洲人，我们笑个不停。他一辈子守护着龙骨山，他总说别在我手里出问题，否则责任重大，他为此操心一生，劳累一生。刘振扬总是睡不好觉，这个困扰了他后半生很多年。有一回，后山月亮门内南北两排房的窗子被打破了，他很担忧，跟我说："小付，把你妈从房山接过来住在后山，这样后山有人住总是好点。"我一想，一个老太太怕什么呀，我也不用自己做饭吃了。所以我从房山搬到了龙骨山，这一搬不要紧，后来我与老公张文忠相亲、结婚也在龙骨山，两个孩子也在龙骨山长大，整个家庭都交给了龙骨山，扎根在了龙骨山。老刘、老王两家后来也搬到了后山住，这样我们三家住在后山好多年。直到1980年所里分给我二里沟的房子，我家才搬走，离开了龙骨山。

刘义山、王开荣、刘振扬这三位老人把一生的心血都献给了自己的事业——龙骨山这块沃土。他们都把这儿当成自己的家，龙骨山的事儿都装在自己的心上。尤其是刘振扬，酸甜苦辣他全兜着，尽到了一个共产党员的责任。他们的敬业精神让我至今难忘。

我作讲解员的那些日子

1971年11月的一个傍晚，我们从"五七"干校回到北京，一下火车突然感到了一阵凉意，虽然准备了厚衣服，还是准备得不足，北京的11月还真冷。从穿短袖的武汉，通过两天一夜的行程，加上火车上的疲惫，回到穿棉衣的北京，还真有点不适应。我搭上所里接站的大卡车，兜着西北风，来到了北郊黄楼宿舍，第二天就感冒发烧了。这样在所里住了几天，我才知道龙骨山从周口店中学招来了10位学生当讲解员，我立刻兴奋起来。这天下午在北郊地质所四楼参加了欢迎"五七"战友归来的活动，台上出现的第一个节目就是新来的10位讲解员里的6个女生排练的舞蹈，"欢迎、欢迎，热烈欢迎'五七'战友归来"，给我增加了再回龙骨山的信心。这些小青年给龙骨山带来了一片生机，活跃了气氛。1972年这些孩子来了后就开始跟所里的布展人员一起参加了整改布展工作，主要由负责搞雕塑、布景箱这部分工作的王存义老师傅带领干活儿。王老非常慈祥，休息时间结束了，他就操着口音说，干活了，干活了！大家就嘻嘻哈哈地干活儿去了。

在我当讲解员的生涯中，遇到领导参观是常事儿。有一次中国科学院院长郭沫若带着一个外国代表团来遗址参观，杨钟健陪同，在大接待室介绍完毕，出门的时候，我们不约而同地看到门上方的墙上挂表的指针停在了上午9点钟，实际上当时已经快10点。郭沫若风趣地说："这是猿人为了多留我们一会儿啊！"大家鼓掌大笑起来，然后一起走出门外去展馆参观，这件事给我留下了深刻印象。我们也曾经接待过全国人大常务委员会委员长朱德，山上山下都是警察，我跟在后面，因不需讲解，只是等着提出问题好随时解答。当时没看到所里的人，后来听说是临时决定来的。

当时来参观游览的游客最想了解的信息多是：展出的都是真化石吗？什么叫化石？化石是怎样形成的？北京猿人是真的吗？真的上哪儿去了？怎么知道北京猿人用火吃熟的食物？怎么知道是北京猿人用过的石器？你们怎么知道这儿有化石？为

什么叫鸽子堂、猿人洞、山顶洞人？我们讲解的时候多会一一解答。比如说，我们展出的动物的化石多为真化石。化石其实就是骨头变成石头了，具体来说，就是由于不同矿物质的渗透，年代久远的骨头逐渐石化，就形成化石了。关于北京猿人化石的问题也是大家特别关注的。真的北京猿人化石至今未找到。因为发掘的时候，石器和北京猿人是在同一个洞穴里、同一个层位上被发现的，并且上面有打制过的痕迹，所以我们可以判定这些石器是北京猿人用过的。而在猿人洞里发现的灰烬层和烧过的动物骨头，也证明北京猿人已经开始吃熟的食物了。关于发现化石的问题，其实最早是几个外国人听说当地老百姓卖龙骨当药材，于是就有人来猿人洞挖掘，因此就把这个山起名"龙骨山"。关于"鸽子堂""猿人洞""山顶洞人"得名的问题，因为洞里有鸽子住，所以老百姓就叫"鸽子堂"；洞里发现了猿人化石，就叫"猿人洞"；在山顶上的洞里发现了人类的化石，所以叫"山顶洞人"。

国内观众和学生集体参观的话，就组织在展馆外讲。外宾多的时候，在接待室外介绍龙骨山的由来。外宾少的时候就分别在大、小接待室里介绍情况。关于龙骨山的由来，是我们要介绍的基本情况：4亿年前华北平原是一片大海，后来由于古环境、古气候的影响，地质地壳变迁发生了变化，海洋变陆地，陆地变成高山。经过数十万年逐渐不断的地质现象——水的作用、水下切、水溶解了石灰岩（碳酸钙）。不同矿物质的渗透，出现了溶洞，这样水不断地侵蚀、溶解，经过多少万年后出现了大的溶洞。猿人就在此打制石器、狩猎、用火、吃熟的东西，繁衍生息。

没有周口店就没有现在的我

没有周口店就没有现在的我，没有在周口店的讲解工作就没有我今天的人生。我在龙骨山的工作经历为我今后的发展奠定了良好的基石。它是我人生万里长征的第一步，我今后人生的99步都是在这第一步的启蒙下，一步一个脚印地走出来的。如果说我在龙骨山的讲解这第一步是在把别人研究的化石成果向游人向世界传播，那么，我后来调入研究所去参与化石的挖掘、修理、制模、翻模型、上色，这是在探索每一块摆上龙骨山展馆化石的前期奥秘。参与这个奥秘的前期探索是一项更为诱人的工作。到了所里之后，我以极大的热情，发扬了龙骨山时期爱学习、爱探究的"毛病"，刻苦钻研技术业务。不断地吸取前人、旁人的成果，不断地总结自己的经验，日积月累，取得了一些我觉得无愧这人生99步的成绩。

1986年的时候，我被评为了中国科学院古脊椎动物与古人类研究所的实验师职称；因为技术方面比较突出，1990年7月，获得了赴加拿大参加"中加合作项目"为期10个月（1991年3月结束）的工作学习机会。在此期间，受到加方的好评；而且，我修理的一块由三个鹦鹉嘴龙头连在一起的化石标本，被放到爱德蒙顿展览馆展出，加拿大电视台也播放了相关内容。1999年7月的时候，凭着在周口店时打下的坚实基础和过硬的技术，我被评为高级实验员职称，而这一切，都与我当年在周口店的工作密不可分。这些年，随着工作经验的积累，我陆续在科普读物《化石》杂志上发表过6篇文章，都是我这些年积累的一些经验和工作技巧，供大家分享。